ro
ro
ro

«Für die Finnen ist die Sauna ein Stückchen Paradies im irdischen Jammertal, in der Sauna bereiten sie sich vor auf Hölle und Fegefeuer. Ein Leben lang. Deshalb droht den Finnen im Jenseits kein böses Erwachen. Nur das Bier und die Wurst werden ihnen fehlen. Vielleicht sind die Finnen das auserwählte Volk, und keiner hat's gemerkt. Schon gar nicht die Finnen.»

Christian Gasser, geboren 1963, lebt und arbeitet als freier Journalist, Schriftsteller und Hochschuldozent in der Schweiz, verbringt aber jeden Sommer mehrere Wochen in der finnischen Wildnis. Er ist mit einer Finnin verheiratet, hat zwei Kinder, die längst besser Finnisch sprechen als er, und kennt sich sowohl mit *rakkaus* als auch mit dem finnischen Tango aus.

Christian Gasser

RAKKAUS!

(finnisch: Liebe)

Roman

Rowohlt Taschenbuch Verlag

3. Auflage Januar 2015
Originalausgabe
Veröffentlicht im Rowohlt Taschenbuch Verlag, Reinbek
bei Hamburg, Oktober 2014

Umschlaggestaltung yellowfarm gmbh, Stefanie Freischem
(Abbildung: Kritchanut/shutterstock.com;
emyerson/iStockphoto.com)
Satz Haarlemmer PostScript, InDesign
Gesamtherstellung CPI books GmbH, Leck, Germany
ISBN 978 3 499 26928 8

MIX
Papier aus verantwortungsvollen Quellen
FSC® C083411
FSC
www.fsc.org

Das für dieses Buch verwendete FSC®-zertifizierte Papier
Lux Cream liefert Stora Enso, Finnland.

Für Outi, Emma Tuuli und Max Valo

1

Alussa oli vaikeneminen

(finnisch: Am Anfang war das Schweigen)

«Erzähl doch keinen Unsinn!»

«Das ist kein Unsinn, Kaisa, die Japaner …»

«Die Japaner … Was wissen denn schon die Japaner …»

«Das Nordlicht, glauben sie …»

«Shhh!», machte der bärtige Mann im Flanellhemd am Nebentisch und blickte uns vorwurfsvoll an.

«Das Nordlicht …», wisperte ich leise, doch von überall her trafen uns verärgerte Blicke. Ich brach ab. Ich würde Kaisa heute ohnehin nicht überzeugen können.

Wir befanden uns in einer kleinen Bar in Kemi; es war später Nachmittag. Etwa zwanzig Männer und Frauen saßen im halbdunklen Raum, schweigend, und starrten gebannt auf die Großleinwand, die neben der Theke aufgespannt war. Ausnahmsweise wurden weder Langlauf, Skispringen noch Eishockey übertragen, sondern fünf Menschen mittleren und höheren Alters in einem biederen Wohnzimmer; vier spielten Karten, eine Frau häkelte. Alle paar Minuten wurde in einen anderen Raum geschnitten: Eine Frau räumte ihr Zimmer auf. Ein Mann hackte Holz. Eine Frau heizte die Sauna. Zwei Frauen rauchten auf der Veranda. Ein Mann kurvte auf Langlaufskiern um einen kleinen Innenhof. Eine Frau und ein Mann spielten Pingpong. Dann wieder: das Wohnzimmer mit der geblümten Tapete.

Bis auf das leise Raunen der Bewunderung, das dann und wann durch die Bar zitterte, war die Stille gespenstisch, und ich fragte mich, warum der Barmann den Fernsehton ausgemacht hatte.

«Was ist das?», fragte ich Kaisa. «Was ...?»

«Keine Ahnung», unterbrach sie mich kopfschüttelnd, nicht weniger verwundert als ich. «Psst.»

Werbepause; als das Signet des Fernsehsenders erklang, zuckte ich überrascht zusammen, doch der Barmann stellte den Ton sofort leiser. Die Stimmung entspannte sich. Wer sich keinen frischen Kaffee holte, wisperte und murmelte angeregt; es klang wie das Fachsimpeln bei einer Sportübertragung, nur weniger laut.

Der Mann vom Nachbartisch lehnte sich zu uns herüber und fragte etwas. Kaisa erwiderte, ich hörte *«sveitsiläinen»* und nickte automatisch, wie immer, wenn ich dieses Wort hörte.

«Aha», nickte der Mann und flüsterte weiter, wobei er mich mit freundlicher Miene musterte.

«Ein Schweizer ist auch dabei», übersetzte Kaisa, «und er schlägt sich ganz wacker, für einen Ausländer.»

«Wo schlägt er sich ganz wacker, der Schweizer?»

«Das hat er nicht gesagt.»

«Dann frag ihn doch!»

Ein paar Minuten später schnappte ich mir Kaisas Mobiltelefon und schrieb eine SMS an die Redakteurin einer Schweizer Zeitung. «Hei Brigitte, bin in Lappland. Schweige-WM mit erfolgreichem Schweizer Teilnehmer. Interessiert?»

Es war, als säße er im Wasser, umgeben vom Schweigen. Er nahm alles nur gedämpft wahr, leise, verschwommen. Er rang nach Atem, aber da gab es keine Luft, er röchelte, sein Röcheln hörte sich fremd an, und plötzlich sah er sich selbst, er saß in einem

Wohnzimmer wie in einem Aquarium, er blätterte in einem Buch, ohne es zu lesen, und er spürte: Ein Wort nur, und er würde auftauchen und das unerträgliche Gefühl abschütteln wie Wassertropfen, ein Wort nur, und er würde wieder atmen. Doch er sagte nichts, er erhob sich und kämpfte sich durch die schwere Atmosphäre, jede Bewegung eine quälende Anstrengung, als ginge er unter Wasser, und er schleppte sich hinters Haus, zum Holzstapel. Er ergriff die Axt. Hackte Scheit um Scheit. Zwei Stunden lang. Dann war das bedrückende Gefühl verschwunden.

«Du willst dich doch nur über uns lustig machen.» Kaisa funkelte mich an. «Die Finnen, das eigenartige Völkchen aus dem Norden mit seinen schrulligen Sitten! Unartikulierte Provinzdeppen, das sind wir in euren Augen, Säufer und Schweiger, und aus diesen Klischees willst du Kapital schlagen!»

«Keineswegs», verteidigte ich mich.

Wir saßen in einem ziemlich leeren Bus; es war kurz nach Mittag, doch draußen herrschte, wegen der dichten Wolkendecke, dämmergraue Düsternis.

«Und warum fahren wir dann nach Sodankylä und nicht wie geplant nach Enontekiö?»

«Auch in Sodankylä können wir Ski laufen.»

«Aber der Nationalpark ist bestimmt reizvoller als die Umgebung von Sodankylä.»

«Schneebedeckt und in der Winternacht sieht Lappland überall gleich aus, das hast du selbst gesagt.»

Das stimmte. Ursprünglich hatte Kaisa gar nicht nach Lappland gewollt. Schon gar nicht im Winter. Aber ich hatte insistiert und geschwärmt von Langlaufen, Skifahren, Hundeschlitten, Nordlicht – das volle Programm.

«Und was bin ich für dich? Auch nur ein Finnlandklischee?»

Ich schüttelte seufzend den Kopf und verdrehte die Augen. Dabei hatte sie natürlich recht: Die Schweige-WM reizte mich mehr als die Vorstellung, bei minus 20 Grad durch die Dunkelheit zu langlaufen. Ins winterliche Lappland trieben mich nicht in erster Linie sportliche Gründe – ich wollte die ewige Nacht und ihre Farben erleben und das Nordlicht. Vor allen Dingen aber wollte ich dem finsteren Grau entfliehen, das sich seit Monaten auf Helsinki gelegt, sich bis in die hintersten Winkel unserer Gemüter eingenistet und Kaisas Augen ihres Glanzes beraubt hatte.

Es war mein erster Winter in Finnland, er übertraf meine Erwartungen bei weitem, und ich wusste nicht, inwieweit unsere Beziehungskrise von einem finnlandtypischen, saisonalen Gefühlstief bedingt war oder ihren Ursprung tatsächlich in uns selbst hatte.

Eine Abwechslung tat not. Weil das Geld aber nicht für die Südsee reichte, hatte ich die tollkühne Idee, die Flucht nach vorn anzutreten, ins Herz der Finsternis, nach Lappland. Hier würden wir, glaubte ich, zusammenrücken, ja uns wieder aneinanderkuscheln und während des ekstatischen Nordlichts das Angenehme mit dem Sinnvollen verbinden. Ganz offensichtlich ein Trugschluss.

Kaisa starrte aus dem Busfenster.

Ich betrachtete sie, ihr kurzes, rötlich gefärbtes Haar, die zierliche Nase, die aparten Wangenknochen, ihren Hals. Sie war wunderschön.

Als sie meinen Blick spürte, versteckte sie ihren Hals unter ihrem Schal.

«Du wusstest also nichts von dieser Schweige-WM», bemühte ich mich noch einmal um ein Gespräch, «obwohl ihre Live-Übertragung populärer ist als jede Reality-TV- und jede Casting-Show?»

«Sie ist im Norden populär», präzisierte Kaisa. «Nur im Norden. Das ist ein großer Unterschied.»

Für den Rest der Fahrt hüllte sie sich in Schweigen.

Schwerfällig stand er auf. Der Blick auf den Ämterplan zeigte, dass er heute dran war mit Spülen. Das störte ihn nicht. Im Gegenteil. Es war Zeitvertreib. Mindestens eine halbe Stunde Ablenkung; keine Versuchung, etwas zu sagen. Die Tage werden lang, wenn man schweigt. Es ist ein Unterschied, fand er, ob man einfach so schweigt, freiwillig, oder ob man schweigen muss.

Tero und Anu verließen die Küche. Nur Pirjo saß noch am Tisch. Er hörte, wie sie sich eine weitere Tasse Kaffee einschenkte. Zucker. Milch. Der Löffel klirrte in der Tasse.

Viel zu lang rührt sie ihn, ihren Kaffee, viel zu lang. Es klingt gedankenverloren. Oder gelangweilt. Woran denkt sie wohl?

Die Wanduhr tickte. Der Kühlschrank brummte. Nun legt sie vermutlich ihre Hände um die Tasse, wie sie das oft tut.

Er drehte den Wasserhahn auf; das Wasser rauschte ins Spülbecken. Er spürte Pirjos Blick in seinem Rücken. Er drehte sich nicht um. Es reichte ihm aus, ihren Blick zu spüren.

Dölf und Ueli vom Außendienst hatten ihn angemeldet. Ein Scherz. Das war ihr Geburtstagsgeschenk gewesen. 57 war er geworden, im letzten September. Er sei zwar ein guter Freund, hatte der Dölf gesagt, aber seit dem Tod seiner Erika öffne er kaum mehr den Mund. Deshalb schicken wir dich nun zur Schweige-WM nach Finnland. Zur Kur. Und alle hatten gelacht, auch er.

Tasse um Tasse spülte er, langsam und gründlich. 13 Tassen waren übrig. Vor 25 Tagen waren es noch 33. Sollte er nun den Tisch abräumen? Besser nicht. Noch saß Pirjo da, und am liebsten vermied er es, ihr allein gegenüberzustehen. In diesen Momenten fiel ihm das Schweigen besonders schwer.

Wie erstaunt sie gewesen waren, Dölf und Ueli und die ande-

ren, als er tatsächlich Ferien ab dem 16. Dezember eingegeben, vier Wochen plus die Überstunden, und den Flug nach Helsinki gebucht hatte. Als er dann gefahren war, mit dem Zug nach Zürich und dem Flugzeug nach Helsinki, dann im Nachtzug nach Rovaniemi und im Bus nach Sodankylä, war auch er überrascht gewesen über seine Reise. Von Finnland hatte er nicht viel gesehen, es war immer dunkel. Die Schweige-WM begann am Tag vor der Polarnacht in Sodankylä; die Sonne schaffte es eine Woche lang nicht über den Horizont, die Nacht war endlos.

Stühlerücken. Pirjo stand auf. Sie legte ihre Tasse zu den anderen, eine Weile stand sie neben ihm, er spülte weiter, mechanisch, als erwartete er etwas, doch sie verließ die Küche. Die Tür fiel ins Schloss. Er war allein. Er seufzte. Seufzen war erlaubt.

Die Pressefrau am Empfang strahlte mich an, mit grünblauen Augen, deren Leuchtkraft mir den Atem verschlug. Internationale Presse sah sie selten. Mehr als eine launige Meldung, hatte mir Brigitte nach ihren Recherchen gemailt, sei die alle zwei Jahre stattfindende Schweige-WM den Nordeuropa-Korrespondenten nie wert. Dass ein ausländischer Berichterstatter persönlich in Sodankylä auftauchte, grenzte wohl an eine kleine Sensation.

Das WM-Zentrum war im langen Esssaal eines unansehnlichen Hotelklotzes im Zentrum der Stadt untergebracht. An der Wand gegenüber vom Eingang hing die Leinwand für die Live-Übertragung. Schräg daneben, auf einem niedrigen Podium, saß der Kommentator in einem behelfsmäßig eingerichteten Fernsehstudio. Vor der Leinwand waren ein gutes Dutzend Stuhlreihen für das Publikum aufgebaut, dahinter standen einige Tische. Etliche Besucher lehnten sich an die lange Bartheke. Trotz des regen Barbetriebs war die Atmosphäre ruhig und konzentriert, zusätzlich gedämpft durch den dicken, roten Teppichboden. Große Transparente schmückten die mit dunkelroter Tapete ausgekleidete Wand und die gegenüberliegende Fensterfront. «Schweigen ist Gold» prangte auf einem, das Motto der Weltmeisterschaft, anderswo hieß es: «Am Anfang war das Schweigen», «Wer das Schweigen nicht ehrt, ist des Redens nicht wert» und «Schweigen – das wahre Gold Lapplands».

Eine Pressemappe in Englisch oder Deutsch habe sie leider nicht, bedauerte die Pressedame flüsternd, als sie mir das Akkreditierungsformular aushändigte, aber vielleicht, fuhr sie mit einem neugierigen Blick auf Kaisa fort, könne meine Begleiterin … – da wurde sie von einem deutlichen *«no voi perkele!»* aus den Lautsprechern neben der Großleinwand unterbrochen; im WM-Zentrum wurde es plötzlich unruhig, es wurde getuschelt, vereinzelt wurde gelacht und gejohlt.

Ich wandte mich um und erblickte auf der Leinwand das Gesicht einer Frau, in deren Miene die Erkenntnis der Niederlage sichtbar wurde. Sie steckte sich einen blutenden Finger in den Mund, dann sackte sie zusammen, ein paar Tränen kullerten über ihre Wangen, sie legte den Kopf in die Arme. Die Kamera schweifte über die anderen WM-Teilnehmer am Küchentisch. In ihren Gesichtern spiegelten sich Mitgefühl oder Gleichgültigkeit – nur ein kurzer, drahtiger Mann mit akkurat gestutztem Schnurrbart konnte sich ein schadenfreudiges Glitzern in seinen nah beieinanderliegenden Augen nicht verkneifen.

«Anu Laine, ausgerechnet!», stellte die Pressefrau bekümmert fest, als sie sich wieder gefasst hatte.

Die Wiederholung in Zeitlupe zeigte, wie sich Frau Laine beim Brotschneiden in den Finger schnitt und aufschrie.

«Wie schade! Anu wurde vor zwei Jahren immerhin überraschende Fünfte und galt dieses Jahr als Medaillenanwärterin.»

Eine ähnliche Betroffenheit spiegelte sich in den meisten Gesichtern des Publikums wider. Anu war beliebt gewesen, erfuhr ich, eine bescheidene Frau, intelligent und gebildet, vor ihrer Pensionierung hatte sie als Forstingenieurin in Nordkarelien gearbeitet.

«Ich bin übrigens Aamu», stellte sich die Pressefrau unvermittelt vor, «herzlich willkommen in Sodankylä, im Herzen von Lappland.»

Aamu reichte mir meine Akkreditierung und die Pressemappe, und nach einem weiteren Blick auf die eisig schweigende Kaisa wisperte sie mir zu, sie stünde natürlich jederzeit zu meiner Verfügung für alle Informationen rund um die Weltmeisterschaft.

Ich bedankte mich und fragte nach dem Schweizer Teilnehmer.

«Seppo? Ja. Er ist der letzte verbleibende Ausländer und hat viele Fans, die ihn bereits dreimal zum Schweiger des Tages gewählt haben. Er schlägt sich erstaunlich gut, trotz einer sehr eigenwilligen Technik.»

«Technik?»

«Gewiss», antwortete Aamu. «Aber darüber sprechen Sie am besten mit einem unserer Experten, Jaakko Ukkonen zum Beispiel, ein bekannter Fachjournalist.»

Sie wies auf einen beleibten Bartträger in Jeanshemd, der in ein angeregtes Gespräch mit zwei älteren Frauen vertieft war.

«Aber», hakte ich nach, «hat dieser Seppo eine reale Chance auf eine Medaille?»

Aamu lächelte und wiegte ihren Kopf.

«Schwer zu sagen», erwiderte sie diplomatisch. «Immerhin

tritt er gegen Größen wie den dreifachen Weltmeister Erkki Karjalainen an, den Goldgräber aus Lemmenjoki, der als Einziger in diesem abgeschiedenen Naturschutzgebiet auch überwintert. Kaum weniger berühmt ist der ewige Zweite, Tero Määttä aus Kittilä, ein ausgemusterter Oberst der Panzertruppen, hart, ehrgeizig und schwerhörig. Letzteres ist hier vermutlich ein Vorteil.» Sie lachte. Außerdem sei Tero Alkoholiker, doch während der WM disziplinierter Abstinenzler – um nach seinem Ausscheiden jeweils eine Woche lang sturzbesoffen für Randale zu sorgen.

«Vor vier Jahren», kicherte Aamu, «ist er in einem alten Panzer zur Siegerehrung nach Sodankylä zurückgekehrt und drohte, als steckte er mitten im Winter- oder im Bürgerkrieg, das ganze rote Gesindel der Stadt nach Ostkarelien zu ballern.»

«Und?»

«Erkki Karjalainen war der Einzige, der keine Angst hatte. Er schnappte sich Teros Silbermedaille, die Miss Rovaniemi auf einem Samtkissen trug, hing sie über das Kanonenrohr und baute sich vor Tero auf. Und schwieg ihn an. Zehn Minuten lang standen sie einander gegenüber, dann war Tero wie ausgenüchtert, entschuldigte sich, schnappte sich die Medaille, verschwand in die nächste Bar und versoff sie.»

Ich traute kaum meinen Ohren, diese Anekdote war zu schön, um wahr zu sein, und würde meiner Reportage echtes finnisches Kolorit geben. Ich drehte mich grinsend zu Kaisa um. Als auch Aamu sah, dass Kaisa sich entfernt hatte, entriss sie mir die Pressemappe und kritzelte etwas auf ihre Rückseite.

«Meine Telefonnummer. Du darfst mich jederzeit anrufen.»

Nun war auch Anu ausgeschieden, nach einem dummen Missgeschick beim Frühstück. So schnell konnte es gehen. Eine elegante Frau, eine studierte Waldingenieurin, sie passte, fand er, irgendwie nicht hierher, aber sie hatte ihn beeindruckt.

Er steckte sich die Brissago in den Mund und zündete sie an. Es war kalt. Mindestens minus 15 Grad. Trotzdem stand er gerne auf der Veranda, blickte über den Fluss in die Nacht. Der Himmel war tiefschwarz. Bis auf die hell funkelnden Sterne und den schmalen grün-violetten Lichtstreifen am Horizont.

Er fühlte sich wohl hier. Manchmal vergaß er, dass er an einer Weltmeisterschaft teilnahm, und empfand es wie Ferien. Er schwieg ja gerne. Schon früher hatte er nie viel geredet. Seit Erikas Tod aber schwieg er noch mehr, da hatte der Dölf schon recht. Sieben Jahre war das her. Er sang zwar immer noch im Jodelchor, spielte im Theater, meistens wichtige Nebenrollen, war Kassier im Schützenverein und traf sich ein- oder zweimal pro Woche mit seinen Freunden und Kollegen im Bahnhöfli oder im Alpenhof auf ein Bier. Einsam war er nicht, und er lebte auch nicht besonders zurückgezogen, aber er war, das war natürlich auch ihm selbst aufgefallen, sehr schweigsam geworden. Schweigen und reden lassen, das war ihm am liebsten.

Anu war sehr umtriebig gewesen. Sie hatte ein ausdrucksstarkes Mienenspiel, vielleicht war auch sie Laienschauspielerin, und sie wusste, wie man Leute zum Sprechen verleitete. Überraschung, Verwirrung, Erschrecken, Bewunderung, das setzte sie gekonnt ein. Er hatte auch beobachtet, wie sie sich vorübergehend mit gewissen Schweigern zusammengeschlossen hatte, um andere in die Enge zu treiben. Er hatte sich da rausgehalten. Er war gekommen, um zu schweigen, und nicht, um zu taktieren und zu paktieren. Außerdem war ihm früh aufgefallen, dass die aktivsten Intriganten oft in die eigenen Fallen tappten.

Da war Pirjo ganz anders. Sie war ihm am Anfang gar nicht

aufgefallen. Da war er vermutlich noch zu sehr mit sich selbst beschäftigt gewesen. Außerdem war sie gar nicht sein Typ – falls es für ihn überhaupt noch einen Frauentyp gab, seit Erikas Tod. Pirjo war mollig, hatte weiche Gesichtszüge und trug meistens grüne oder gelbe Blusen oder Pullover mit auffälligen Mustern. Als sie an einem ihrer Tanznachmittage zum ersten Mal miteinander tanzten, einfach nur tanzen konnten und nicht sprechen mussten (denn das hasste er am Paartanz, die Verpflichtung zum Plaudern) – das war, Sepp seufzte, einfach angenehm und schön gewesen.

Er nahm einen tiefen Zug von seiner Brissago. Mit diesen Zigarren hatte er große Erfolge gefeiert. Alle Männer wollten sie probieren, lang, dünn und leicht gekrümmt, so etwas kannten die hier nicht. Nun, auch er musste sich an mancherlei fremde Sitte gewöhnen. Den Käse schnitt man hier nicht mit dem Messer ab, sondern schabte mit einer Art Hobel dünne Scheiben ab. Falls man den Emmentaler, der hier aufgetischt wurde, überhaupt Käse nennen konnte. Wie geschmackloser Gummi kam er ihm vor.

Auch die anderen ausländischen Teilnehmer hatten mehr als einmal für Belustigung gesorgt. Ein Japaner war noch dabei gewesen, am Anfang, ein Argentinier, eine temperamentvolle Estin und ein trübseliger Russe. Sie waren ziemlich früh ausgeschieden.

Seine Gedanken schweiften ab, immer wieder. Wenn man ständig schweigt, ist es schwierig, sich zu konzentrieren. Die Gedanken verselbständigen sich und jagen von einem zum anderen; er hatte gar nicht geahnt, dass er überhaupt so viele hatte. Am bedrückendsten fand er, dass er nicht einmal mit sich selbst sprechen durfte, oder mit Erika, wie er es zu Hause manchmal tat. Sogar Singen und Summen waren untersagt. Wie gerne hätte er die lappländische Winternacht mit einem schwermütigen Naturjuchz begrüßt.

«Die Japaner», versuchte ich das im Bus unterbrochene Gespräch fortzusetzen, als wir wenig später, nachdem wir unser Hotelzimmer bezogen hatten, in der Sauna schwitzten, «sind davon überzeugt, dass ein Kind, das während des Nordlichts gezeugt wird, ein besonders glückliches und erfolgreiches Leben genießen wird.»

Kaisa war noch immer sauer, ihr Schweigen war giftig. Ungerechterweise, wie ich fand.

Tatsächlich gab es, hatte ich unlängst gelesen, in Lappland Hotels, die ihren japanischen Gästen einen speziellen Nordlicht-Service anboten. Entfaltete sich die Lichtshow am Firmament, erklang eine Sirene oder ein Glockengebimmel, vermutlich wurden die zeugungswilligen Paare heutzutage auch durch einen SMS-Alarm aufgeschreckt, und statt das Naturphänomen zu bestaunen, hüpften sie ins Bett.

«Gewisse Hotels bauen zu diesem Zweck sogar Iglus mit Eisdächern», versuchte ich die frostige Stimmung aufzutauen. «Ich frage mich, wer aus zeugungs- und glückstechnischen Gründen auf dem Bärenfell liegt, mit Blick auf das Nordlicht …»

Kaisa ergriff die Schöpfkelle und goss Wasser auf die heißen Steine. Das Wasser verdampfte zischend, eine Hitzewolke hüllte uns ein.

«Gut, ihr Finnen glaubt nicht an solche Märchen. Aber können wir damit nicht zumindest unseren Spaß haben? Und sollten wir nicht alles dafür tun, dass unser Kind glücklich und erfolgreich wird?»

Der trübe Schleier über ihren Augen verflüchtigte sich plötzlich, blau leuchteten ihre Augen im Dämmerlicht der Hotelsauna – bezaubernd, aber kühl und hart.

«Ach Frank, mich stört, wie du das Ganze geplant hast, ohne mich einzubeziehen», sagte sie. «Mich stört, dass du mich gedrängt hast, auf einen interessanten Auftrag in Helsinki zu verzichten und auf die Finissage von Kirsis Ausstellung, nur damit wir, wie ich jetzt erfahre, während meines Eisprungs in Lappland sind. Mich stört …»

«Es sollte doch eine romantische Überraschung sein!»

«Du bist ein Trampel, echt. Auf solche Überraschungen verzichte ich gerne.»

«Du übertreibst …»

«Schau uns doch an. Wir streiten nur noch. Und da willst du ein Kind? Kommt das nicht ein bisschen plötzlich? Und zu einem unpassenden Zeitpunkt?»

Der Kinderwunsch komme gar nicht plötzlich, hätte ich gerne entgegnet, immerhin seien wir schon seit einem Dreivierteljahr zusammen, und offenbar habe sie vergessen, dass wir bereits im Sommer über Kinder gesprochen hätten. Wenn alles so schnell ginge zwischen uns, dann liege das eben daran, dass alles sofort so klar gewesen sei … – sie ließ mir jedoch keine Gelegenheit.

«Und überhaupt», fuhr sie spöttisch fort, «du hast doch heute ein Nordlicht gefunden.»

Ich blickte sie fragend an.

«Deine eifrige Pressetante. Zünd doch mit ihr ein Nordlicht an …»

Die Tür wurde aufgestoßen, zwei Frauen und ein Mann betraten die Sauna; sie nickten uns zu und setzten sich; ihre Anwesenheit ersparte uns die Fortsetzung unseres Gesprächs.

Ohnehin ist es legitim, in der Sauna zu schweigen. Auch und gerade zu heiklen Themen. Man schwitzt, schweigt und sitzt die Schwierigkeiten aus, bis sie verdampft sind.

Winter in Finnland. Die Jahreszeit, in der nur Anfänger, Idioten oder Touristen den Fehler machen, einen Einheimischen mit der Gesprächseinstiegsfloskel zu belästigen, wie es ihm gehe. Denn die Finnen sind nach über 8000 Wintern in ihren Breitengraden darüber hinweg, Wohlbefinden zu heucheln, und quittieren diese Frage mit einem franken «schlecht». Gewöhnlich so zurückhaltend in persönlichen Angelegenheiten, begründen sie ihr Schlechtbefinden geradezu wortreich: «Der Winter, du verstehst, die Dunkelheit.»

Ja, mittlerweile verstand ich gut. Eine andere Antwort als «schlecht» war gar nicht möglich. *Kaamos.* So nennen die Finnen die Polarnacht im Speziellen und die Winterdunkelheit im Allgemeinen. Ein Synonym für Depression. Der Normalzustand.

Der Saunaofen bullerte leise, das Licht war dämmrig; der Mann, ich glaubte ihn im WM-Zentrum gesehen zu haben, ein Fan vermutlich oder ein Funktionär, goss mehr Wasser auf die heißen Steine. Auch er und seine Begleiterinnen schwiegen.

Warum haben sich die Finnen überhaupt in diesem Land niedergelassen? Und vor allem: Warum sind sie hier geblieben? Wie hatte ich mir nur einbilden können, hier überwintern zu wollen, geschweige denn zu können? Hatte ich allen Ernstes geglaubt, die Liebe sei stärker als der Kaamos?

Ja, das hatte ich, doch nun, im Kaamos-Koma, kamen mir Zweifel – mehr denn je fühlte sich unsere Beziehung heute an wie nach einer K.-o.-Niederlage, einem Kaamos-K.o. …

Es war zu heiß, um nachzudenken. 96 Grad gab das Saunathermometer an, das ist gefühlte Höllenglut. Man kann nicht denken in dieser Hitze, man kann seine Gedanken nur fließen lassen, schweißnass flutschen und glitschen sie durch die aufgeweichten, ausgedehnten und vibrierenden Gehirnwindungen, nichts kann sie bremsen oder steuern, man muss sie erdulden, sodass zur körperlichen Reinigung die mentale

Läuterung kommt. Oder genauer: Qual und Tortur für Körper und Geist …

Ich blickte Kaisa an.

Haben die Finnen zwei Persönlichkeiten? Teilte sich meine Liebste in eine Sommerfee und eine Winterhexe? Oder hatte ich mich unter dem Einfluss des Winters verändert?

Nichts sei einfacher, als sich im Sommer in eine finnische Frau zu verlieben, aber nichts sei so schwierig, den ersten Winter gemeinsam durchzustehen, hatte unsere gemeinsame Freundin Kirsi trocken festgestellt, als die Tage spürbar kürzer wurden. Das war Mitte Oktober. Betont ernsthaft, als wolle sie jeglichen Ironieverdacht vermeiden, hatte sie angefügt: «Fordert das Schicksal nicht heraus! Überwintert in der Schweiz! Kommt nicht vor Mai zurück nach Finnland!»

Ich hatte gelacht. Auch Luzern, hatte ich erwidert, sei berüchtigt für sein zähes Nebelgrau. Und ich hatte von der legendären Werbekampagne der Luzerner Touristiker in Saudi-Arabien erzählt: Wer sich fünf Tage in Luzern aufhalte, versprachen sie den Wüstensöhnen und -töchtern, werde mit mindestens einem Regentag belohnt.

Eine weitere Dampfwolke umwallte mich.

Und die Pressefrau? Wie hieß sie noch? Aamu. Das bedeutete Morgen. Wie passend. Ihre flachsblonden Haare umspielten ihren Nacken wie tausend feine, hell schimmernde Sonnenstrahlen, und ihre grünen Augen erinnerten mich an die Seen und das Meer, die nun unter einer dicken Eisschicht verborgen waren. Morgenröte. Morgenlicht. Allein ihre Leuchtkraft könnte, phantasierte ich in der Saunahitze vor mich hin, während mein Schweiß in das schlüpfrige Pfützchen zwischen meinen Füßen troff, allein die Leuchtkraft ihrer Augen könnte meinen Organismus aus dem Ruhezustand, in dem er sich seit einigen Monaten befand, befreien …

Oder war sie etwa nur eine Fata Morgana, eine luftgespiegelte Fee aus dem vergangenen Sommer, oder gar eine Agentin des KMO's auf Mission in Sodankylä, die mir den Winter mit ihrem Anblick versüßen sollte, damit ich mich auch weiterhin vom Kaamos knechten ließe, das Unerträgliche ertrüge und die trostlose Atmosphäre durch meine depressiven Ausdünstungen noch verdüsterte …

Ich stand auf und verließ die Sauna. Kaisa blieb sitzen, den Kopf gesenkt. Ihr Körper wirkte niedergeschlagen und schweigsam. Ich duschte, trocknete mich ab, setzte mich auf eine Liege, trank ein Glas Wasser. Wenig später folgte Kaisa. Sie legte sich neben mich. Ich drückte sie an mich. Sie war noch heiß und verschwitzt und fühlte sich gut an. Sie seufzte. War der Winter schuld an unserer Krise? Oder waren wir es?

«Entschuldigung», wisperten wir.

Wir schwiegen sofort wieder, als hätten wir Angst, diesen zaghaften Versuch einer Versöhnung durch ein falsches Wort zunichtezumachen. Dann küsste sie mich, duschte und kehrte in die Sauna zurück.

Ich kleidete mich an und ging ins WM-Zentrum. Die Sauna hatte gutgetan. Ich suchte die Bar auf, um dort auf Kaisa zu warten. An der Theke stand Aamu und trank ein Glas Wasser. Weil ich nichts Besseres zu tun hatte, vergewisserte ich mich, dass sie keine Fata Morgana war, sondern echt und lebendig.

Löyly, so hieß der Dampf, der entstand, als Tero Wasser über die heißen Steine goss, das hatte Sepp in seinem Reiseführer nachgelesen. Er war hier zum ersten Mal in einer Sauna gewesen, eine Willkommenssauna am ersten WM-Abend, und er hatte sich so ungeschickt angestellt, dass die anderen ihn spöttisch belächelt hatten. Einer hatte sich sogar bemüßigt gefühlt, einen Witz zu reißen – und war sofort ausgeschieden … Der erste Verlierer, gleich am ersten Tag.

Seither waren – wie viele waren gefolgt? Jetzt waren sie nur noch zwölf. Schon bald verstand er, warum die Sauna hier so wichtig war, in dieser Kälte und dieser Dunkelheit. Außerdem war ihm in dieser Hitze gar nicht nach Reden zumute.

Jeden Tag blätterte er in seinem Reiseführer. Mittlerweile war er überall gewesen, in Helsinki, Porvoo, Turku und Tampere, in Oulu, Vaasa und Kuopio und am Inari-See; er hatte das Schärenmeer und die Inselgruppe Åland erkundet, die Seenplatte durchstreift, die 13 710 Inseln des Saimaa-Sees besucht, und er war durch ganz Lappland gewandert. Finnland musste ein schönes Land sein, wenn es mal hell genug wäre, um es überhaupt sehen zu können.

Ein Wörterbuch hatte er auch mitgebracht. Ganz schön idiotisch, wie ihm kurz nach Beginn des Turniers klarwurde, ein Wörterbuch bei einer Schweige-WM.

Unterdessen war er ziemlich saunaerprobt – aber er hielt es weniger lang aus als die anderen. Er verließ die Hitze, wand sich ein Tuch um die Hüften und setzte sich auf die Treppe, die zum Fluss führte. Er dampfte.

Heute Nachmittag hatten Pirjo und er allein im Wohnzimmer gesessen: Sie häkelte, er blätterte in seinem Wörterbuch und lauschte dem Ticken der Wanduhr und dem Klickern ihrer Nadeln, das Ticken und das Klickern bildeten einen eigenartigen Rhythmus, einen zugleich nervösen und monotonen Rhythmus, geradezu hypnotisch; er fühlte sich schläfrig, er nickte kurz ein – und war plötzlich wieder wach, hellwach, und er hörte nur noch Eines, nicht das Ticken, nicht das Klickern, sondern das Schweigen zwischen Pirjo und ihm, ein … angenehmes Schweigen, nicht erdrückend, nicht erstickend, einfach … ungezwungen, natürlich.

Sepp kratzte sich am Kopf. Er dampfte nicht mehr und spürte, wie die Kälte durch die Poren in seinen Körper drang. Warum gibt es eigentlich fürs Nichtreden nur ein einziges Wort? Fürs Reden gibt es hundert oder mehr Ausdrücke, vom Flüstern zum Brüllen, vom Schwatzen zum Philosophieren, aber es gibt doch, Herrgott, mindestens so viele Arten zu schweigen! Und ist es nicht so, ereiferte er sich und schlotterte in der Kälte, während Erkki und Toivo an ihm vorbei die Treppe zum Fluss hinuntereilten, um sich ins Eisloch zu stürzen, ist es nicht so, dass das Schweigen nicht weniger wichtig ist als das Reden?

Plötzlich begriff er, warum er dem Reden misstraute. Mit Wörtern kann man lügen, wie die Ärzte gelogen hatten, während Erikas langer Krankheit, mit Wörtern kann man vom Körper ablenken, wenn man krank ist zum Beispiel, wie Erika es getan hatte, oder wenn man tanzt. Wenn man aber schweigt, kann man nicht lügen.

Määttä Tero saß noch immer auf der Saunabank und löffelte ungerührt Wasser auf die Steine, als sich Sepp wieder in die Hitze setzte. Eine harte Nuss, dieser kleine Panzeroberst, sagte sich Sepp, sehnig, immer wachsam und angespannt, die Augen kalt und durchdringend, und bis in die Spitzen seines schwarz gefärbten Schnurrbarts militärisch und rücksichtslos. Auch seine Kleider trug er wie eine Uniform, jeden Tag frisch gebügelt. Immer im Dienst. Immer alles unter Kontrolle. Nur die rotgeäderte Nase widersprach diesem Eindruck.

Ganz anders der Goldgräber, Karjalainen Erkki: groß, kräftig, leicht schwammig um die Hüften, aber in erster Linie unscheinbar. Ein so ausdrucksloses Gesicht hatte Sepp noch nie gesehen, es war nicht kühl, nicht abweisend, es war schlicht ausdruckslos, ja farblos, es hatte keine besonderen Merkmale, und auch seine weißblonden Haare und seine hellblauen Augen waren ausdruckslos. 46-jährig war Erkki laut Teilnehmerliste, aber er hätte ebenso gut 35 oder 60 sein können. Das machte ihn nahezu unsichtbar, unangreifbar. Er war zwar anwesend, meistens trug er einen einfarbigen dunklen Trainingsanzug, doch er wirkte völlig unbeteiligt, und man nahm ihn kaum wahr. Darin lag wohl der Schlüssel zu seinem Erfolg.

Der Löyly verzischte, und Sepps Gedanken kehrten zu Pirjo zurück. Das Schweigen zwischen ihr und ihm hatte sich gut angefühlt, er hatte wie befreit aufgeatmet, im selben Augenblick hatte auch Pirjo einen Seufzer der Erleichterung ausgestoßen, sie hatten sich angeschaut und gelächelt, ihm war ganz heiß geworden, bestimmt war er errötet, bestimmt hörte Pirjo, wie sein Blut rauschte und sein Herz klopfte; er hatte an Erika gedacht und die Anwesenheit Pirjos genossen.

Es war ein merkwürdiger Gedanke, der ihm da kam, aber vermutlich traf er sogar zu: Um mit einem Menschen zusammenzuleben, muss man vermutlich nicht in erster Linie reden und gute Gespräche führen können, all das, was Psychologen und Partnervermittler heutzutage behaupten, sondern vor allem gemeinsam schweigen können.

Er hatte wieder an Erika gedacht und im Wörterbuch das Wort für Liebe nachgeschlagen. Rakkaus. Er hatte Pirjos Blick gespürt und war nochmals errötet.

«Wie Wittgenstein einst sagte: ‹Wovon man nicht sprechen kann, darüber soll man schweigen.›»

«Lieber nichts sagen als Nichtssagendes», doppelte ich augenzwinkernd nach, nicht unzufrieden mit meinem Wortspiel.

Sinikka Metsäperä strafte mich mit einem kühlen Blick.

«Ich würde Wittgenstein allerdings umformulieren», fuhr sie fort: «‹Worüber man nicht schweigen kann, darüber soll man sprechen.›»

Sinikka Metsäperä, die Präsidentin des WM-Organisationskomitees und Professorin für angewandte Psychologie an der Universität Rovaniemi, saß mir an einem der Tische im WM-Zentrum gegenüber. Es war zehn Uhr morgens, draußen war es noch dunkel, und der Saal füllte sich langsam mit Publikum. Die Leinwand zeigte eine Gruppe von fünf Teilnehmern beim Lesen und Stricken; einer stand am Fenster und schaute hinaus.

Die WM-Direktorin war eine vornehm wirkende, dezent geschminkte Dame von etwa sechzig Jahren, die einen modisch geschnittenen beigen, mit dunkelbraunen und tiefroten Sami-Motiven durchwirkten Wollrock und hohe Lederstiefel trug. Geboren und aufgewachsen in Turku, hatte sie sich während ihres Studiums in Lappland niedergelassen. «Wegen der Kunst des Schweigens», wie sie am Anfang unseres Gesprächs gesagt hatte. Mit ihrer Dissertation *Die kommunikative Kraft des positiven Schweigens* hatte sie weit über Lappland hinaus für Aufsehen gesorgt.

«Schweigen ist eine finnische Tugend, die verlorengeht», erklärte sie mir. «Mobiltelefone, Fernsehen, Internet, Radio, MP3-Player – jede Nichtigkeit wird in die Atmosphäre gebrüllt, und ständig werden wir mit Sprache bombardiert. Waren sie kürzlich in Turku oder Helsinki? Da wird doch mittlerweile nur noch geschnattert und gegackert, gekollert und gequorrt, schlimmer als in Paris oder Rom, nicht wahr?»

Dabei, wiederholte sie und fuhr sich durch ihr kurz geschnittenes dunkles Haar, sollte man nur über das reden, worüber sich nicht schweigen ließe, in den meisten Fällen verstehe man sich auch so, ohne immer alles leerzuschwätzen, das sei außerdem viel gesünder.

«Wie schon Seneca sagte: ‹Wer nicht zu schweigen weiß, der weiß auch nicht zu reden.›»

«Sagt etwas, bitte, irgendetwas!», dröhnte es aus den Lautsprechern in die gedämpfte Ruhe des WM-Zentrums.

Erschrocken zuckten wir zusammen.

Auf dem Bildschirm stand ein etwa 35-jähriger Mann mit totenblassem Gesicht. Er hatte sich vom Fenster ab- und seinen Mitschweigern zugewandt. Sein Blick war starr; er zitterte am ganzen Körper, sein Mund schäumte.

«Bitte sprecht doch endlich, sagt mir was, irgendetwas, schweigt mich nicht länger an!»

Er schluchzte.

«Teppo Ihalainen», sagte Sinikka. «Das sieht gar nicht gut aus. Er zeigte schon am Anfang Zeichen von Instabilität. Ich muss unser Gespräch leider unterbrechen, Frank, es ist meine Aufgabe, die ausscheidenden Teilnehmer in Empfang zu nehmen.»

Sie erhob sich.

«Schweigen ist mehr als eine Lebenshaltung. Therapeutisch eingesetzt kann Schweigen in diesen immissionsverseuchten Zeiten unser Gehirn regenerieren.»

Ich nickte bloß.

«Deshalb setzen wir uns bei der UNO für einen Welttag des Schweigens ein und für Schweigepausen bei internationalen Konferenzen. Gerade im interkulturellen Dialog in multikulturellen Gesellschaften wird das Schweigen als Kommunikationsmittel eine immer größere Rolle spielen.» Darüber erzähle sie mir später gerne mehr, sagte sie noch, ich dürfe ihre Dissertation gerne behalten – und sie rauschte davon.

«Am Anfang war das Schweigen», so begann das Vorwort, «und das Schweigen war bei Gott.» Der eigentliche Sündenfall des Menschen, führte Sinikka Metsäperä aus, sei die Entwicklung der Sprache gewesen. Ich blätterte weiter. «Ich schweige, also bin ich.» Eins mit der Schöpfung könne man nur schweigend sein, und es sei kein Zufall, dass alle Meditationstechniken auf dem Schweigen basierten. Weiter hinten, im Kapitel «Das Schweigen der Weisen», entnahm ich einer Statistik, dass der Mensch rund 77 Prozent seines Lebens schweigend verbringt. Das letzte Kapitel war überschrieben mit «Die unerträgliche Schweigsamkeit des Seins». Ich klappte das Buch zu. Perplex.

Ich hatte, da lag Kaisa mit ihrem Verdacht natürlich richtig, die Schweige-WM für den Stoff für eine launige Reportage gehalten und einen Anlass wie das weltmeisterschaftliche Frauentragen oder das Mückentotschlagen erwartet: mit größtmöglicher Konsequenz durchgeführt, aber durchzogen von trockener Selbstironie; ein typischer finnischer Scherz also. Ich hatte Brigitte gestern die meiner Ansicht nach witzigsten WM-Slogans und ein paar Wortspiele wie «Die Meisterschweiger von Sodankylä», «Schweigsamer Schweizer schweigt mit» und «Ein Schweiggenosse in Lappland» gesimst, und sie wartete bereits ungeduldig auf den Text.

Und nun das: Ein durch und durch ernsthafter Wettkampf, der seit sechzehn Jahren alle zwei Jahre stattfand und von einer Philosophin geleitet wurde. Jeden Tag verteilte eine Fachjury Stilnoten, das Fernsehpublikum wählte den Schweiger des Tages, und abends, vor den Hauptnachrichten, diskutierten Experten, Juroren, frühere Weltmeister, Ausgeschiedene und Prominente über die Ereignisse des Tages.

Besonders faszinierend war das Live-Publikum: Tag für Tag fanden sich um die hundert Menschen im WM-Zentrum ein und fieberten stundenlang vor der Großleinwand mit. Viele Fans trugen T-Shirts mit den Namen der Teilnehmer, andere hielten Transparente mit ermunternden Aussagen in die Höhe: *Ole hiljaa, Pirjo!* (Sei still, Pirjo!), *Anna palaa, Erkki!* (Gib Gas, Erkki!), *Turpa tukkoon, Tero!* (Halt's Maul, Tero!). Selbst das eine oder andere Schweizer Fähnchen wurde geschwungen, wenn Seppo auftauchte: *Seppo vaikenee parhaiten!* (Sepp schweigt am besten!)

Das Publikum war sehr gemischt; tagsüber waren natürlich viele Rentner und Arbeitslose da, die meisten in Trainingsanzügen, aber auch Mütter mit kleinen Kindern, und täglich kamen auch Schulklassen aus ganz Lappland. Nach 17 Uhr wurde das WM-Zentrum zum Treffpunkt der werktätigen Bevölkerung, die Atmosphäre wurde unruhiger, die Diskussionen lebhafter – es wirkte wie eine Mischung aus Public Viewing, Happy Hour und After-Work-Party. Um 23 Uhr, wenn sich die meisten WM-Teilnehmer zum Schlafen zurückgezogen hatten, war Schluss mit der Übertragung – bis um 6 Uhr früh. Nur die Mikrophone blieben an, und zwei Jurymitglieder hielten Nachtwache, um sicherzustellen, dass auch alle in der Nacht schwiegen.

Während des Wochenendes, hatte Aamu stolz angekündigt, würden Prominente aus ganz Finnland und aus den lappländischen Provinzen Norwegens, Schwedens und Russlands anlässlich des Telethons des Schweigens je eine Stunde lang öffentlich schweigen und Geld für das Haus des Schweigens sammeln, ein Studien- und Therapiezentrum, das 20 Kilometer vom Zentrum von Sodankylä entfernt gebaut werden sollte, mitten im Wald.

Ich setzte mich zu Kaisa. Sie saß an einem Tischchen vor der Bar, blätterte in einer Zeitschrift und sah fürchterlich gelangweilt aus. Ich drehte mich zur Großleinwand um. Es passierte nicht viel. Ich bemühte mich, die Begeisterung des Publikums nachzuvollziehen. Was sollte so spannend daran sein, eine Wohngemeinschaft mittelaltriger, durchschnittlich unattraktiver Schweigender zu beobachten? Es gelang mir nicht. Ich sah keine Strategen oder Taktiker am Werk, sondern einfach Menschen, die, von Kameras gefilmt und von Mikrophonen belauscht, in einem alten Schulgebäude hausten und nicht redeten.

«Das ist doch langweilig», flüsterte Kaisa. Sie hatte recht, aber das behielt ich für mich.

«Sollen wir morgen einen Ausflug auf einem Hundeschlitten machen? In Luosto, nicht weit von hier, gibt es Huskyfarmen, und bestimmt kann man mit den Schlitten auch in den Nationalpark.»

Ich nickte. Warum nicht. Ein bisschen Abwechslung würde uns guttun.

Es war so still, dass man die Eiszapfen am Dach wachsen hörte. Er hörte den Schnee in der Kälte knistern und das Eis am Flussufer knacken. Auch im Haus fiel ihm in den ersten Tagen vor allem die Stille auf. Dann begann er zu hören, immer mehr Geräusche, überall. Ein lecker Wasserhahn. Ächzendes Holz. Knarrende Treppen. Der bullernde Ofen. Die Wanduhr. Das Klicken von Pirjos Stricknadeln. Schritte. Raschelnde Kleider. Das Pingpong der Pingpongbälle auf dem Pingpongtisch. Trippelnde Mäuse in den Wänden. Sein eigenes Atmen. Das Rauschen seines Bluts. Unterdrückte Seufzer. Manchmal erschrak er, wenn sich jemand räusperte. Die Stille war ohrenbetäubend. Die Geräusche waren wohltuend. Wenn schon die Menschen schweigen, sollen zumindest die Dinge sprechen.

«Die Spielregeln sind, wie in den meisten klassischen Sportarten, denkbar einfach», erklärte Jaakko Ukkonen. Ukkonen, ein bärtiger Mittfünfziger mit dicker Hornbrille, war Redakteur der Zeitschrift *Nordisches Schweigen* und Mitinitiant der

Schweige-WM. Er trug dasselbe Jeanshemd und dieselben ausgebleichten Jeans wie all die Tage zuvor, dazu Hausschlärpen aus weichem Rentierleder. Jaakko hatte alles getan, was man in Lappland so tun kann – außer Alkoholiker zu werden oder seine Heimat zu verlassen. Er hatte Rentiere gehütet, im Wald gearbeitet, Straßen unterhalten, von der Wohlfahrt gelebt, Touristenführer gespielt, Schneemobilpisten gefräst und nach Gold geschürft, ehe er vor etwa zwanzig Jahren einen Sommer allein in einer verlassenen Waldarbeitersiedlung verbracht und zu schreiben begonnen hatte.

«Wer am längsten schweigt, gewinnt.»

Mittlerweile war ich vier Tage in Sodankylä und traf mich nun zum wiederholten Male mit ihm und der WM-Therapeutin Kati Ala-Seppälä bei Kaffee, Tee und *pulla*.

«Ist das nicht zu simpel? Kann das nicht jeder Finne, einfach schweigen?» Ich grinste. «Was ist, wenn die Teilnehmer nie wieder reden?»

«Das kommt nicht vor», erwiderte Ukkonen mit einem halb gequälten, halb nachsichtigen Lächeln. Wie Sinikka Metsäperä goutierte er meine Ironie nicht, war aber offensichtlich an solche Fragen gewöhnt. «Selten hat eine WM länger als fünfzig Tage gedauert. In der Regel scheidet rund die Hälfte der 33 Teilnehmer ziemlich früh aus, in den ersten zwanzig Tagen, während und kurz nach den Feiertagen, in denen das Schweigen den Teilnehmenden besonders stark zusetzt. Das Schweigen unter Wettkampfbedingungen unterscheidet sich vom Schweigen im Alltag. Der Druck, verstehst du, der Druck, nicht reden zu dürfen, nicht einmal mit sich selbst.»

«Auch das Zusammenleben auf engstem Raum in einer Wohngemeinschaft darf man nicht unterschätzen», warf Kati ein, die für die psychologische Betreuung der ausscheidenden Teilnehmer zuständig war. Sie war im hochnordischen Utsjoki aufgewachsen und nach ihrer Ausbildung zur Heilpädagogin in Tampere nach Lappland zurückgekehrt. Ich schätzte sie auf Anfang dreißig, sie hatte ein offenes, rundes Gesicht, dunkle Augen und trug mit Vorliebe weit geschnittene Kleider in warmen Farbtönen. «Daran sind die wenigsten gewöhnt.»

«Bis auf die Insassen von Altersheimen und Gefängnissen», konnte ich mir nicht verkneifen einzuwerfen.

Auch Kati ignorierte meinen Versuch, ironische Distanz aufrechtzuerhalten.

«Nicht nur das Nicht-Reden-Dürfen ist belastend», fuhr sie fort, «sondern auch das Nicht-Angesprochen-Werden, das entscheidend war für das Ausscheiden von Teppo Ihalainen vor zwei Tagen. Das Nicht-Angesprochen-Werden ist auf die Dauer vielleicht noch bedrückender, trotz der vielen Formen nonverbaler Kommunikation, die sich während eines solchen Wettkampfs entwickeln. Diese werden von namhaften Wissenschaftlern beobachtet, analysiert, ausgewertet und klassifiziert. Das sind Studien von enormer Bedeutung!»

«Außerdem», warf Jaakko ein, «unternehmen die Teilnehmer jeden erdenklichen Versuch, sich gegenseitig zum Reden zu verleiten.»

Ich zog es vor, einfach zu nicken.

«Nichtreden ist nicht dasselbe wie Schweigen», betonte Kati, «auch Schweigen ist eine Sprache.»

Für die Feinheiten brauche der Betrachter natürlich eine gewisse Erfahrung.

«Das ist beim Eishockey nicht anders», erklärte Jaakko: «Am Anfang siehst du zwölf Männer, die hinter einer schwarzen Scheibe herflitzen. Auch beim Schweigen durchschaut man die Techniken und Taktiken erst mit der Zeit.»

Er wies auf die Leinwand.

«Siehst du den schmächtigen Brillenträger mit den schütteren Haaren, der aus dem Fenster starrt? Das ist Pentti Mustavaara, ein Buchhalter aus Ivalo. Kein schlechter Schweiger, vor vier Jahren wurde er immerhin Siebter, aber seit dem Ausscheiden von Teppo Ihalainen räuspert er sich ausgesprochen oft.»

Ich blickte ihn fragend an.

«Räuspern ist ein schlechtes Zeichen», führte Kati aus. «Wer sich oft räuspert, trägt Wörter auf der Zunge und macht über kurz oder lang einen Fehler.»

Ich nickte. Was sie mir da erzählten, klang durchaus einleuchtend. Und gar nicht so uninteressant, wie ich noch gestern gefunden hatte.

Ich warf einen Blick auf die Leinwand. Der Schweizer Schweiger betrat das Wohnzimmer, groß gewachsen, hager und leicht vornübergebeugt. Er grüßte die Anwesenden mit einem angedeuteten Nicken und blickte kurz in die Kamera. Sein Gesicht war vom rauen Obwaldner Klima gegerbt, und die weißgrauen Haare und der stellenweise noch schwarze Bart sprossen widerspenstig in alle Richtungen. Heute trug er ein hellblaues Melkerhemd mit Edelweißmuster. Er öffnete die Balkontür, und mit seinen mächtigen Holzfäller- und Schreinerpranken zündete er sich eine Brissago an.

Jaakko war meinem Blick gefolgt.

«Seppo.» Er grinste. «Ein ganz durchtriebener Schweiger. Ausländer haben selten eine echte Chance, aber dieser Seppo ist ein Naturtalent, und ich traue ihm einiges zu. Was sind das übrigens für dünne, krumme Zigarren, die er raucht? Etwas typisch Schweizerisches?»

Seppo hieß eigentlich Sepp Imfeld, stammte aus Lungern, Obwalden, doch die Finnen hatten seinen Namen aus lauter

Sympathie eingefinnt. Imfeld war 57, Schreiner, seit sieben Jahren verwitwet und der letzte im Rennen um den WM-Titel verbleibende Ausländer. Das Publikum liebe ihn, hatte mir zuvor Juhani, der Moderator der Live-Übertragungen bestätigt: Wie viele Finnen sei er in der Holzbranche tätig, und außerdem blättere er ständig in einem Finnland-Reiseführer und einem Finnisch-Wörterbuch, das fänden die Leute kurios und sympathisch.

«Ein echter Schlaumeier. Wirkt wie ein Amateur, stellt sich ungeschickt an, vordergründig dilettantisch, bleibt immer neutral, lässt sich nicht vereinnahmen.»

Seine Taktik sei es, so zu tun, als habe er keine Taktik. So unterlaufe er die Angriffe der anderen.

«Seppo kommt aus einem Dorf, das auf drei Seiten von Bergen umgeben ist», erläuterte ich. «Die Innerschweizer sind berüchtigt für Wortkargheit und Sturheit.»

«Das überrascht mich nicht», sagte Kati, «wir hatten bereits früh den Eindruck, dass Seppos Schweigen nicht nur von individuellem Talent zeugt, sondern auch kulturell bedingt ist.»

«Er scheint seine Strategie zu ändern», fuhr Jaakko fort. «Er gibt seine Neutralität nach und nach auf und scheint sich mit Pirjo Kähkönen zusammenschließen zu wollen.»

«Pirjo ist die Mollige mit der dunkelblond gefärbten Dauerwelle und der Vorliebe für Kleider mit klassischen Marimekko-Mustern», präzisierte Kati, «eine Krankenschwester aus Oulu, 48, geschieden.»

«Indem er sich auf Pirjo konzentriert, lässt er sich von der Konkurrenz weniger beirren.»

«Glaubst du tatsächlich, dass das Strategie ist?», fragte Kati.

«Na, was denn sonst?»

«Nun, mir scheint eher, dass er sich wirklich zu ihr hingezogen fühlt.»

«In diesem Fall wird es heikel. Und gefährlich. Für beide. Aber ich glaube nicht, dass …»

«Oh doch», fiel ihm Kati ins Wort, «diese Gesten der Aufmerksamkeit, die kommen von Herzen!»

Kati und Jaakko argumentierten weiter; ich hörte zu, ohne sie länger zu verstehen.

Es war zu viel. Seit vier Tagen hing ich im WM-Zentrum herum, redete mit Fachleuten, stellte Fragen, erhielt Antworten, und vor lauter Informationen, Theorien, Fachsimpeleien, Gerüchten und Mutmaßungen war ich nicht mehr aufnahmefähig. Außerdem bröckelte meine ironische Distanz, und ich spürte, wie ich mich mit mehr und mehr Leidenschaft in die WM einfühlte.

Ich konnte es Kaisa nicht verdenken, dass sie genug hatte, zumal ich gestern in buchstäblich letzter Sekunde wegen eines Interviews mit einem zeitgenössischen norwegischen Komponisten, der daran arbeitete, das Schweigen in Musik zu bannen, unsere Hundeschlittenfahrt abgesagt hatte. Das hatte sie mir nicht verziehen. Sie halte es hier nicht länger aus, hatte sie mich gestern Nacht an der WM-Bar angefaucht, alles sei besser, als weiterhin dem Schweigen und seinen geschwätzigen Fachsimplern zu lauschen. Ich könne ja tun, was ich wolle, hatte sie gedroht, aber …

Sie war verstummt, und ich hatte, weil der jovial grinsende Jaakko zu uns trat, nicht nachgefragt.

Heute knatterte sie auf einem Schneemobil durch die Umgebung von Sodankylä. Kaisa ausgerechnet auf einem Schneemobil, das konnte ich mir kaum vorstellen, das passte so gar nicht zu ihr. Womöglich hatte sie wirklich recht, vielleicht war das Ganze hier lächerlich, und wir sollten schleunigst nach Enontekiö fahren, wie wir es ursprünglich vorgehabt hatten.

Genug. Ich brauchte Bewegung. Ich brauchte frische Luft. Ich brauchte Ruhe. Und doch wusste ich, dass ich die WM nicht vorzeitig verlassen würde. Nicht einmal Kaisa brachte mich hier weg. Es war zu spannend.

Auf dem Weg zum Ausgang hielt mich eine strahlende Aamu auf. Sie lud mich ein, den Nachmittag mit ihr auf der Loipe zu verbringen.

War es Zufall, dass ihre Hand kurz die seine streifte, als sie ihm den Kaffee reichte? Die Berührung durchzuckte ihn, elektrisch wie ein Stromstoß, schwindelerregend wie ein Nordlicht; er blickte sie an, sie erwiderte seinen Blick, nur kurz allerdings, so kurz, dass er nicht wusste, was dieser Blick bedeutete – dann wurde ihre Miene wieder ausdruckslos. Die Miene einer ausgebufften WM-Teilnehmerin. Er war hungrig, merkte er, hungrig nach Kommunikation, nach einem zwischenmenschlichen Kontakt; er, Sepp, Lungerns großer Schweiger, Erikas treuer Witwer, sehnte sich nach einer Berührung, ob sprachlich oder körperlich. Seit 29 Tagen und 7 Stunden schwieg er, es kam ihm vor wie die Ewigkeit.

Er trat ans Fenster und legte seine Stirn aufs kühle Glas. Draußen war es dunkel. Widersprüchliche Empfindungen und Gedanken wirbelten in ihm herum. Sehnte auch Pirjo sich nach einer Berührung? Oder war diese Berührung Teil einer Strategie? Wollte Pirjo ihn damit schwächen? Sein Schweigen brechen? Ihn zu einer Unvorsichtigkeit verleiten, um einen weiteren Konkurrenten auszuschalten?

Es war eisig kalt und dunkel. Aamu und ich standen auf einer kleinen Anhöhe und schauten in die Nacht. Wir waren verschwitzt, Dampfwölkchen keuchten aus unseren Mündern, an unseren Mützen hingen kleine Eiszapfen, und wir schwiegen. Es war das unaufgeregt in sich selber ruhende Schweigen zweier Menschen, die eine schöne Erfahrung teilten.

Die lappländische Nacht war nicht einfach schwarz, wie ich sie mir vorgestellt hatte; die Sonne war nach einem kurzen, aber prächtigen Tag kurz nach 14 Uhr wieder untergegangen und kroch nun knapp unter dem Horizont entlang an uns vorbei, doch strahlte sie ihr Licht in den dunklen Himmel. Dort vermählten sich ihre gelben, roten und violetten Strahlen mit dem nächtlichen Schwarz zu intensiven Schlieren in allen erdenklichen Farbtönen, die sich wiederum im weißen Schnee spiegelten. Ein blendendes Schauspiel.

Aamu gluckste stolz, als ich meine Verzückung mit einem Jauchzer zum Ausdruck brachte.

«Ja, der Norden wird unterschätzt. Unsere WM zum Beispiel. Hier ist sie ein Quotenrenner, und Schweiger wie Erkki Karjalainen und Tero Määttä sind echte Stars. Jedes Kind kennt sie. Unterhalb Lapplands jedoch, im Süden, wird sie totgeschwiegen oder höchstens als Witz wahrgenommen, als eine lokale Absonderlichkeit.»

Sie verstummte, und eine gewisse Bitterkeit schwang in ihrem Schweigen mit.

«Das ist es aber nicht. Die Schweige-WM ist eines der wichtigsten Ereignisse im Norden. Für manche ist es Sport, andere betrachten sie als Kultur, wieder andere als mystische Erfahrung. Sie ist, wie unsere Bürgermeisterin Laila Näveri bei der Eröffnung sagte, identitätsstiftend.»

Ihre Worte klirrten in der Kälte nach.

«Im Winter schweigt auch die Natur. Aber sie ist nicht weniger lebendig als im Sommer. Das verstehen viele Menschen nicht mehr.»

«Aber setzt dir die Dunkelheit nicht manchmal auch zu?»

Aamu schüttelte den Kopf.

«Wie es tausend Formen des Schweigens gibt, hat auch die Nacht tausend Gesichter. Zumindest hier in Lappland. Das versteht ihr Südländer nicht, denn eure Nächte sind zwar kurz, aber gleichförmig und langweilig. Unsere Nacht hingegen – du hast ja eben selbst von ihr geschwärmt. Und überhaupt, Frank, wir sind hier nicht in Inari, wo die Polarnacht monatelang dauert, sondern in Sodankylä, im zentralen Lappland, unsere Polarnacht dauert nur eine Woche, und das Licht erlischt nie ganz.»

Aamu lachte auf.

«Ich sollte weniger reden!», rief sie, ihr Lachen funkelte wie ein Eiskristall im Nordlicht, und sie glitt los, kraftvoll und elegant. Es war, als schwebte und tanzte sie über dem grün-violett-rosafarbenen Schnee, ich schaute ihr hingerissen nach, und erst als sie sich zwischen den dunklen Tannen verlor, folgte ich ihr – auf meinen Brettern torkelnd wie ein betrunkenes dreibeiniges Rentier beim Tango.

Ich verbrachte auch den nächsten Tag im WM-Zentrum. Ich saß vor der Großleinwand und beobachtete die verbleibenden Teilnehmer. Toivo Ovaska, ein Holzfäller aus Ilomantsi, schied aus. Tero Määttä, der Panzeroberst a. D., brachte ihn mit einem fiesen Trick zu Fall. Er näherte sich auf Zehenspitzen dem sich allein wähnenden Ovaska und knallte unvermittelt zwei Pfannendeckel aufeinander. Erschreckt fuhr Ovaska zusammen: «Was ist los?», brüllte er – und war draußen.

Ein bisschen rustikal, die Technik, schnörkellos und effektiv, «typisch Tero», wie mein Sitznachbar johlte. Auch ich lachte und applaudierte begeistert. Weil am Tag zuvor, wie von Jaakko vorausgesagt, auch Pentti Mustavaara ausgeschieden war, blieben noch neun Teilnehmer im Rennen.

Er raffelte die Kartoffeln. Heute würde er seinen Mitschweigern wieder einmal eine währschafte Rösti vorsetzen. Mit Zwiebeln und Speck, überbacken mit ein paar Tomatenscheiben und Gummiemmentaler.

Heute fühlte er sich gut. Er war sich seines Schweigens sicher. Tero und Erkki wurden langsam nervös, das hatte er gespürt.

Diese Schweige-WM war um einiges besser als der Cluburlaub und die Kreuzfahrt, die er vor ein paar Jahren gebucht hatte. Kollegen hatten ihm das empfohlen, nach dem Tod von Erika, das würde ihn auf andere Gedanken bringen, und vielleicht würde er da sogar eine Frau kennenlernen. Aber er hatte nur Enttäuschungen erlebt. Ständig wurde geplappert und gelacht, und vor lauter Wörtern wusste er gar nicht, mit wem er sich gerade unterhielt. Man redete, um sich zu verbergen, um Unsicherheiten zu vertuschen. Sogar beim Tanzen wurde geschwatzt. Das war ihm verleidet. Und weil er sich manchmal zurückzog, galt er als Miesepeter. Hier, in Sodankylä, war das ganz anders, und er hatte längst beschlossen, in zwei Jahren erneut einen WM-Platz zu buchen.

«Wo sitzt du?», tippte ich in das schicke Mobiltelefon, das mir beim Betreten des Saals ausgehändigt worden war.

«Tisch 17.» Ihre Antwort kam prompt. «Und du?»

Am Abend nach unserem Skiausflug schmiss Nokia, einer der WM-Sponsoren, eine Party im Dancing, das im ersten Stockwerk des Hotels lag, um ein neues Modell zu lancieren: Das Nokia TeleT 7000i nur zum Schreiben, dessen revolutionäre Textverarbeitungssoftware das Tippen wesentlich bedienerfreundlicher machte, längere Botschaften erlaubte und auch SMS-Chats mit einer unbegrenzten Anzahl von Teilnehmern ermöglichte. Dieses Modell sollte, wie ein Nokia-Manager, ein unauffälliger Brillen-, Anzug- und Krawattenträger aus Helsinki, erklärt hatte, vorerst nur in den nordischen Ländern, oberhalb des 58. Breitengrads, kommerzialisiert werden.

«Danke für den Ausflug, A. Mit dir über den knirschenden Schnee zu schweben, ist schöner als Fliegen …»

«:) :) :)»

Auf der Bühne spielte ein Trio, Pop- und Schlagerevergreens in instrumentalen Versionen. Auf Bildschirmen liefen Szenen aus dem Schulhaus und auch vom Prominenten-Telethon-des-Schweigens, der unten, im WM-Zentrum, stattfand. Als Spezialgast aus dem Süden saß gerade der berühmteste finnische Filmemacher, Aki Kaurismäki, dessen Filme sich durchaus durch eine gewisse Wortkargheit auszeichneten, auf dem roten Stuhl und starrte angestrengt in die Kamera. Den Partygästen war, aus Solidarität mit den WM-Schweigern, das Sprechen untersagt. Umso eifriger wurde gesimst.

«Kati hatte recht: Seppo ist verliebt: Pirjo.»

Das war Jaakko; er eröffnete eine SMS-Gesprächsrunde mit Kati und mir.

«Bist du sicher?», erwiderte ich.

«Kein Zweifel. Sein Blick, als sich heute Nachmittag ihre Hände streiften!»

«Und Pirjo?»

«Schwieriger zu lesen. Begabte Schweigerin.»

«Tanzen ist noch schöner als Langlaufen ;)» Das war wieder Aamu. Sie meldete sich nicht im SMS-Chat, sondern persönlich, von Display zu Display.

«Jetzt noch nicht, Loipentänzerin, aber später unbedingt. Ich tanze jedoch nicht besser, als ich langlaufe …»

Zunächst wollte ich am WM-Chat teilnehmen und warf meine nächste Frage in die Runde:

«Ist Liebe ohne Sprache möglich?»

«Du scheinst es immer noch nicht ganz begriffen zu haben, Frank», entgegnete Kati. «Schweigen ist auch eine Sprache.»

«Schweigend kommt man sich näher als redend. Nichts lenkt voneinander ab.» Das war Sinikka.

«Affären sind bei unserer WM durchaus üblich. Auch echte Liebesgeschichten.» Das war Juhani, der Fernsehmoderator.

«Vesa Pikkarainen und Tuula-Liina Ikävalko vor vier Jahren!»

«Wunderschönes Paar!!!», schwärmte ein weiterer Partygast.

«Sorgten für tolle Quoten!»

«Schieden aber ziemlich früh aus.»

«Dafür sind sie heute noch glücklich zusammen. Zwei Kinder.»

«Nun wird es spannend. Die WM kommt in ihre heiße Phase. Noch neun Teilnehmer.»

Mehr und mehr Partygäste klinkten sich ins Gespräch ein, die Diskussion wurde hektisch und fahrig, doch dank der vereinfachten Schreibfunktionen wie Autokorrektur und Sprachsteuerung blieb die Orthographie trotz der vielen Doppelkonsonanten und Umlauten des Finnischen erstaunlich korrekt.

«Am Schluss schweigen es Erkki und Tero unter sich aus, wie schon bei den letzten WMs. Im Moment schweigen sie sich zusammen, um die anderen fortzuschweigen, dann kommt's zum großen Schweigdown.»

«Tero schweigt in Hochform. Wie er heute Pirjo fast zum Sprechen geschwiegen hat!»

«Virtuos!»

«Und Seppo? Für mich ist der Schweizer Schweiger ein Favorit. Nie schwieg sich ein Ausländer so weit!»

«Seppo: 8,3 auf der nach oben offenen Schweigeskala!»

«7,2! Punkteabzug wegen zu passiver Neutralität.»

«Neutralität hin und her. Der schweigende Schweizer hat keine Chance: Die Liebe wird sein Schweigen brechen!»

Zwei Stunden später waren die meisten Partygäste zu betrunken, um noch zu tippen. Das Schweigen hatte sich im Alkohol aufgelöst, es wurde gesprochen, gelallt und gejohlt. Auch ich mochte nicht mehr schreiben; lieber schwieg ich in Aamus Armen und ließ mich von ihr über die Tanzfläche schieben. Wir schwelgten im Schweigen und schwiegen uns schwindlig.

Plötzlich stand sie neben ihm auf der Veranda und schien ebenso hingerissen vom phantastischen Spuk, der sich am Firmament entfaltete. Die magische Energie des Nordlichts durchdrang ihn jedes Mal wieder, die Atmosphäre knisterte, Pirjo und er rückten unweigerlich näher, bis sie sich fast berührten, er hörte sie atmen, sie atmete schwer.

Das Nordlicht, stand in seinem Reiseführer, hielten die alten Finnen für einen riesigen Fuchs, der seinen Schwanz über der Tundra schwingt und ausschüttelt. Dieses Bild war ihm lieber als die wissenschaftliche Erklärung, in der die Rede war von Photonen und solaren Korpuskularteilchen, die die Erde bombardieren und … -

Vergeblich, der Versuch, sich von Pirjos Nähe abzulenken. Ihre dicken Jacken rieben sich mit einem leisen Knirschen aneinander, und während am Himmel die weißen, grünen, roten und violetten Lichter tanzten und schwindelerregende Wirbel erzeugten, suchten sich ihre Hände, durch die Handschuhe fühlte er ihre Finger, als er Halt suchte bei ihr, und dann sagte er «Minä rakas- …», vielmehr krächzte er es, seine Stimme versagte, klang unsicher und kläglich, kein Wunder, nach dem langen Schwei-

gen, er räusperte sich und setzte noch einmal an, bestimmter diesmal:

«Minä rakastan sinua, Pirjo.»

Diesen Satz hatte er aus dem Wörterbuch, und um sicher zu sein, dass er wirklich das Richtige gesagt hatte, bekräftigte er ihn in seinem Obwaldner Dialekt: «Ich gläb, ich ha mich i dich värliäbt, Pirjo.»

Und wenig später: «Ich liäbä dich, Pirjo.»

Aber er hätte ebenso gut schweigen können.

Es war drei Uhr morgens, als ich unser Zimmer betrat. Um Kaisa nicht zu wecken, zog ich mich im Dunkeln aus. Ich trat ans Fenster, schob den schweren Vorhang zur Seite – und da war es, das Nordlicht. Intensiver, farbenreicher und elektrisierender, als ich es mir je ausgemalt hatte. Ich stand mit offenem Mund da, dann flüsterte ich: «Kaisa!», und als sie sich nicht regte, flüsterte ich etwas lauter: «Kaisa, das Nordlicht, wach auf!»

Erst dann wurde ich gewahr, wie tot die Stille war. Etwas fehlte. Kaisas warmes Schweigen beim Schlafen, ihr ruhiger Atem, der Geruch ihres entspannten Körpers. Ich machte das Licht an. Das Bett war leer. Ich blickte ins Badezimmer. Leer. Ich öffnete die Zimmertür und schaute in den Gang. Leer. Wo war sie bloß? Mitten in der Nacht, bei minus 20 Grad? War nicht das Nordlicht der Grund für unsere Reise nach Lappland gewesen? Und nun war sie nicht da? Ich ging zurück ins Badezimmer. Ihre Zahnbürste fehlte. Ihr Kulturbeutel auch. Und ihre Reisetasche? Auch verschwunden!

Wann hatte ich sie eigentlich zum letzten Mal gesehen? Heute? Sie war nicht auf der Party aufgetaucht. Tagsüber saß ich im WM-Zentrum. Allein. Gestern? Vor oder nach ihrer

Exkursion auf dem Schneemobil? Ich kratzte mich am Kopf. Keine Ahnung.

Ich setzte mich aufs Bett. Mir war taumelig. Das Tanzen. Das Schweigen. Aamu. Sollte ich mir Sorgen machen? Den Empfang anrufen? Die Polizei? Nein, zu peinlich.

Ich löschte das Licht, um das Nordlicht auf mich wirken zu lassen. Mein Blick fiel auf das neue Handy. Sollte ich Kaisa schreiben? Ich ergriff es und ging zum Fenster. Ich lehnte meine Stirn ans kühle Glas. Und wenn ich Aamu eine SMS schickte? Um mit ihr ein – wie hatte es Kaisa genannt – ein Nordlicht anzuzünden?

Ein Elch röhrte neben meinem Ohr. Wieder und wieder. Nur langsam tauchte ich aus der Tiefe der Nacht auf, und noch länger brauchte ich, bis ich den Klingelton des neuen Handys erkannte.

«Hast du gehört? Gesehen? Bist du wach?»

Textbotschaften von Jaakko, von Kati und von Sinikka.

«Schalt den Fernseher ein!»

Ich griff nach der Fernbedienung. Auf dem Bildschirm: Seppo im WM-Zentrum, verlegen lächelnd, umgeben von Menschen, die ihn feierten. War er Weltmeister? Juhani redete trotz unübersehbarer Katerspuren in seinem Gesicht begeistert und schwärmerisch auf die Kamera ein, ich verstand nur Bruchstücke, immer wieder *rakkaus* und *rakastaa*, dann wurde eine Szene aus der gestrigen Nacht eingespielt, und ich begriff: Seppo und Pirjo, das Nordlicht, die Liebeserklärung.

Ich hüpfte unter die Dusche, schrubbte meine Zähne, zog mich an.

Minä rakastan sinua. Wieder und wieder wurde diese Szene eingespielt, in Zeitlupe sah man, wie sich ihre Hände suchten und verschränkten, wie aus ihren sich sachte reibenden Jacken Funken sprühten: «Ich gläb, ich ha mich i dich värliäbt, Pirjo» und «Ich liäbä dich, Pirjo» auf Schweizerdeutsch im lappländischen Fernsehen.

Im WM- Zentrum war der Rummel groß. Jemand hatte einen der offiziellen WM-Slogans ergänzt: «Am Anfang war das Schweigen. Am Ende war die Liebe.»

«Grandios, wenn du mich fragst, phantastisch!» Jaakko umarmte mich. «So stilvoll ist noch niemand ausgeschieden. Das geht in die Annalen ein!»

Er knuffte mir zwinkernd in die Seite.

«Wer hätte gedacht, dass ihr Schweizer solche nordlichtromantischen Schwerenöter seid …»

Mein Schädel brummte. Seit ich erwacht war, lag über allem ein Schatten.

Dank seines Ausscheidens war Sepp Imfeld ein Star – selbst die nationalen Medien, strahlte Sinikka, seien plötzlich an der WM interessiert. Niemand schien sich für den Fortlauf der WM zu interessieren. Wenn's in Finnland gefühlvoll wird, dann richtig. Wie beim Tango.

Seppo saß auf dem Podium. Pressekonferenz. Er wirkte verloren, aber nicht wie ein Verlierer. Überfordert von den Emotionen, die er mit seinem Ausscheiden ausgelöst hatte.

Der schwarze Nebel in meinem Kopf wollte nicht weichen. Alle Sinneseindrücke erreichten mich nur gedämpft.

Aamu sah ich nur von weitem. Sie winkte mir zu, ich lächelte. Mit einem entschuldigenden Schulterzucken zeigte sie auf das Telefon, das an ihrem Ohr klebte; die Medien bestürmten sie.

Diese Augen!

Ich sprach Sepp an. Wollte ein Interview mit ihm vereinbaren. Er nickte. «Später.» Er schien nicht wirklich da zu sein.

Er schien zu leuchten. Als hätte er gestern Nacht das Nordlicht verschluckt.

Ich fühlte mich verloren, orientierungslos. Überfordert. Was war gestern Nacht geschehen? Das Nordlicht. Und dann? Ein schwarzes Loch.

«Nimm dir ein Vorbild an Seppo.»

Eine SMS von Kaisa. Aus dem Nichts. Unerwartet. Woher hatte sie die Nummer dieses Mobiltelefons?

«Wo steckst du?»

Keine Antwort.

Er lief durch die Nacht. Er lief und lief und lief, die niedrigen Bäume flitzten an ihm vorbei, seine Skier knirschten im harten Schnee der Loipe, dann und wann juchzte er. Er war zwar ausgeschieden, aber er fühlte sich leicht und getragen von einer Welle von Glück und Euphorie. Er fühlte sich frei und lebendig wie seit Erikas Tod nicht mehr.

Die zwei Tage seit seinem Ausscheiden waren hektisch gewesen. Die WM-Therapeutin untersuchte seinen Zustand, es gab Pressekonferenzen und Fernsehauftritte, er musste Autogramme geben, und wo auch immer er auftauchte, applaudierten die Menschen. «Hienoa Seppo!», riefen sie und: «Seppo ja Pirjo!», «Bravo Sepp» und «Sepp und Pirjo», und schossen mit ihren Handys Fotos oder wollten sich mit ihm ablichten lassen; beim offiziellen Dinner mit den Organisatoren und lokalen Politikern bot ihm ein Nokia-Manager einen Werbevertrag an, und dann war da noch dieser nervöse Schweizer, ein Journalist, der unbedingt mit ihm sprechen wollte.

Ja, warum nicht, sagte er zu allem, unverbindlich bleibend, und räusperte sich. Er musste sich erst wieder an den Klang seiner Stimme gewöhnen.

Verwundert stellte er fest, dass das Publikum ihn liebte. Das bestätigten Sinikka und Jaakko, der bärtige Typ, der ihn mit Fragen zu seiner Taktik geradezu gelöchert hatte. So schön und so romantisch habe noch nie ein Schweiger sein Schweigen gebrochen. «Liebe bricht Schweigen!», titelte eine Zeitung. «Nur Schweigen ist romantischer!», eine andere. «Liebe ist Gold.»

Als ihm der Trubel über den Kopf wuchs, hatte er sich ein paar Langlaufskier geschnappt und war in die Leere gelaufen. Um allein die echte Stille zu genießen. Das Schweigen der Natur.

Liebe ist Gold. Er hatte mit Pirjo genug geschwiegen, um zu wissen, dass er mit ihr auch reden könnte. Er stellte sich vor, wie es wäre, nach Lappland zu ziehen, in die Stille des langen Winters und die Helligkeit des Sommers. Der Nokia-Vertrag würde sie am Anfang über die Runden bringen, dann würde er in der hiesigen Holzindustrie bestimmt eine Aufgabe finden, für die er nicht viel Finnisch sprechen müsste.

Pirjo schwieg allerdings noch immer, zunehmend verlor er die Hoffnung auf eine Antwort – und doch verließ ihn sein Glücksgefühl nicht. Er war stolz, sein Schweigen mit Absicht gebrochen zu haben, in diesem Moment, mit diesen Worten, und er wusste, dass auch Erika auf ihn stolz wäre. Es gab Wichtigeres als Schweigegelübde. Manchmal ist Reden Gold.

Zurück im Hotelzimmer packte er. In wenigen Stunden fuhr sein Bus. Er hatte Sinikkas Angebot, die WM auf ihre Kosten bis zum Ende mitzuerleben, ausgeschlagen; wenn Pirjo schwieg, hatte er keinen Grund zu bleiben. Die Enttäuschung und die Demütigung wären zu tief, sollte sich herausstellen, dass sie seine Gefühle nicht erwiderte oder, schlimmer noch, dass er das Opfer einer durchtriebenen Wettkampftaktik gewesen war.

Der Reiseführer und das Wörterbuch lagen noch auf dem Nachttisch. «Rakkaus.» Er schlug das Wort nochmals nach, um es sich einzuprägen. «Rakkaus.» Mit zwei K. Dann legte er das Wörterbuch zurück. Er brauchte es nicht mehr.

Es klopfte an seiner Tür. Vermutlich dieser Schweizer Journalist. Sepp hatte keine Lust, so kurz vor seiner Abreise mit ihm zu sprechen. Es klopfte wieder. Sepp schwieg. Schritte entfernten sich, sie gingen bis zum Aufzug, zögerten, kamen zurück. Das waren keine Männerschritte, sagte sich Sepp, dann klopfte es wieder, und eine Frauenstimme flüsterte: «Seppo?»

Er kannte die Stimme nicht, eine warme Stimme, er mochte sie … – könnte es sein, dass –?

«Pirjo?»

Ich war unterwegs. Seit 24 Stunden. Nach Enontekiö. Kaisa war dort, im Hotel, das wir ursprünglich gebucht hatten, das hatte ich herausgefunden. Aamus Lippen bildeten das Wort «später», als ich vorgestern das WM-Zentrum verließ. Diese Lippen, rot wie ein Sonnenaufgang, und ihre Augen, strahlend wie das Nordlicht! Ich lächelte zurück, ich nickte, wurde schwach – und klaute trotzdem wie geplant ein paar Skier.

Dann lief ich los in die stille Nacht. Nur der Wind in den Tannen. Das Knirschen der Skier im Schnee. Mein Keuchen. Stille, Dunkelheit, Leere. Eine Woche würde meine Reise durch die Nacht dauern, mindestens, mit meiner Technik. Das sollte reichen, um vor Ende unserer Hotelbuchung in Enontekiö einzutreffen. 230 Kilometer Loipenlinie, vielleicht auch mehr, je nach den Umwegen, die ich fahren würde. Kaisa wusste nicht, dass ich unterwegs war. Würde sie bei meiner Ankunft noch im Hotel sein?

Die Luft war eisig, meine Lungen glühten, meine Nase fühlte sich an wie ein Eiszapfen, überall brannten die Muskeln. Ich genoss die Schmerzen, sie trieben mich zu noch größeren Anstrengungen an, und ich lief und lief und lief. Mechanisch. Und ich schwieg. Kein Wort wollte ich sprechen, während der ganzen Reise, bis ans Ende der Nacht, bis ich wieder mit Kaisa zusammen war. Denken statt Schwatzen; Schweigen statt Stuss zu verzapfen. Für die nächste WM hatte ich mich auch gleich angemeldet. Die Vorbereitungen würden mir guttun.

Eine kleine Steigung. Auch das tat mir gut. Keuchend blieb ich auf dem Buckel stehen und stützte meinen Oberkörper auf den Skistöcken ab.

Es war Mittag. Die Sonne glänzte, der Schnee blendete. Alles war weiß, ein ruhiges Meer aus Schnee, aus welchem die runden Hügelkuppen ragten wie eingefrorene Wellen. Nur dort, wo der Wind den Schnee von Bäumen und Sträuchern gefegt hatte, war das Weiß von dunkelgrünen und schwarzen Tupfern durchsetzt. Eine Postkarte. Traumhaft.

Zum ersten Mal seit langem wusste ich wirklich, was ich wollte, und das erfüllte mich mit Zuversicht. Und während mein Blick über die Schneehügel schweifte, dachte ich zurück an meine Ankunft in Finnland. Neun Monate war das her.

2

Vappu

(finnisch: Maifeier)

«Und, was hältst du so von Finnland?»

Ich war erst seit anderthalb Tagen im Land, aber das reichte aus, um verinnerlicht zu haben, wie wichtig diese Frage oder genauer: wie existenziell meine Antwort war. Diese Fang-, ja Prüfungsfrage stand am Anfang fast jeden Gesprächs, und sie in jeder Situation richtig zu beantworten, galt als der Beginn einer gelungenen Integration. Auch jetzt: Der Fragesteller, den mir Tuula zwei Stunden zuvor als Jyrki vorgestellt hatte, grinste zwar, doch sein zwischen Furcht und Hoffnung flackernder Blick verriet ihn: Hab uns bitte ein kleines bisschen lieb und mach dich nicht lustig über uns …

Ich fragte mich, in welchen Vorhof der Hölle ich geraten war. Noch wenige Stunden zuvor hatte ich die Finnen für ein ruhiges und introvertiertes Volk gehalten, das zwar großzügig trinkt, dies aber still und diskret tut, und vor allem, ohne andere zu belästigen. Dieses Klischee bedurfte, so viel war nun klar, einer dringenden Überprüfung. Mit einem Dutzend Leuten, Freundinnen und Freunden meiner Gastgeberin Tuula, hatte ich mich im Kaivopuisto, einem großen, ans Meer grenzenden Park im Zentrum Helsinkis, zu einem späten Picknick eingefunden. Der Park war voll Menschen in großen und kleinen Gruppen, verstärkt von kleinen und großen Ghettoblastern und angetrieben von großen und noch größeren Alkoholvorräten.

«Du hast Glück, gerade jetzt in Helsinki zu sein», hatte mir Tuula bei meiner Ankunft am Tag zuvor strahlend eröffnet. «Morgen ist der 30. April, eine außergewöhnliche Nacht – die Nacht vor dem 1. Mai.»

Ich stutzte.

«Bei uns ist Tag der Arbeit eher ein Grund zur Flucht», entgegnete ich.

«Tag der Arbeit?» Nun stutzte Tuula. «Du meinst wohl *Vappu.*»

«Vappu?»

Tuulas Ausführungen entnahm ich, dass die Finnen an Vappu – ihrer Walpurgisnacht – ökonomisch und volksgesundheitlich vernünftig mehrere Ereignisse gleichzeitig feiern: In erster Linie ist Vappu der Tag der Schüler und Studenten, die ihre Diplome und die nahenden Sommerferien mit Sekt und Met und anderem, stärkerem Tranksamen begießen, dazu begrüßt aber auch ganz Finnland den Frühling, und alle Familien strömen zum ersten Picknick in die Parks, und bestimmt gäbe es, räumte Tuula ein, neben weiteren Gründen und Vorwänden zum gemeinsamen Flaschenköpfen auch die eine oder andere vernebelte Erinnerung an den Tag der Arbeit.

Auf meine Frage, warum der 1. Mai nicht einfach am 1. Mai gefeiert werde, schüttelte Tuula den Kopf, als hätte ich einen dummen Witz gerissen.

«Vappu ist Vappu, Frank, du wirst schon sehen.»

Jyrkis Augen begannen sich wegen meines Zögerns zu trüben – aber dazu hatte er keinen Grund.

«Ziemlich verrückt, dieses Land», antwortete ich anerkennend, «aber ich liebe es.»

Jyrki schnaufte erleichtert, sein rundes Gesicht entspannte sich, und er leerte seine Flasche in einem Zug. Der Kontakt zum Fremdling war hergestellt, dieser hatte die Prüfung bestanden, nun durfte geplaudert werden.

«Willst du noch ein Bier?»

Ich verneinte, Jyrki zuckte mitleidig mit den Schultern, wankte zum Biervorrat und riss eine weitere Flasche aus dem Zwölfpack.

Mäyräkoira nennen die Finnen ihre Zwölfpacks liebevoll, Dackel. So viel überlebenswichtiges Finnisch konnte ich schon. In einem Land, wo das Sixpack ein Zwölfpack ist, ist diese Bezeichnung nachvollziehbar. Nach dem Genuss von zwölf Flaschen Bier lässt sich ein Dackel problemlos mit einem Zwölfpack verwechseln. Und umgekehrt. Von Zwölfpack-Bäuchen spricht hier aber niemand. Auch Sixpack-Bäuche scheinen eher selten zu sein. Zu viele Dackel kreuzen den Lebensweg eines Mannes.

Diese Begegnungen sah man auch Jyrki an. Er schwenkte zwar keinen Bierbauch vor sich her, war aber auch nicht mehr wirklich schlank. Sein Cranky-Crayfish-T-Shirt, ein türkiser Flusskrebs mit gewaltigen Scheren auf einem roten Kieselsteinmuster, konnte die Bierablagerungen über den Hüften nicht ganz verdecken. Seine Haare trug er sehr kurz, um den Glatzenansatz zu vertuschen, dafür umspielte eine experimentelle Versuchsanordnung schütterer Gesichtsbehaarung sein Kinn. Er wirkte freundlich und offen, doch ich wartete vergeblich auf die Fortsetzung unseres Gesprächs – Jyrki hatte gerade den finnischen Abgang elegant vorgemacht: Bier holen und anderswo hängenbleiben.

Ich angelte mir eine weitere Reispirogge, die inmitten der Speisereste auf der bunten Picknickdecke lag, und blickte mich um. Das hübsche Mädchen mit den kurzen, rötlich gefärbten Haaren, das ich schon gestern Abend in der Corona Bar gesehen hatte, stand einige Meter entfernt von uns; sie lehnte sich an einen Baum und sprach – wie schon den ganzen Abend – mit traurigen Augen in ihr Telefon. Sie war offenbar eine enge Freundin von Tuula, doch hatte ich es immer noch nicht geschafft, ihren Namen in Erfahrung zu bringen.

Tuula hatte recht gehabt. Was auch immer die Finnen an Vappu feiern, sie feiern es gründlich. Vappu ist das kollektive Besäufnis, mit dem sie sich die letzten Winterfetzen aus den Knochen und Gehirnwindungen spülen und sich auf den Sommer einstimmen. Nicht nur der lauten Musik und der lauten Stimmen wegen vibrierte die Atmosphäre – sie vibrierte in erster Linie wegen einer geradezu verzweifelten Lebensgier, und zwar dermaßen intensiv, dass ich mich, als ich mich von meinen Bekannten löste und durch den Park schlenderte, in einem surrealistischen Spektakel wähnte.

Der unwirkliche Eindruck wurde verstärkt durch die Verkleidungen und Kostüme, die viele Feiernde trugen: Gewisse trugen weiße Kapitänsmützen, andere waren in unförmige Überkleider gehüllt, die sie mit Stofffetzen, Logos, Filzstift-Slogans und Spuren von etwas, das nach verkrustetem, in gewissen Fällen auch frischem Erbrochenen aussah, geschmückt hatten – Gewänder, die jeglichem Geschmacksempfinden spotteten. Sie sahen aus wie von trunkenen Modeberatern eingekleidete Kimi Räikkönens nach dessen Abstieg in die finnische Regional-Rallye-Liga. Oder gab es in Finnland etwa eine Rausch-Rallye-Meisterschaft für Fahrer mit über 2,7 Promille Alkohol im Blut?

In unserer Nähe scharte sich eine trinkfreudige Meute derart gewandeter junger Männer und Frauen um einen mächtigen Lautsprecher, aus dem finnische Rockmusik polterte. Daneben saßen drei Rentnerpaare auf Klappstühlen, nuckelten in regelmäßigen Abständen an ihren Thermoskannen und wackelten mit ihren schickeren, von vergilbten Mützen bedeckten Schädeln im soliden Viervierteltakt der Musik. Ich kam an Karaoke kreischenden Erwachsenen vorbei, die eingefinnte Versionen des klassischen Pop- und Schlagerkanons in die Frühlingsnacht grölten, an Teenagern, die zu zweckdienlichen Technostampfern herumhopsten, an Familien, deren Nachwuchs auf Picknickdecken fein säuberlich aufeinandergestapelt schlief – und überall lagen in unnatürlich verrenkten Positionen die ersten Opfer dieses Frühlingszeremoniells im feuchten Gras, während geschäftstüchtige Männer mit voluminösen Plastiktüten an jedem Finger im 15-Minuten-Takt den Park nach leeren Pfandflaschen durchkämmten.

Über dem ekstatischen Hexensabbat schwebten schwere Duftschwaden, eine Mischung aus Grillwurst, Urin, Erbrochenem und frischem Meereswind, durchtränkt von den Alkoholausdünstungen, die aus den offenen Flaschen und besoffenen Körpern quollen und dampften; dieser dicke Nebel machte die wenigen maßvoll Feiernden zu Passivsäufern. Ich war betrunken, keine Frage, obschon ich seit einer Stunde dieselbe halbleere Flasche in der Hand trug.

«... Du bist voll Scheiße, Kimmo», sagte Tuula gerade, als ich mich wieder zu unserer Gruppe gesellte. Sie war wie immer auffällig gekleidet – heute mit einem engen blauen T-Shirt, einem rosafarbenen Ballettrock und hochgeschnürten, goldenen Ringerstiefeln, dazu eine blaue Perücke.

«Ich schwöre es», widersprach Kimmo, «auf die Goldmedaillen von Matti Nykänen: Ich stand splitterfasernackt auf der Mäkelänkatu und konnte nicht nach Hause zurück, weil ich den Schlüssel natürlich nicht eingesteckt hatte. Und das um 7 Uhr früh, mitten im Berufsverkehr ...»

«Kimmo behauptet», klärte Tuula mich auf, «er sei vorgestern aus seiner Wohnung im 6. Stock auf die Straße geschlafwandelt. Nackt.»

«Die Mäkelänkatu», fügte Kirsi, eine kleine, schwarz gekleidete Frau mit strubbligen schwarzen Haaren und einer schweren Fotokamera um den Hals, an, «ist eine der Hauptverkehrsadern von Helsinki. Breit, lang, lärmig, hässlich und voll, vor allem um 7 Uhr morgens.»

Kimmo grinste mich an. Ein selbstgefällig wirkender Kerl, der seine dunkelblonden Locken zu einem Pferdeschwanz zusammengebunden hatte und eine dunkelblaue Baseballkappe mit dem kantigen Lapin-Kulta-Schriftzug trug. Das Gold Lapplands, eine beliebte Biermarke. Ein zu enges schwarzes T-Shirt mit dem Logo eines finnischen Internetproviders spannte sich um seinen Oberkörper. Definitiv kein Dackelbauch, und auf Anhieb eher unsympathisch.

«Und was hast du dann gemacht?», fragte ich ihn.

«Zum Glück tauchte eine Polizistin auf, die meine missliche Lage sofort verstand. Sie hat mir ihre Mütze geliehen, damit ich meine männliche Pracht den neugierigen Blicken der Passanten entziehen konnte. Dann rief sie einen Wagen.»

«Und – nahm sie dir im Wagen die Mütze wieder ab?», feixte Kirsi. «Magst du Sex mit Handschellen?»

«Scheiße, Leute, lasst mich doch meine Geschichte erzählen!»

«Das glaube ich erst, wenn ich dich nackt auf YouTube sehe, mit oder ohne Mütze …»

«Apropos», warf ich ein, «warum tragen denn so viele Leute hier diese Kapitänsmützen?»

Die anderen lachten.

«Mit Schiffen und Seefahrt hat es nichts zu tun», erläuterte Kirsi. «Es sind Abiturmützen. Wenn man sein Abitur bestanden hat, setzt man sich so eine Mütze auf und lässt sich fotografieren. Das gehört sich so, das haben schon unsere Eltern, Großeltern und Urgroßeltern so gemacht.»

Offenbar haben viele finnische Akademiker eine derart innige Beziehung zu ihren Lehrjahren, dass sie das im Lauf der Jahre vergilbende Erinnerungsstück Jahr für Jahr an Vappu aus dem Schrank holen, und das jahrzehntelang.

«Bestimmt», wurde Kirsi von Jyrki unterbrochen, «hast du dich auch über die Overalls gewundert.»

«Über diese besoffenen Rallye-Fahrer? Ja, natürlich!»

Studenten seien das, der Overall gehöre zum akademischen Dresscode. Die aufgenähten und aufgemalten Sticker, Logos und Sprüche geben Auskunft über Universität, Studienfach, Auslandssemester, abgelegte Prüfungen, aber auch über Trinkfestigkeit, sexuelle Eroberungen und Ähnliches.

«Die Wanderjahre also», spottete eine hochgewachsene, schmale Frau mit einem leichten Überbiss und langen blonden Haaren. Ich hatte den Eindruck, dass sie Jyrkis Freundin war.

Ich schüttelte belustigt den Kopf, konnte aber nichts erwidern, weil die Overallgang neben uns weiter aufdrehte. Sie fassten sich bei den Schultern und hüpften, den Refrain einer pathetischen finnischen Hardrockhymne heulend, im Kreis herum. Kirsi fotografierte sie. Sie sei eine erfolgreiche Fotografin, brüllte mir Tuula ins Ohr, vor allem berühmt für ihre Bildserien über finnische Jugendkulturen.

«Welche finnischen Wörter kennst du?», wollte Jyrki wissen.

«*Poppikone piknikille*», grinste ich, das heißt Popmaschine fürs Picknick, auf Deutsch *Ghettoblaster*, «und *Siks oon mä suruinen.*» *Deshalb bin ich so traurig* – der Titel eines berühmten finnischen Tangos aus den vierziger Jahren. Sie prusteten los. Auch das rothaarige Mädchen, sie hatte ihr Handy endlich verstaut, horchte auf; sie lächelte mich verwundert an, ein reizendes Lächeln.

«Olavi Virta», sagte Jyrkis mutmaßliche Freundin. «Tango ist Scheiße, aber Olavi Virta ist Gott.»

«Tuula hat gesagt, du bist für eine Reportage über den finnischen Tango hier, stimmt das?»

Ich nickte.

Sie starrten mich ungläubig an. Der Finntango genoss in diesen Kreisen offensichtlich einen ähnlich guten Ruf wie Hardrock grölende Studenten in verkotzten Overalls.

«Ich liebe den finnischen Tango», sagte ich nur.

In ihren Blicken blitzte die Furcht vor Ironie auf.

«Wirklich!», beruhigte ich sie.

Aber es war zu laut, um meinen neuen Freunden meine Liebe für den Finntango zu erklären.

Das rothaarige Mädchen wandte sich Tuula zu, mit ernster Miene, doch Tuula hatte längst zu viel getankt, um zuhören zu können, und grinste dämlich. Sollte ich mich zufällig in ihre Nähe bewegen und mich in ihr Gespräch einmischen? Ich musste mich entscheiden.

Unaufhaltsam stieg der allgemeine Alkoholpegel, der hochprozentige Brodem über unseren Köpfen wurde dichter und dichter, bereits spritzten die ersten Wogen über die hemmenden Dämme, die Stimmen wurden lauter und schriller, die Sätze taumelten und mäanderten ziellos umher oder brachen abrupt ab, doch das störte niemanden, weil sie sich ohnehin im Rauschen der Sturmflut und im Tsunami der von überall her dröhnenden Rock- und Hopsmusik auflösten. Bald würden die Dämme brechen und sinnvolle Gespräche unmöglich werden.

Plötzlich stand ich neben ihr, oder sie neben mir, wir griffen nach der letzten Kekspackung; einen Moment lang lächelten wir uns an, ich war verlegen, auch sie sagte nichts, die anderen krakeelten weiter. Sie klaubte sich einen Keks aus der Packung, die ich ihr entgegenstreckte. Sie trug ein eng anliegendes pastellgrünes Sommerkleid mit zitronengelben und dunkelgrünen Punkten, ihre Augen waren blau, ein helles Blau, vom Alkohol leicht getrübt, und ihre Nase war zierlich. Ich schätzte sie auf Ende zwanzig, ein paar Jahre jünger als ich. Ich atmete mir mit einem großzügigen Schluck Alkoholdunst Mut ein, doch ehe ich etwas Dummes sagen konnte, fragte sie mich, ob ich denn verstünde, was sich heute Nacht hier abspiele.

Diese Frage überrumpelte mich. Um Zeit zu gewinnen, steckte ich mir einen Keks in den Mund. Ich amüsierte mich bestens, ohne Zweifel, aber verstehen? Ich schüttelte den Kopf.

Sie kicherte.

«Dein Glück ist, dass du nicht weißt, was der finnische Winter in uns anrichtet.»

Wegen des Lärms beugte ich mich zu ihr nieder, ihr warmer Atem streichelte mein Ohr, und plötzlich lag ihre Hand auf meinem Unterarm.

«Wenn wir die dunkle Zeit endlich durchgestanden haben und immer noch am Leben sind, mehr oder weniger, dann drehen wir durch, zumindest für eine Nacht. Das ist unsere Belohnung. Darum geht's an Vappu.»

Wir beobachteten die Studenten, die ihre Hardrockexzesse überwunden hatten und in eine Balladenphase strauchelten. Finnischer Kuschelrock bei voller Lautstärke, mit trunkenem Chorgesang. Sie seufzte.

«Selbst Tango wäre schöner», sagte sie.

«Du magst keinen Tango?»

«Ehrlich gesagt», entgegnete sie, ihre Lippen kräuselten sich spöttisch und entblößten ihre Zähne, «habe ich mir diese Frage noch nie gestellt. Tango ist die Musik meiner Eltern. Sie behaupten, sie hätten mich auf der Rückfahrt von einem Tanzabend mit Annikki Tähti gezeugt, in einem Motorboot.»

Ich fragte mich, wie abträglich meine Schwäche für den Finntango meinem Ansehen war.

«Ist es wirklich schlimm, dass ich den finnischen Tango mag?»

Sie musterte mich. Dann zuckte sie mit den Schultern und legte ihre Hand wieder auf meinen Arm.

«Nein», erwiderte sie und errötete leicht, «aber du siehst einfach nicht aus wie jemand, der Tango hört ...»

Könnte dies ein Kompliment gewesen sein?

«Woher kennst du den finnischen Tango überhaupt?»

«Aki Kaurismäki.»

Ich erzählte ihr, wie ich, als ich zum ersten Mal einen seiner Filme gesehen hatte, verblüfft darüber gewesen war, in diesem nordischen Sozialdrama voll unterkühlter Emotionen einen Tango zu hören.

«Noch verblüffter war ich allerdings, als ich merkte, dass die Tangos in seinen Filmen finnisch gesungen waren. Das hat mich nicht losgelassen. Ich habe angefangen, Finntangoplatten zu sammeln, was in der Schweiz gar nicht so einfach war. Wunderschöne Musik, melancholisch, nostalgisch, sentimental und kitschig, aber wunderschön. Und rätselhaft: Warum singt und liebt ausgerechnet ihr den Tango mit solcher Inbrunst?»

«Wenn ich das wüsste!»

«Genau deswegen bin ich nun hier. Sollte ich es schaffen, das Rätsel Finntango zu knacken, verrate ich es dir als Erster.»

Sie pulte am Etikett ihrer Bierflasche und hatte den grobschlächtigen Bärenkopf schon fast weggekratzt. Es war kühl geworden, doch außer mir hatte sich niemand einen Pullover oder eine Jacke übergestreift; es war schließlich Frühlingsbeginn.

Je länger ich neben ihr stand, desto reizender fand ich sie. Ich betrachtete ihre zierliche Nase – und wusste nicht, was ich ihr sagen sollte. Mit dem finnischen Tango wollte ich sie nicht länger belästigen, mit Fragen zu Vappu auch nicht, und etwas anderes fiel mir nicht ein – ich merkte, wie der hochprozentige Nebel auch mich angegriffen hatte.

In der letzten halben Stunde war's passiert – die letzten Dämme waren eingebrochen, die Alkoholflut hatte den Park überschwemmt, die Party war gekippt. Die meisten Familien und Rentner – bis auf eine Handvoll rotgesichtiger Kampftrinkveteranen – hatten den Park fluchtartig verlassen. Wo das Fest noch lauter geworden war und die Musik unverdrossen pumpte, lag Streit in der Luft, wo es leiser war, lagen und saßen immer mehr Feiernde mit glasigen Blicken und weggetretenen Mienen auf der Wiese oder an Bäume gelehnt. Unverändert war einzig der Eifer der Pfandflaschensammler; er hatte sogar zugenommen, als ahnten sie das Ende dieser Nacht der Nächte nahen.

Auch in unserer Gruppe erlahmte der Aktivismus; die Leute bemühten sich redlich, den allem Anschein nach unversiegbaren Biervorrat auszutrinken. Sie hatten mich abgehängt. Wie artikuliert ihr Finnisch noch war, konnte ich allerdings nicht beurteilen. In meinen Ohren klang diese Sprache immer merkwürdig.

«Mir ist es schleierhaft, wie man betrunken Finnisch sprechen kann», bemerkte ich. «Diese ellenlangen Wörter, diese vielen harten Konsonanten, diese präzise Artikulation, das eignet sich doch nicht zum Saufen … – warum habt ihr eure Sprache nicht besser an eure Bedürfnisse angepasst?»

Erneut kicherte sie.

Spätestens jetzt wurde mir klar, warum die Finnen ihre Feiertage am Vorabend feiern: aus Gründen der ökonomischen Vernunft. Der Feiertag selbst dient der Katerpflege. Und wenn ich die Leute im Park anschaute, bedeutete der 1. Mai in Finnland keine Gefahr für das Kapital, die Polizei und die Schaufenster global tätiger Firmen.

«Du gehst?», fragte ich sie, als sie wenig später ihre Tasche aufhob.

«Ja, morgen muss ich früh los.»

Damit war Vappu für mich gelaufen.

«Ich bin übrigens Frank.»

«Ich heiße Kaisa.»

Kaisa.

«Ich gehe auch, Kaisa.»

«Wirklich? Genug finnische Hardrockballaden für diese Nacht?»

Ich nickte.

«Du wohnst bei Tuula?»

Ich nickte wieder.

«Dann können wir gemeinsam gehen, ich muss in dieselbe Richtung.»

Sehr gut, dachte ich – und nicht nur, weil ich mir des Wegs nicht sicher war.

«Sollen wir ein Taxi rufen?», fragte ich, als wir den Park verließen.

«Ein Taxi? Jetzt? – Da kannst du gleich auf den Rentierschlitten vom Weihnachtsmann warten … Wir gehen besser zu Fuß. Der Heimweg dauert eine knappe Stunde.»

Das störte mich nicht, im Gegenteil: Mit ihr, so viel ahnte ich jetzt schon, würde ich bis ans Ende der Nacht gehen – was im finnischen Frühsommer allerdings ein für meinen Geschmack zu kurzes Vergnügen wäre.

Die breite, von alten Bäumen und stolzen Bürgerhäusern gesäumte Straße, die vom Kaivopuisto-Park wegführte, war ruhig. Keine Musik, kein Gejohle, kein Verkehr – bis auf einen wachsam über das Kopfsteinpflaster rumpelnden Kleinbus der Polizei.

Plötzlich bremste er ab, ein Polizist und eine Polizistin stiegen aus, beugten sich über ein unförmiges Etwas, das auf dem Boden lag, vermutlich ein Vappu-Opfer, und als es weder auf ihre Berührungen noch ihre Fragen reagierte, hievten sie es mehr oder weniger sanft in den Bus. Dort lagen bereits drei oder vier andere Leichen.

«Das war früher die wichtigste Aufgabe der Polizei», sagte Kaisa, «manche behaupten auch, es sei die einzige gewesen: Volltrunkene auflesen und in die Ausnüchterungszellen verfrachten. Vor allem im Winter.»

«Und heute? Hat die Polizei heute auch anderes zu tun?»

«Vermutlich schon, Finnland ist schließlich ein modernes europäisches Land», bejahte sie trocken. «Aber an Vappu herrschen wieder die altfinnischen Zustände – am besten bucht man seine Zelle schon ein paar Monate vorher …»

Dann und wann kreuzten uns Betrunkene, allein oder in kleinen Gruppen; konzentriert wankten sie vor- und seitwärts, Zombies mit blutunterlaufenen Augen, halboffenen Mündern und zur Wahrung des Gleichgewichts in alle Richtungen ausgestreckten Armen. Harmlose Zombies jedoch, die so sehr mit dem eigenen Zustand beschäftigt waren, dass sie uns nicht wahrnahmen. Diese Szenerie wirkte nicht minder gespenstisch und unwirklich als die Euphorie im Park;

ein Eindruck, den die auch in diesen Nachtstunden streitlustigen Möwen, deren heiseres Kreischen zwischen den Fassaden widerhallte, noch verstärkten.

Je mehr wir uns dem Bahnhof näherten, desto belebter wurde die Innenstadt. Die Architektur des Jugendstils war nüchterner Zweckmäßigkeit aus der Nachkriegszeit gewichen. Wir schlenderten durch Gassen voller kleiner Geschäfte und Boutiquen, an deren Schaufenster sich schwankende Gestalten lehnten, und landeten schließlich auf einer mehrspurigen Hauptstraße. Bis auf vereinzelte Polizei- und Krankenwagen war kein einziges Auto unterwegs.

Aus allen Straßen und Gassen strömten Menschen zum Bahnhof oder standen in Gruppen auf der Straße herum, mit Flaschen in den Händen und Mützen auf dem Kopf; die meisten schienen nicht zu wissen, wohin sie gehen sollten, aber sie wussten sehr wohl, wohin sie nicht wollten: nach Hause.

Kaisa schien meinen Gedanken gefolgt zu sein.

«Der Frühling ist da. Da darf man einfach nicht nach Hause. Und weil der Sommer so kurz ist, darf man auch nichts aufschieben.»

«Die Länge des Winters, die Kürze des Sommers», sagte ich, «ein typischer Tangotopos.»

«Ein typischer finnischer Topos, würde ich sagen, ob Tango oder Disco. Wie gesagt», fügte sie an, und es klang beinahe, als wolle sie sich für das Verhalten ihrer Landsleute entschuldigen, «wenn du wüsstest, was der finnische Winter in uns anrichtet, würdest du diese Szenen verstehen.»

Vor dem Bahnhof blieben wir stehen. Der Platz war voller als bei einer echten 1.-Mai-Kundgebung, nur die Transparente und Megaphone fehlten.

«Bist du hungrig?», fragte sie mich.

«Eigentlich nicht, nein.»

«Aber du möchtest bestimmt die ultimative kulinarische Erfahrung machen, ohne die dein Vappu-Erlebnis schlicht nicht vollständig wäre, oder?»

«Natürlich.»

«Gut – dann lass uns am *grillikioski* eine Wurst kaufen …»

Das klang ironisch, dennoch reihte sie sich in die lange Schlange vor dem Imbissstand ein.

Eine alte Frau torkelte an uns vorbei, sie blieb vor Kaisa stehen und keifte *«tyttö»* und *«poika»*, sie brabbelte anscheinend, auch diese finnischen Wörter waren mir bereits vertraut, etwas über Mädchen und Jungs, während ihre stieren Augen versuchten, Kaisa zu fixieren. Kein einfaches Unterfangen, da ihr Blick immer wieder ins Nichts wegkippte.

«Was erzählt sie?», fragte ich belustigt.

«Sie ist nur betrunken», erwiderte Kaisa und errötete.

Dass sie voll war wie eine Zapfsäule, war auch mir klar, aber ich hakte nicht nach. Eine andere Person weckte meine Aufmerksamkeit: Ein älterer, rundlicher Herr, der ein paar Meter vor uns stand, auch er mit einer keck nach hinten geschobenen Abiturientenmütze auf dem Kopf. Er hatte sich, als die zahnlose Alte loskeifte, kurz umgedreht – und ich war überzeugt, diese vom Alkohol weichgezeichneten Gesichtszüge und diese pomadig glänzende Frisur nach der Mode der fünfziger Jahre zu kennen.

«Was schaust du so?», fragte Kaisa plötzlich.

«Dieser Mann im Anzug; ich bin mir sicher, dass ich ihn schon mal gesehen habe.»

«Ja?» Sie blickte mich zweifelnd an. «Seit gestern oder mittlerweile vorgestern in Finnland und schon per du mit der Grillikioski-Szene?»

Der Mann nahm seine Wurst in Empfang und drehte

sich um. Plötzlich wusste ich, wem er glich: Olavi Virta, dem größten aller Tangokönige, Finnlands Carlos Gardel und Frank Sinatra in einem. Er war dem Porträt auf den CDs, die ich am Tag zuvor gekauft hatte, wie aus dem Gesicht geschnitten: Sein unfinnisch dunkler Teint und die schwarzen Haare, die sich von seinem sommerlich hellen Jackett abhoben, die dunklen Augen, in denen Schwermut, Charme und Schalk sich die Waage hielten …

Er biss so herzhaft in die Wurst, dass das Fett in alle Richtungen spritzte und sein Jackett bekleckerte. Doch das raubte ihm die gute Laune nicht – als er an uns vorbeikam, zwinkerte er mir vergnügt zu und pfiff den Refrain von *Täysikuu* (Vollmond), einem seiner berühmtesten Tangos.

«Findest du nicht», flüsterte ich aufgeregt, «dass der aussieht wie Olavi Virta? Ein echter Doppelgänger?»

Sie blickte mich mit ihrem entzückenden Lächeln an. «Wie gesagt, erst seit vorgestern in Finnland, und schon begegnest du toten Tangolegenden, das ist eine echte Leistung.»

Ihre Ironie berührte mich nicht. Ich hatte Olavi Virta gesehen, er hatte mir zugezwinkert, und war das nicht das beste Omen für meinen Aufenthalt in Finnland?

Ich war so euphorisch, dass ich die widerliche, vermutlich aus Fett, zermahlenen Knochen und Sägespänen bestehende Wurst problemlos verdrückte. Während die reichlich mit süßlichem Senf eingeschmierte Fleischsimulation, die ihrer grobschlächtigen finnischen Bezeichnung, *makkara*, alle Ehre machte, in meinen Magen plumpste, merkte ich, wie glücklich ich war. Ich war in einer fremden Stadt, unterwegs mit einer reizenden Frau, und die Nacht war verrückt und voller Verheißungen.

«Was ist los? Schmeckt dir die Wurst etwa?»

Sie musterte mich spöttisch. Ich schloss den Mund und bemühte mich, weniger dämlich zu grinsen.

Vielleicht hatte nicht das aufmunternde Lächeln des Tangokönigs die Schmetterlinge in meinem Bauch geweckt, sondern der Aufprall der Wurst in meinem Magen; vielleicht hielt ich auch nur das Rumoren der unverdaulichen Makkara für das Flattern zarter Schmetterlingsschwingen – Tatsache ist, dass ich mit Kaisa an meiner Seite auf der Tokoinranta, der Promenade, die sich an eine kleine Meeresbucht mitten in der Stadt schmiegte, schwebte wie ein Tangotänzer auf den Tanzdielen.

Das zuvor noch stockend und scheu plätschernde Gespräch floss plötzlich ungehindert und natürlich; ich erfuhr, dass Kaisa als Gestalterin eines Magazins für Innendekoration arbeitete. Daneben gestaltete sie Bücher und Plakate und teilte mit befreundeten Modeschöpfern, Illustratoren, Künstlern, App-Programmierern und der Redaktion einer Comiczeitschrift ein geräumiges Atelier mit angeschlossener Galerie. Aufgewachsen war sie in Lahti und Tampere und wie die meisten Finnen nach ihrem Studium nach Helsinki gezogen. Ich erzählte ihr von mir, von meiner Arbeit als freier Journalist für die Presse und den Rundfunk, von meiner Leidenschaft für exotische musikalische Phänomene und die Berge, und was ich erzählte, schien sie nicht zu langweilen, und … – eigentlich war es gleichgültig, worüber wir sprachen; wichtig war das Gefühl von Vertrautheit, das der Unterhaltung ihren Boden gab; der Eindruck, uns zu kennen und zu verstehen. Kaisa legte ihre Ironie ab, wir lachten viel, und ich gab mich dieser Situation umso gedankenloser hin, als ich mich sicher wähnte – beschützt von meinem Rückflug gut zehn Tage später.

Es war etwa drei Uhr früh, und es dämmerte bereits. Das

Rrrántantantan eines Finntango wehte zu uns herüber; es war ein altes Transistorradio, das vergessen unter einer Parkbank auf einem kleinen Spielplatz stand; auf der und um die Bank lagen ein paar Betrunkene. Kaisa war meinem Blick gefolgt, lachend legte sie ihre Hand auf meinen Arm und ließ sie länger als notwendig liegen.

«Wollen wir tanzen?», fragte ich.

Sie schüttelte den Kopf.

Wir verließen die Tokoinranta. Kallio, das auf einem großen Felsen gebaute, frühere Arbeiterviertel mit seinen schmucklosen Wohnblocks, war noch immer voller Zombies, die um ihr Gleichgewicht ringend die sanfte Steigung empor- oder hinunterwankten, immer vorwärts, notfalls auch seit- oder rückwärts, Hauptsache, es ging voran. Anhalten bedeutete Umfallen.

Kaisa hakte sich bei mir ein. Wir schwiegen. Ihre Hüfte rieb sich an meiner, unsere Schritte wurden langsamer, wir näherten uns Tuulas Wohnung, und ich fragte mich, was nun geschehen würde.

Als die Haustür in Sichtweite kam, räusperte ich mich, doch sie kam mir zuvor.

«Meine Wohnung ist noch ziemlich weit weg von hier, ich bin müde und», sie sprach sehr schnell, «Tuula hat bestimmt nichts dagegen, wenn ich bei ihr übernachte.»

Ich schluckte leer, räusperte mich nochmals, zog es aber vor, einfach zu nicken. Das sollte cool wirken, in Wahrheit war ich sprachlos. Sollte ich mich freuen? Mischte sich in die Vorfreude eine leise Enttäuschung, weil alles zu einfach schien? Oder entsprach diese Zielstrebigkeit einfach den einheimischen Sitten?

Ich öffnete die Tür des Aufzugs und schob das Sicherheitsgitter beiseite. Drückte den Knopf zum 6. Stockwerk.

«Ich mag diese schönen alten Aufzüge; solche sieht man in der Schweiz schon lange nicht mehr», stellte ich fest, als der Aufzug sich gemächlich ruckelnd in Bewegung setzte – und hätte mir, als ich ihren verdutzten Blick sah, am liebsten die Zunge abgebissen. Für diese Banalität hätte ich es verdient, von Olavi Virta in den Liftschacht geschmissen zu werden; es gab noch vieles im finnischen Tango, das ich nicht verstand.

Noch vier Stockwerke. Langsam ruckelte der Aufzug in die Höhe.

Ich wusste, was ich wollte, aber ich ahnte, dass es noch zu früh war; ich wusste aber nicht, was sie wollte, und vor allem wusste ich nicht, wie ich mein Begehren und meine Zweifel daran zum Ausdruck bringen konnte, ohne mich vollends zum Narren zu machen.

Endlos zog sich die Fahrt in die Länge, ich blickte sie an – der amüsierte Spott lag wieder in ihren Gesichtszügen. Endlich das 6. Stockwerk; ich schob das Gitter zur Seite.

«Ich werde natürlich auf dem Sofa schlafen», sagte sie, als ich den Schlüssel ins Schloss steckte. War ich erleichtert? Oder doch enttäuscht, zumindest ein bisschen?

Ich überließ ihr das Gästebett und legte mich auf das Sofa in der Küche. Durch das Fenster drang zu viel Licht, als dass ich hätte schlafen können. Kaisas Telefon klingelte, sie machte es aus, ohne es abzunehmen.

Wenig später torkelte Tuula in die Wohnung, mit einem nicht minder fest schlingernden Kimmo im Schlepptau. Sie rissen sich, die Wohnungstür offen lassend, die Unterwäsche vom Leib, stolperten in Tuulas Zimmer und fielen übereinander her. Dann ging alles schnell und laut, und schon bald knatterte befriedigtes Schnarchen aus ihrem Zimmer. Ich stand auf, sammelte die Kleidungsstücke zusammen, schloss die Wohnungstür und die von Tuulas Zimmer.

An Schlaf war nicht zu denken. Auch wenn es erst kurz vor vier Uhr morgens war, signalisierten die Dämmerung und die munteren Vögel meinem Körper den Anbruch eines neuen Tages. Das hielt mich wach.

Ich brühte einen Kaffee auf, goss ihn in eine Tasse, auf der Mumin, der in Finnland allgegenwärtige weiße, nilpferdartige Troll, den Kopfstand machte und dabei von seinem Freund Schnupferich beäugt wurde, und setzte mich mit ein paar Zeitschriften an den Küchentisch.

Ich mochte Tuula. Ich hatte sie zwei Jahre zuvor, an einem Konzert ihrer Band Cranky Crayfish in der Schweiz kennengelernt. Ihre Musik hatte mich umgehend betört. Cranky Crayfish spielten mit einer altersschwachen elektrischen Orgel, diversen Perkussionsgeräten und Tuulas engelsgleicher Stimme kuriose Popsongs voll fröhlicher Schwermut und ernsthafter Kindlichkeit, eigenwillig, entzückend und zeitlos.

Ganz wie die Welt von Mumin eigentlich, dachte ich, als ich jetzt in seine traurigen Augen blickte.

Plötzlich wurden Erinnerungen an die Mumingeschichten wach, die ich in meiner Kindheit gelesen hatte – ich hatte das zauberhafte Mumintal, das die Künstlerin und Schriftstellerin Tove Jansson in der Mitte des letzten Jahrhunderts geschaffen hatte, geliebt. Gleichzeitig fand ich den phantastischen Kosmos der Mumintrolle und ihrer skurrilen Komparsen auch ein bisschen unheimlich, da unter der verspielten und humorvollen Oberfläche immer eine melancholische, bisweilen auch düstere Grundstimmung mitschwang. Die Abenteuer der Muminsippe waren bizarrer und unberechenbarer als die anderen Kinderbücher, und ich verschlang sie mit einem wohligen Schauder.

Tuula hätte gut ins Mumintal gepasst, als die exzentrische Schwester des Snorkfräuleins: Sie war groß und kräftig, hatte auffällige, weit auseinanderliegende Augen, einen breiten Mund und stand gerne im Mittelpunkt. Auf der Bühne trug sie extravagante, zumeist selber geschneiderte Kostüme und Perücken ohne jegliche Furcht vor Lächerlichkeit. Unter ihrer imposanten Erscheinung versteckte sich aber ein sanftmütiger und großherziger Mensch. Ich hatte sie nach ihrem Konzert interviewt, wir waren in Kontakt geblieben, und sie hatte mich regelmäßig mit verkratzten Finntangoplatten vom Flohmarkt versorgt.

Sie schien Klatschmagazine zu lieben. Die meisten Titelseiten waren von üppig bebusten Blondinen geziert, die alle aussahen wie die Klone der anderen Titelblondinen. Neugierig blätterte ich mich durch die schreierisch gelayouteten Gazetten. Lauter mir unbekannte Prominenz. Das finnische Pendant zur schweizerischen Cervelat-Prominenz, außer dass Finnland offensichtlich viel großzügiger damit ausgestattet war. Wie nannte man die wohl? Makkara-Prominenz?

Die Makkara vom Grillikioski, ich spürte sie noch immer, schwer lag sie in meinem Magen und hatte unterdessen die Schmetterlinge erstickt.

Doch weder die von Natur und Schönheitschirurgie generös beschenkten Blondinen noch die Wurst lenkten mich lange von Kaisa ab. Schlief sie? Hatte sie Tuulas triumphale Rückkehr mitbekommen? Hatte ich mich verliebt? Ich hatte mich verliebt, kein Zweifel. Aber in wen oder was eigentlich? In Kaisa? In einen finnischen Frühsommernachtstraum? In das finnische Frühlingsfieber? In einen potenziellen Finntango?

Kurz vor 8 Uhr klingelte Kaisas Handy. Auch verschlafen sah sie reizend aus, ich bot ihr einen Kaffee an, doch sie schüttelte den Kopf, schrieb mir ihre Telefonnummer in den generösen Ausschnitt einer gewissen Maija Rosberg, drückte mir einen zarten Kuss auf die Wangen und huschte aus der Wohnung.

3

Irmeli ja hänen aviomiehensä

(finnisch: Irmeli und ihre Ehemänner)

Von weitem schon sah ich die roten Buchstaben durch die Nacht leuchten: *KAHVILA* und daneben *KAUPPA*, darunter ein helles Fenster, die Verheißung einer Oase in der Schneewüste. Ein Dorfladen mit Imbissbude, endlich! Er schien buchstäblich im Nichts zu stehen. Dann und wann verschwand das Licht der Hoffnung wieder, verdeckt von einer Schneewehe oder ein paar struppigen Tannen, und jedes Mal befürchtete ich, Opfer einer nordischen Fata Morgana zu sein, und fühlte mich noch einsamer in der eisigen Dunkelheit.

Erst als ich die Skier auszog und an das dafür vorgesehene Gestell lehnte, glaubte ich wirklich an die Existenz dieser Loipenraststätte. Ich war seit mittlerweile drei Tagen unterwegs, hatte bis auf ein paar Langläufer keine Menschenseele getroffen – geschlafen hatte ich nur ein paar Stunden auf der Saunabank eines leerstehenden Wochenendhauses –, und bis auf einen halben Schokoriegel war mein Rucksack leer.

Die Türglocke schreckte die Anwesenden auf. Die ältliche Frau hinter der Registrierkasse blickte verwundert von ihrer Zeitschrift auf, die beiden alten Männer in der angrenzenden Bar von Bier und Kaffee. Ich grüßte mit einem kurzen Nicken und steuerte zielstrebig das Regal mit den Keksen und der Schokolade an – hielt aber trotz meines Hungers inne: Meine Augen schweiften durch den Laden, und ich staunte.

Ich sah nicht nur Schokolade und Kekse, Haferbrei, Milch, Käse, Brot, Konserven, Wurst und die obligaten fünfzig Lakritzsorten, die man in einem kleinen Supermarkt erwartet, ich sah auch Geschirr, Seile aller Dicken und Stärken, Jagdmesser, Windeln, Ölfunzeln, Plumpsklodekorationen, Damenmode, lange Unterhosen, Winterkleider, Streichhölzer, Schulhefte und Legosteine, es schien auf diesen rund hundert Quadratmetern so gut wie alles zu geben, auch Seife, Zahnbürsten, eine Barbiepuppe samt Kleidern und rosa Plastikschloss, Kerzen, Eimer, Saunathermometer, ein Bügelbrett, Besen, Tiefkühlprodukte, Glühbirnen, Deodorants, drei Schlafsäcke, ein Zelt, Schneemobilzubehör, Langlaufskier, zwei Nähmaschinen, ein Geschirrspüler, Bier und Apfelwein, Besteck, Schmieröl, Gaskocher, Bettwäsche mit Muminaufdrucken, Holzschlitten, Zaumzeug für Rentiere, Radiogeräte, eine Funkanlage, Taschenlampen und Batterien, zwei Motorsägen, Handschuhe und Mützen, Zeitungen und Zeitschriften und in einer Ecke auch Rentierfelle, Rentiergeweihe, Rentiersalami, Rentierpastete und weitere Rentierparaphernalien, sowie buntes Sami-Handwerk, die bewiesen, dass dieses Geschäft dann und wann auch von Touristen aufgesucht wurde. Alles stapelte sich dicht gedrängt und in einem sich mir nicht erschließenden Ordnungssystem neben- und übereinander – da hätte keine Schlittschuhkufe mehr Platz gehabt.

Wäre da nicht der heftige Hunger gewesen, hätte ich mich noch stundenlang in diese alle Bedürfnisse des nordischen Winterlebens reflektierende Stätte vertiefen können und diese Ausstellung der zahllosen Artefakte studiert wie eine Museumsinstallation von höchstem kulturellem Wert und gesellschaftlicher Relevanz.

Ich fragte mich, wie dieser Laden, der wie kein Supermarkt

in der westlichen Hemisphäre das Prädikat «super!» verdiente, im Sommer aussehen würde, wenn Mückennetze, Angelruten, Netze, Camouflagekleider, Ruder, Ameisengift und Solaranlagen das Wintersortiment verdrängt haben würden.

Der Hunger setzte mich jedoch wieder in Bewegung, ich griff nach der Schokolade, dann nach Keksen, Brot, Mettwurst, Käse, Müsliriegeln, Nüssen, gedörrten Früchten, Teigwaren und Teebeuteln.

Woher ich komme und wohin ich wolle, fragte die Verkäuferin freundlich. Sie hieß Irmeli, so stand es jedenfalls auf ihrem Namensschild, Irmeli Puhakka. Sie war zwischen fünfzig und sechzig, ihre grauen Haare hatte sie zu einem langen Zopf geflochten, bis auf zwei kokette Strähnen, die ihr rundes, von freundlichen Falten durchzogenes Gesicht einrahmten. Eine Lesebrille mit roter Fassung hing um ihren Hals und ruhte auf ihrem Busen, dessen Üppigkeit nicht einmal die weit geschnittene Bluse – blassblau mit großen gelben Sommerblumen – verheimlichen konnte.

In welchem Zustand die Loipe sei und ob viele Skiläufer unterwegs waren, wollte sie wissen, als sie meine Einkäufe eintippte. Als ich so tat, als verstünde ich sie nicht, wiederholte sie ihre Fragen in gutem Deutsch. Trotz meines Schweigegelübdes war ich versucht zu antworten, doch ich beherrschte mich, lächelte dümmlich und reichte ihr meine Kreditkarte.

Ich hing Jacke, Handschuhe und Mütze auf, schenkte mir an der Theke der direkt anliegenden Cafeteria eine Tasse Tee ein, stapelte ein paar Hefeteile auf einen Teller, setzte mich und streckte mit einem Seufzer der Erleichterung meine müden Beine aus.

Als Erstes biss ich in eine schneckenförmige, mit Butter und Zimt gefüllte und mit Eigelb bestrichene *korvapuusti*. Das heißt zwar Ohrfeige, schmeckt aber köstlich.

Pulla ist eine der großen unbesungenen kulinarischen Errungenschaften Finnlands: Hefegebäck, das im Gegensatz zu unseren Backwaren nicht zu süß ist, dafür großzügig mit Kardamom und Zimt gewürzt. Einzig und allein der leckere Pulla-Geschmack macht den Beuteltee und den Filterkaffee, die in den meisten Lokalen stunden-, manchmal auch tagelang auf einer Herdplatte vor sich hin köcheln und immer säuerlicher und abgestandener schmecken, halbwegs erträglich – deshalb verdrücken die Finnen Pulla in rauen Mengen. Nur so gelingt es ihnen, den Weltmeistertitel im Kaffeekonsum mit täglich knapp vier Tassen pro Kopf zu verteidigen.

Die ganze Zeit über hatten mich die beiden alten Männer aufmerksam, wenn auch möglichst unauffällig beobachtet; natürlich wunderten auch sie sich über mein Woher und Wohin, doch hätten sie diese Fragen nie gestellt, um nicht in den Verdacht zu geraten, neugierig oder vielmehr: nicht gleichgültig zu sein.

Beide trugen fast identische Trainingsanzüge aus synthetischem Material, der eine schimmerte dunkelgrau, der andere dunkelblau, beide waren mit sportlich fluoreszierenden Logos bestickt.

Nun wandten sie sich wieder ihren Getränken zu. Sie waren unterschiedliche Typen; groß und breit der eine, klein und rundlich der andere, glatzköpfig der eine, sein Resthaar sorgfältig gekämmt der andere. Wie die Trainingsanzüge glichen sich auch ihre Gesichter: unauffällig, ausdruckslos, gezeichnet vom Leben in einem unwirtlichen Landstrich und vermutlich auch vom Alkohol.

Der große Breite, der ein bisschen näher an der Kasse saß, erhob sich und schenkte sich mehr Kaffee ein; der Rundliche starrte in sein Bier, das so abgestanden aussah wie er, als säßen beide seit drei Stunden – oder vielleicht zwei Wochen – im Glas beziehungsweise auf dem Plastikstuhl.

Die Einrichtung der Gaststätte war unauthentisch rustikal. Man spürte Irmelis Bemühen, eine behagliche Atmosphäre zu schaffen – sie hatte die Neonröhren herausgeschraubt und durch Wandleuchten ersetzt, die trübes Licht ausstrahlten, sie hatte dem Lokalkolorit zuliebe ein Rentierfell, ein Rentiergeweih und ein paar Drucke lappländischer Landschaften in Sommer, Herbst und Winter aufgehängt und drei Wände mit dunklem Holz verkleidet. Die fünf runden Tische und die Stühle aus olivgrünem Camping-Plastik jedoch verrieten den wahren Charakter ihres Lokals: Eine zweckdienlich eingerichtete Kombination aus Cafeteria, Bar und Imbissbude, deren Mobiliar nicht litt, wenn die Gäste in der Wärme aufzutauen begannen, und in der in regelmäßigen Abständen das elektronische Signet eines Glücksspielautomaten erklang.

Die beiden nullsilbigen Männer saßen an je einem eigenen Tisch, und zwar so, dass sie Irmeli immer im Blick hatten, ein Blickkontakt zwischen ihnen aber nur mit gesundheitsschädigenden Verrenkungen möglich gewesen wäre. Waren die zwei Männer Nebenbuhler um die Gunst der einzigen Frau? Hatten sie mich etwa nicht aus Neugierde gemustert, sondern als potenziellen Rivalen abgeschätzt? Waren die drei Alten wohl die einzigen Menschen, die in diesem Dorf überwinterten, statt in lappländische Metropolen wie Rovaniemi, Ivalo oder Las Palmas zu flüchten?

Die Nachbarn sind weg, und die Nacht ist lang, dachte ich, als mein Blick wieder zu Irmeli schweifte, die die Kekspackungen, die ich in Unordnung gebracht hatte, wieder zurechtrückte, sie ist lang genug, um sie aus allerlei therapeutischen Gründen mit mehr als einem Menschen teilen zu wollen. Alles ist erlaubt, um die Winterdunkelheit erträglich zu machen.

Ich stellte mir vor, wie Irmeli, kurz vor Ladenschluss, ihren Hausschlüssel auf den Tisch eines der beiden Männer warf und wie der Auserwählte umgehend nach Hause eilte, um Wohnung, Sauna und Bett vorzuwärmen. Wie wählte sie ihren jeweiligen Galan für die Nacht aus? Spontan? Oder gab's eine mittelfristige Planung für die Bettbelegung? Vielleicht würde sich Irmeli, nachdem sie Laden und Bar geschlossen hatte, bei beiden unterhaken und sich von ihnen nach Hause geleiten lassen. Vielleicht überlebten sie den Winter auch zu dritt in einer Wohngemeinschaft und teilten immer alles. Sitzordnung und Körperhaltung der beiden Männer sprachen jedoch wider das dafür notwendige Einvernehmen – ganz ohne Spannungen lief diese Zweckgemeinschaft zur Bekämpfung von Einsamkeit und Winterdunkelheit nicht ab. Liebesangelegenheiten sind immer kompliziert. Selbst dort, wo die Nacht endlos ist.

«Eine Schweige-WM dauert anderthalb Monate …», erklang es von irgendwoher. Ich zuckte zusammen – hörte ich nach drei Tagen einsamen Langlaufens bereits Stimmen?

«Und am Schluss schwitzen es Tero Määttä und Erkki Karjalainen in der Sauna aus.»

Die Stimme kam aus einem Fernseher, so aufgestellt, dass sowohl Irmeli als auch ihre beiden Männer den Bildschirm im Auge hatten. Ich erhaschte einen Blick auf Tero Määttä und Erkki Karjalainen; sie dampften vor der Sauna.

«Das kann man so sagen, Jaakko», entgegnete Juhani, der Moderator. «Zum jetzigen Zeitpunkt – mit den verbleibenden sechs Kandidaten nähern wir uns langsam der Endrunde dieser Weltmeisterschaft – kann selbst ein gemeinsamer Saunabesuch über Sieg und Niederlage entscheiden.»

«Ja», bestätigte Jaakko. «Jedes Anzeichen von Schwäche stärkt den Gegner. Deshalb ist es aufschlussreich zu sehen, wer mehr Wasser aufgießt, wer die Sauna zuerst verlässt, und wer länger in der Kälte ausharrt.»

«An dieser Weltmeisterschaft sind jedoch die Verlierer interessanter als die Sieger; ich höre, dass Seppo Imfeld und Pirjo Kähkönen auf dem Weg in unser WM-Studio sind – für ihr erstes gemeinsames Interview.»

Die Kamera schweifte durchs WM-Zentrum. Ich hoffte, einen Blick auf Aamu zu erhaschen, doch unterbrach die Regie die Kamerafahrt kurz vor dem Pressestand durch einen Sponsorenspot und schnitt auf die kleine Bühne. Seppo saß neben Pirjo, er wirkte angespannt, sie strahlte glücklich und streichelte seine Hand; ihm gegenüber saßen Juhani und Jaakko.

«Seppo, was halten Sie eigentlich von Finnland?»

«Nun, ich habe die Zeit hier sehr genossen», erwiderte Seppo in seinem bedächtigen, von einem starken Schweizer Akzent durchsetzten Hochdeutsch. «Viel gesehen habe ich aber nicht, meistens war es ja dunkel, und ich war fast immer drinnen.»

Pirjo übersetzte, offenbar sprach sie ein bisschen Deutsch. Das Publikum freute sich, ein paar Leute klatschten, Seppo blickte verwundert auf.

«Und die Sauna? Wie fanden Sie die Saunagänge?»

«Sauna ist gut, aber mit eurem Käse habe ich mich beim besten Willen nicht anfreunden können.»

«Was das Publikum zweifellos am meisten interessiert», fuhr Juhani mit einem aufmunternden Lächeln fort: «Wie und wann hat es zwischen euch gefunkt?»

Hilflos blickte Seppo zu Pirjo, die gerne einsprang. «In der Stille», sagte sie, «hört man seine Gefühle am besten.»

Das Publikum applaudierte. Seppo nickte erleichtert. Pirjo schilderte Szenen zu zweit, in der Küche, im Wohnzimmer, sie beschrieb Blickwechsel, zufällige und weniger zufällige Berührungen …

Und während ich Pirjo und Seppo zuhörte, erinnerte ich mich an den Abschied von Kaisa, im Mai vorigen Jahres, auf dem Flughafen von Helsinki.

Ihre Lippen schmiegten sich an meine und gaben sie erst frei, als die harte Frauenstimme der Flughafendurchsage mich aufrief, mich umgehend zum Gate zu begeben.

Je weiter ich mich von Helsinki entfernte, desto stärker spürte ich die Wärme und den Geschmack von Kaisas Lippen, kaum hatte das Flugzeug die Ostsee überflogen, erfüllte ihr Geruch das Flugzeug, wenig später glaubte ich, ihr Gesicht zu streicheln und wunderte mich über ihre Tränen – doch es war nur das Mineralwasser, das ich über meine Hose verschüttet hatte.

Wie ernst es um mich stand, wurde mir erst bewusst, als ich bei der Landung in Zürich endgültig aus meinem finnischen Frühsommernachtstraum gerissen und ruppig rumpelnd im Schweizer Grau abgesetzt wurde; es war noch früh am Abend, doch es dunkelte bereits, und überdies nieselte es. Orientierungslos stromerte ich durch den Flughafen, suchte auf den Abflugtafeln, ob mich in den nächsten Stunden ein Flug zurück nach Helsinki bringen könnte, vergaß zunächst mein Gepäck, belästigte Reisende, bis mir endlich eine verständnisvolle Frau ihr Handy lieh, damit ich Kaisa eine SMS schreiben konnte. Was schrieb ich? Ich weiß es nicht. Vermutlich eine Banalität wie «Ruppig gelandet, ich vermisse dich» – mit geradezu finnischer Zurückhaltung weiterhin all das verschweigend, was ich mir und ihr in

Helsinki nicht einzugestehen gewagt hatte und nun zu ahnen begann …

«Nein, ich hatte keine bestimmte Technik», antwortete Seppo auf eine Frage von Jaakko, «ich bin einfach auf den Mund gehockt, und das hat mir gutgetan. Falls es stimmt, dass die Finnen gerne schweigen, dann könnte ich mir gut vorstellen, mich hier wohl zu fühlen.»

Bestimmt hatte die Ballade von Seppo und Pirjo, dem knorrigen Innerschweizer und der munteren Finnin, den verliebten Meisterschweigern, längst auch die Schweiz erreicht, und Brigitte war zweifellos im Begriff, meine Mailbox mit Nachrichten, Bitten und Drohungen zu füllen, um endlich an ihre Reportage zu kommen. Vermutlich suchten mich auch andere Redakteure – diese Geschichte hätte wichtig sein können, um mich als Korrespondenten aus Nordeuropa zu empfehlen, die letzten Monate waren harzig gewesen, doch nun war ich – ja, wo eigentlich?

Seit ich Sodankylä verlassen hatte, bewegte ich mich durch eine Landschaft, die wenig Orientierungspunkte bot, und da ich seit meiner kurzen Zeit als Pfadfinder kaum mehr mit einem Kompass unterwegs gewesen war, drängten sich beim Studium der zitternden Nadel dann und wann unangenehme Zweifel an der Genauigkeit meiner Berechnungen auf. Eine Ortstafel hatte ich nicht gesehen, wahrscheinlich stand sie in einer Schneewehe, und im Laden selbst fand ich keinen Anhaltspunkt über meinen genauen Aufenthaltsort. Die Anwesenden zu fragen, untersagte mir mein Schweigegelübde.

Der Kaffeetrinker hatte sich eine weitere Tasse nachgeschenkt. Betont unauffällig beobachtete er Irmeli; sie schaute lächelnd weg und tat so, als würde sie ihre Zeitschrift zurücklegen. Mit einer Behändigkeit, die ich ihm nicht zugetraut hätte, holte der Mann eine kleine Flasche ohne Etikett aus der Jackentasche, vermutlich etwas Selbstgebranntes, und füllte seine Tasse auf. Ebenso rasch war die Flasche wieder verschwunden, und Irmeli blätterte in einer neuen Zeitschrift.

«Seppo», erklärte Pirjo, «fliegt in ein paar Tagen in die Schweiz zurück. Davor will ich ihm Rovaniemi zeigen, dann muss er nach Hause – seine Stelle kündigen und sich bei den Behörden abmelden.»

«Abmelden? Kehren Sie tatsächlich nach Finnland zurück?»

Seppo nickte und schaute ein bisschen verlegen drein. Pirjo strahlte und drückte seine Hand.

«Das ist doch eine wunderschöne Nachricht», sagte Juhani, und er wirkte aufrichtig begeistert. «Euer Schweigen gebar also eine große Liebe, wir wünschen euch alles Gute!»

Das Publikum applaudierte nicht weniger begeistert.

Als der Applaus verebbte, schaltete das Fernsehen in die Sauna zurück, in der Tero Määttä und Erkki Karjalainen nebeneinander schwitzten. Und meine Gedanken schweiften zurück nach Luzern, in die Wochen nach meiner Rückkehr.

Ich hatte nie den Eindruck, wirklich zurückgekehrt zu sein – ein wichtiger Teil von mir schien in Helsinki geblieben zu sein. Ich schaffte es gerade noch zu funktionieren, meine Aufträge zu erledigen und meine Freunde nicht zu vernachlässigen, aber ich fühlte mich fremd und immer leicht abwesend.

Das fiel auch Corinne auf, als sie mich nach dem Besuch eines Theaterstücks, für das sie das Bühnenbild gestaltet hatte, zu sich eingeladen hatte, «auf einen Kaffee oder so».

«Wie heißt sie?», fragte sie plötzlich und schob mich unwirsch von sich hinunter.

«Wer?»

«Na, die andere Frau natürlich, Dummkopf, bei der deine Gedanken sind und deine Gefühle und offensichtlich auch deine Finger. Seit einer gefühlten Dreiviertelstunde nestelst du an mir herum, als sei einer von uns beiden gar nicht da. So habe ich dich im Bett noch nie erlebt, Frank.»

Der Spott war nicht böse; Corinne war eine sehr gute, wenn nicht meine beste Freundin.

Wir hatten uns vor sechs oder sieben Jahren auf dem Brisen kennengelernt. Als ich auf dem knapp hundert Meter unter dem Gipfel gelegenen Steinalper Jöchli eintraf, erblickte ich statt des atemberaubenden Panoramas das atemberaubende Gesicht einer Frau, die sich von der anderen Seite her, über den Haldigrat, nach oben gekämpft hatte: Sie war klein, wirkte aber zäh, ihre verschwitzten blonden Locken fielen knapp bis auf ihre Schultern, das Gesicht war voller Sommersprossen und wurde von einer asymmetrisch geschwungenen Nase beherrscht, die zwischen den weit aufgerissenen, blaugrünen Augen stand. Sie trug ein ärmelloses weißes T-Shirt und kurze Hosen, und die Bergschuhe wirkten an ihren grazilen Beinen ausgesprochen klobig.

«Guten Tag», sagte ich, wie man das auf Bergen tut, wenn man jemanden kreuzt, vielleicht sagte ich auch «Grüezi», sie nickte, und mit einem fröhlichen Grinsen entgegnete sie: «Bist du oft hier?»

Diese abgedroschene Frage in der blendenden Bergsonne auf 2357 Metern Höhe überrumpelte mich, ich war sprachlos und muss ziemlich dämlich ausgesehen haben. Dann aber, nachdem wir den Gipfel des Brisen gemeinsam erklommen hatten und unser Picknick teilten, entwickelte sich zwischen uns ein so angeregtes und unterhaltsames Gespräch, dass wir den Wetterumschwung nicht wahrnahmen. Plötzlich brach ein heftiges Gewitter aus, und wir eilten und rutschten in die nächste Berghütte, das Brisenhaus, wo wir, weil an den Abstieg nicht zu denken war, übernachteten.

Aus dieser Begegnung wurde zwar keine Liebesbeziehung, dafür eine innige Freundschaft; das schloss jedoch nicht aus, dass wir dann und wann, wenn es sich anbot oder aufdrängte, zusammen im Bett landeten.

Normalerweise hatten wir viel Spaß miteinander, doch diesmal – nun, ich muss gestehen, Corinnes Eindruck war nicht ganz unzutreffend.

«Es ist nicht so, wie du denkst, Corinne.»

«Oh doch, Frank, ich kenne dich lange genug, um zu wissen, dass es genau so ist, wie ich denke, und warum dein Ding» – sie stupste mit ihrem Zeigefinger mein träges Glied an – «nicht so recht will … Was ist in Helsinki wirklich geschehen? Abgesehen von finnischen Volksfesten, Sommernächten, Saunen und Tangos?»

Ich hatte seit meiner Rückkehr viel von Finnland geschwärmt, aber zu meiner eigenen Überraschung selbst Corinne gegenüber die Begegnung mit Kaisa verschwiegen, und das, obwohl meine Gefühle für sie mit aller Macht nach draußen drängten. Deshalb zögerte ich jetzt nicht lange und begann zu erzählen. Von Vappu, vom langen Spaziergang durch die Nacht – und dann strömte es nur so aus mir heraus. Wie ich Kaisa, kurz nachdem sie die Wohnung verlassen hatte, angerufen hatte, um mich mit ihr zu verabreden. Es gehe nicht, hatte sie gesagt, sie sei das ganze Wochenende über abwesend. Ein Freund, hatte ich schon befürchtet, doch Kaisa, die diese Frage in meinem Schweigen offensichtlich gespürt hatte, beruhigte mich: Sie verbringe das Wochenende mit ihrer Familie in ihrem Sommerhaus, um ihm einen neuen Anstrich zu verpassen.

Am Sonntagabend holten Tuula und ich sie vom Bahnhof

ab und gingen auf einen Schlummertrunk in eine kleine Bar in Kallio. Am Montag begleitete sie mich als Übersetzerin zum Interview mit der Tangolegende Markus Allan, und an den folgenden Tagen setzten wir uns, unter dem Vorwand, Tangotexte zu übersetzen, immer wieder zusammen oder gingen mit Tuula und anderen Freunden aus.

Besonders glücklich war ich, wenn Kaisa und ich ein paar Stunden allein auf einer der vielen Schären vor Helsinki verbrachten, um auf den Felsen zu liegen und die Wolken zu bestaunen, um zu reden, zu reden und noch mehr zu reden oder, im Gegenteil, entspannt zu schweigen.

Ich beschrieb Corinne das Gefühl der Vertrautheit, das sich einstellt, wenn man im Begriff ist, sich zu verlieben, egal wie gut oder wenig man sich kennt, und ich schilderte auch die Stimmung im frühsommerlichen Helsinki: Ich schlief wenig und ungeduldig, denn jedes Mal, wenn ich nach Hause kam, dämmerte es bereits, sodass mein Organismus den Schlafmodus gar nicht erst zu aktivieren vermochte, sondern mich mit Bildern von Kaisa in meinem Kopf auf den Tagesanbruch warten ließ. Trotz des Schlafmangels traten keine Müdigkeitserscheinungen auf – dafür waren meine Sinne umso geschärfter.

Corinne hatte sich auf ihren Ellbogen aufgestützt und betrachtete mich halb belustigt, halb melancholisch. So war es immer, wenn sich einer von uns verliebte; in solchen Momenten stand, ohne dass wir sie je laut gestellt hätten, die Frage im Raum, warum wir nie ein Paar gewesen waren, sondern immer nur beste Freunde. Aber eigentlich wussten wir, warum. Wir durchschauten uns zu gut, um uns wirklich lieben zu können.

«Und was läuft seit deiner Rückkehr?», wollte Corinne wissen.

«Wir schreiben uns. E-Mails, viele lange E-Mails, sehr schöne E-Mails, aber auch echte Briefe, auf Papier. Vergangene Woche hat sie mir eine Mix-CD mit Finntangos geschickt.»

«Oh oh», machte Corinne, «sie ist ganz schön raffiniert, diese Kaisa, sie schlägt dich mit deinen Waffen. Wenn ich deine Ausführungen zum finnischen Tango richtig verstanden habe, geht es so gut wie immer um die große Liebe.»

Ich nickte.

«Um Liebe und Leidenschaft», murmelte Corinne, scheinbar mehr zu sich selbst, «um Sehnsucht und Hingabe, um sentimentale Dramen und Tragödien. Hmm, Frank, ich befürchte, dich hat es diesmal ganz schön erwischt.»

Ich sagte nichts. Leugnen – auch mir selbst gegenüber – wäre unmöglich gewesen, und Corinne gegenüber schon gar nicht.

«Und nun zieht es dich mit aller Macht nach Finnland. Ausgerechnet dich, der kaum Alkohol trinkt und kein Handy hat. Du wärst mir ja ein schöner Exot!»

Sie küsste mich lange, dann legte sie sich auf den Rücken, ihren Kopf auf meiner Brust.

«Was heißt ‹Ich liebe dich› auf Finnisch?», fragte sie dann.

«Das habe ich ihr nie gesagt», wehrte ich mich.

«Nicht einmal ins Ohr hast du es ihr geflüstert, einfach so, um zu hören, wie es klingt?»

«Nein.»

«Oh oh.»

Ich mochte Corinnes «oh oh». Es klang belustigt, ironisch, aber auch besorgt. Vor allem aber sehr sexy.

«Was ist ‹oh oh›?»

«Dass es noch schlimmer um dich steht als befürchtet, mein lieber Frank. Es so lange nicht zu sagen, bedeutet, dass man die Liebschaft ernst nimmt, sehr ernst …»

Da hatte Corinne nicht unrecht.

«Also, was heißt ‹Liebe› auf Finnisch?»

«Rakkaus.»

«Wie bitte?»

«Rakkaus.»

«‹Rakkaus›, hmm.» Sie gluckste, als sie das Wort sagte, das Doppel-K betonend wie ein fünffaches. «Und ‹Ich liebe dich›?»

«Minä rakastan sinua.»

«Und ‹Liebste›?»

«Rakas.»

Ich ahnte Corinnes Grinsen mehr, als dass ich es sah.

«Rakkaus», wiederholte sie langsam. «Rakkkkkaus, rakkkkas, rakkkastan. Hast du dir eigentlich überlegt, auf was du dich hier einlässt?»

Sie kicherte. Worauf wollte sie hinaus?

«In den allermeisten Sprachen und Kulturen», sagte sie endlich, betont belehrend, «wird dieses Gefühl in ein Wort gefasst, das weich klingt wie *Liebe* oder sinnlich wie *amour*; anderswo perlt es verführerisch wie *ljublju*, samten wie *love* oder schmeichlerisch wie *amore*, verheißungsvoll wie *habib* …»

«Ja?», unterbrach ich ihre Aufzählung. «Ich wusste gar nicht, dass du liebestechnisch so polyglott bist.»

«In meinen Ohren», überhörte sie meinen Einwand, «klingt Rakkaus hart, geradezu verzweifelt, wie ein Notfall oder eine Katastrophe. Würde mich jemand mit *minä rakastan sinua* ankläffen, ich würde mich bedroht fühlen, ich hätte Angst, da will mich einer auspeitschen. Peitscht man sich in den finnischen Saunen nicht aus?»

«Ja, mit Birkenreisig.»

«Und vermutlich peitscht man sich desto härter aus, je näher man sich steht. Seinen ‹rakas› am liebsten bis aufs Blut, schätze ich.»

Ich sagte nichts.

«Vermutlich», fuhr sie fort, «zögern selbst die wackersten saunahitzegestählten und birkenreisigvernarbten Finnen und Finninnen vor dem Einsatz dieser verbal-emotionalen Geheimwaffe.»

Auch da hatte Corinne nicht unrecht. Eigentlich, das hatte mir eine auf den finnischen Tango spezialisierte Universitätsprofessorin gesagt, dürfen nur Tangosänger dieses Wort ungestraft verwenden. Die Finnen, namentlich die Männer, verwenden es nur im äußersten Ernstfall, für die Ganz Große Liebe – und auch in diesem Fall lassen viele an ihrer Stelle lieber den Tangosänger mit der ihm eigenen Inbrunst das magisch beschwörende Rrrrrrakkkkkaus schmachten, und dafür verehren sie ihn. Ich sagte es Corinne.

«Oh oh», machte sie wieder, «und dafür schenken sie sich Finntango-Mix-CDs. Du steckst bis zum Hals drin, in diesem Ganz Großen Ernstfall, Frank. Denk gut darüber nach», fuhr sie fort, als ihre Hand zu meinem Glied glitt und es sanft drückte, «ehe du in dieses Land zurückkehrst, in welchem eine Liebeserklärung gleichbedeutend ist mit einer Kriegserklärung ohne Möglichkeit zum geordneten Rückzug …»

Ich musste lächeln. Sie setzte sich auf mich, stützte sich mit ihren Händen auf meinen Schultern ab und blickte mir mit gespieltem Ernst tief in die Augen.

«Aber wenn ich dich so sehe, befürchte ich, dass meine Warnungen zu spät kommen. Und nun zu uns, Frank», seufzte sie, als sie sich über mich stülpte. «Es stört mich nicht, wenn du dabei an deine kleine Finnin denkst – solange du dich auf das konzentrierst, was wir hier im Begriff sind zu tun. Ich möchte es heißer als Sauna, bitte, genussreicher als

Birkenreisig, intensiv wie ein Notfall, aber gefühlvoller als eine Kriegserklärung. Wie nennt ihr *das* eigentlich in Finnland?»

«Was? Notfall?»

«Nein, du Idiot: Sex!»

«Seksi», stöhnte ich.

Corinne kicherte.

Am nächsten Morgen hatte ich meinen Flug nach Finnland gebucht – ohne Kaisa vorzuwarnen. Corinne beglückwünschte mich; Kaisa jedoch reagierte gelassen auf die Ankündigung meiner Rückkehr. Aus Gleichgültigkeit? Oder hatte sie es nicht anders erwartet? Wie war das noch mit Rakkaus?

Ich schenkte mir eine weitere Tasse Tee ein. Er schmeckte so, wie man sich Tee in einem Kaffeehaus, wo kein Einheimischer Tee trinkt, vorstellt, deshalb neutralisierte ich den Geschmack mit viel Honig und stopfte meinen Mund mit einer *Mustikka-Piirakka*, einem kleinen Blaubeerkuchen, voll. Der Weg nach Enontekiö war noch weit, je mehr Wärme und Zucker ich in meinem Bauch speicherte, desto besser.

Minä rakastan sinua. Wann habe ich es Kaisa zum ersten Mal gesagt? Im Sommerhaus vermutlich, ein paar Wochen nach meiner Rückkehr. Und nun gab es kein Zurück mehr.

Ich musste nach Enontekiö, und zwar in klassischer finnischer Manier: allein, schweigend, auf Langlaufskiern. Das war mein Winterkrieg gegen Schnee, Kälte und Nacht – und für die Liebe.

4

Periksiantamattomuus

(finnisch: Beharrlichkeit)

Jussin Baari, 47 km. Das handgemalte Schild stand, von zwei Schneewehen eingerahmt, an einer Loipengabelung. Links führte die Loipe, parallel zu einer Spur für Schneemobile, um eine Hügelkuppe herum, während die zweite, allerdings kaum mehr sichtbare, rechts abbog und auf diese Anhöhe führte. Nur noch 47 Kilometer bis zu Jussis Bar, der vermutlich letzten Tankstelle vor dem Nordpol.

Nun endlich begann ich, Lappland zu verstehen. Und meine Lage. Ich war erschöpft und verschwitzt, sobald ich anhielt, fror ich, meine Finger fühlten sich an wie tiefgefrorene Würstchen, es war so kalt, dass ich schon gar nichts mehr spürte, außer wenn ein Windstoß die Eiszäpfchen, die an Mütze, Handschuhen und Nase baumelten, zum Klirren brachte.

Seit Stunden hoffte ich vergeblich auf eine Hütte, in die ich einbrechen konnte. Auch mein Zeitgefühl war erfroren und mein Orientierungssinn sowieso, Kompass hin oder her. Da ich seit einiger Zeit durch eine hügelige Landschaft lief, in der jede Kuppe exakt aussah wie eine Wiederholung der vorherigen, weich gerundet und baumlos, quälte mich der Verdacht, dass ich im Kreis herumkurvte. Kurz: Ich hatte keine Ahnung, wo ich mich befand, außer dass Jussis Bar lediglich 47 Kilometer von hier entfernt war. Ich stand also ebenso tief in der Scheiße wie im Schnee.

Ich stellte mir vor, wie die alten Finnen sich nach einem

langen Arbeitstag die Skier unter die Füße schraubten, 47 Kilometer für ein, zwei oder fünfzehn Feierabendbiere liefen, und dann den Weg zurückfanden ins traute Heim. Jussis Bar war das Geheimnis für Finnlands einstige Dominanz in den nordischen Skidisziplinen und den Winterkriegen – seit sie jedoch auf Schneemobilen herumfurzen, müssen auch sie sich dopen, um einigermaßen mithalten zu können.

Verbotene Substanzen zur Steigerung der sportlichen Leistung hatte ich keine dabei, nur Schokolade. Ich brach ein Stück ab, legte es auf meine Zunge, wo es langsam auftaute und seinen herben, nicht allzu süßen Geschmack freigab.

Fazerin Sininen, die in dunkelblaues Papier eingewickelte Milchschokolade von Fazer. Köstlich! Als Schweizer hatte ich anfänglich eine gewisse Mühe, mir einzugestehen, dass die für meinen Geschmack weltbeste Tafelschokolade ausgerechnet in Finnland hergestellt wird – bis ich herausfand, dass der Konditor Karl Fazer der Sohn eines Schweizer Auswanderers im 19. Jahrhundert war. War *Fazerin Sininen* also doch eine Art Schweizer Schokolade? Nicht wirklich – Karl Fazer erlernte die Kunst des Schokolademachens merkwürdigerweise nicht in der väterlichen Heimat, sondern in Paris, Berlin und St. Petersburg.

Zu schade, dass sich nie ein Schweizer Käser nach Finnland getraut hat.

Ich lutschte die Schokolade genüsslich, bis sie schmolz und ihr Zauber sich verflüchtigte.

Länger in der Kälte auszuharren, bedeutete den sicheren Tod, und von lappländischen Schlittenhunden mit Koskenkorva-Fässchen um den Hals hatte ich noch nie gehört. Also nahm ich den Höcker, von dem ich mir eine gewisse Aus- und Rundsicht erhoffte, in Angriff. Wie in Zeitlupe und ohne meine Bewegungen bewusst zu steuern, schob ich einen Fuß vor den anderen.

Langlaufen. Ich habe es schon immer gehasst. Oder besser: ignoriert. Gibt es etwas Langweiligeres, als auf einer Loipe zu stehen und nicht so recht voranzukommen? Oder anderen zuzuschauen, wie sie durch verschneite Wälder gleiten und über steile Hügel keuchen? Nach einem Moment des Stillstands und der Leere setzten sich auch meine Gedanken in Bewegung, allerdings ließen sie sich kaum besser lenken als meine Schritte.

Früher, hatte mir Kaisa einmal erzählt, wurden Langlaufrennen im Radio übertragen. Live und ungeschnitten.

«Die Spitzengruppe um Reijo Mäkelä ist in den Wald eingedrungen», so klang das vermutlich, «nun ist sie im Wald, und wir warten. Gespannt. Warten. Wir.» Und ganz Finnland scharte sich in gespannter Erwartung um die Volksempfänger. «Wir warten auf den Moment in etwa sieben oder acht Minuten, in welchem die Spitzengruppe um Reijo Mäkelä wieder aus dem Wald kommt. Das Hauptfeld liegt etwa fünfeinhalb Minuten zurück. Ganz abgeschlagen müht sich der mysteriöse Schweizer ab, dessen Name im Teilnehmerfeld gar nicht aufgeführt ist.»

Mir diese Live-Übertragungen vorzustellen, fiel mir selbst in meiner Situation, in der alles gleichermaßen möglich und unmöglich, sinnig und unsinnig schien, schwer. Die Zeit überbrückten die Kommentatoren vermutlich mit Fachsimpeleien über Schneesorten bei unterschiedlichen Temperaturen, über die Bedeutung des korrekten Wachsens und Präparierens der schmalen Bretter, oder sie ergaben sich in poetischen Landschaftsbeschreibungen.

«Höchste Spannung hier in Enontekiö, das Wetter ist prächtig, minus 33 Grad, aber trocken und winterlich dunkel. Da! Ein Nordlicht! Wunderbares Schauspiel, wenn der Fuchs, wie die lappländische Mythologie erzählt, seinen Schweif etc. etc.»

Oder handelte es sich um das legendäre Hand- und Maulwerk der Sportkommentatoren Finnlands, die so innig schwiegen wie südamerikanische Fußballreporter viel und rasend sprechen?

Bis tief in die achtziger Jahre wurden finnische Schulkinder genötigt, sich während der Unterrichtsstunden wichtige Langlaufrennen im Fernsehen anzusehen. Während der Unterrichtspausen wurden sie auf den eigenen Langlaufskiern rund um den mit dem Radiokommentar beschallten Schulhof gehetzt. Kaisa verabscheute Langlauf in allen seinen aktiven wie passiven Erscheinungsformen. Es ist kein Wunder, dass Finnland heute Mühe hat, Langlaufnachwuchs zu finden. Selbst im Biathlon, ihrer Paradedisziplin im Winterkrieg von 1939/40, haben die Finnen seither kontinuierlich abgebaut – und diese Sportart mehr oder weniger kampflos ausgerechnet den Deutschen überlassen.

«Noch drei Minuten, bis die Spitzengruppe den Wald verlässt; was spielt sich dort ab? Wer wird als Erster Jussis Bar erreichen? Und der Schweizer, wird er es schaffen? Oder in eine Schneewehe tauchen und erfrieren?»

Ich erinnerte mich, vor langer Zeit mal gelesen zu haben, dass der Tod durch Erfrieren die schönste, da an Visionen reichste Todesart sei. Ein schöner Trost.

Heute spielen Trainingsstätten wie Jussis Bar vermutlich vor allem im Sommer eine sportpolitisch entscheidende Rolle. Schnell auf einen Kaffee hindüsen und dann, acht oder siebzehn Biere plus Koskenkorvas später rechtzeitig für die Zusammenfassung der Rallye-WM nach Hause zurück. Und dabei kein Rentier überfahren. Was gar nicht so einfach ist.

Denn der überbewertete Vierbeiner, über dessen Anblick sich der Lapplandreisende zunächst freut, verliert seinen romantischen Nimbus sehr rasch. Das Rentier, auch als *Rangifer tarandus tarandus* oder *großer Trughirsch* bekannt, ist nämlich ziemlich bescheuert und lernunfähig; es trottet mit Vorliebe auf der Straße, allein oder herdenweise, und lässt sich weder durch Hupen noch durch Lichtsignale stören. Überholen kann man es nicht, überfahren darf man es nicht.

Man muss sich in Geduld üben – und auch das ist nicht immer einfach. Denn in jedem finnischen Mann steckt ein kleiner Kimi Räikkönen, und das nicht nur wegen Kimis berüchtigter Einsilbigkeit. Auch in mir steckt ein Kimi, das weiß ich, seit ich mich im Sommer auf einer Schotterstraße im Wald dabei ertappte, Gas zu geben, um mit zitterndem Lenkrad, heulendem Motor, wackelnder Karosserie und besorgter Kaisa vor einer dichten Staubwolke herzujagen. Fügt man die latent suizidale Neigung finnischer Männer hinzu, hat man das perfekte Persönlichkeitsprofil für Rallye- und Formel-Eins-Asse.

Wäre ich in Nordkarelien oder Lappland aufgewachsen, 47 Kilometer von Jussis oder Timos oder Kimis Bar entfernt, wäre aus mir bestimmt ein Rallye-Fahrer geworden. Vielleicht auch nur ein Heavy-Metal-Gitarrist. Wahrscheinlich ein schweigsamer Alkoholiker. Im schlimmsten Fall ein Profilangläufer mit einem Drogenproblem. Zumindest aber stünde ich sicherer auf den Brettern und wäre nie in diese Situation geraten, halbtot in einer schneeverwehten und vereisten Loipe ziellos vorwärts oder, wie jetzt, bei einer Steigung, die ich in der Schweiz gar nicht als Steigung wahrgenommen hätte, für die meine Kräfte aber nicht mehr ausreichten, wieder rückwärtszurutschen.

Nun stand ich erneut vor der Loipengabelung am Fuß

dieses Hindernisses. Ich wollte schon aufgeben und die linke Loipe wählen – als sich ein eigenartiges Gefühl in meinem gefühlstauben Körper regte. War das etwa der *sisu*, diese Mischung aus Starrsinn, Ausdauer und Widerstandsfähigkeit, der sich besonders in aussichtslosen Situationen aufbäumt? Die Finnen behaupten zwar, nur sie verfügten über diese mentale Eigenschaft, doch vielleicht war ich als Wahlfinne bereits damit infiziert, und vielleicht war das mein erster offizieller *Sisu*-Test.

Und zugleich mein Lasse-Virén-Moment?

Lasse Virén, der legendäre Polizist und Langstreckenläufer – hatte sein Training nicht darin bestanden, täglich die 47 Kilometer durch den Wald bis zu Jussis Bar zu laufen? Selbst Kaisa, sie war damals noch gar nicht geboren, erinnerte sich wie alle ihre Landsleute bestens an den Moment während des 10 000-Meter-Laufs der Olympischen Spiele in München 1972, als Finnland beinahe untergegangen wäre. Nach 4500 Metern stolperte Finnlands Held, er rang um sein Gleichgewicht, verlor es, stürzte – und mit ihm strauchelte und stürzte die ganze Nation, die Saunen erkalteten, die Bierreserven versiegten, der Tango wurde noch trauriger, und der seit 1956 amtierende Präsident Urho Kekkonen trat zurück.

Lasse Virén jedoch rappelte sich auf, kämpfte sich ins Rennen zurück – – – und erlief sich Olympiagold in Weltrekordzeit – und Urho Kekkonen blieb noch neun Jahre lang im Amt, die Saunen waren rechtzeitig für die Feiern nach der Medaillenübergabe heiß, die Bierreserven waren wieder aufgefüllt, und der Tango wurde so ausgelassen, dass er seine Daseinsberechtigung fast verlor.

Ich biss die Zähne zusammen, schleuderte dem dunklen Hügel ein entschlossenes «periksiantamattomuus» entgegen, nein, ich gebe nicht auf! Eine Frage des Schicksals ist es, jawoll, «kohtalonkysymyksiä», und angetrieben vom Sisu und von diesen kraftvoll rollenden Vokabeln griff ich das harsche Hindernis ein zweites Mal an.

Eine knappe halbe Stunde später ließ ich meine Skier ausgleiten, bis ich zwischen zwei kleinen, tief in den Schnee geduckten Holzhütten stand, die ich von der Hügelkuppe aus entdeckt hatte. Nur zu gern auf meinen Abstecher zu Jussis Bar verzichtend, schaufelte ich den Meter Schnee weg, der vor der Tür der größeren Hütte lag. Ich stieß die Tür auf, wankte in die Hütte, sie war dunkel und kalt wie eine Kühltruhe, doch ich widerstand der Versuchung, mich sofort auf eine Pritsche zu schmeißen und einzuschlafen, sondern hängte meine steifgefrorenen Kleider auf, Handschuhe, Mütze, Jacke, Hose, und suchte die Sauna. Sie war im kleinen Nebengebäude; Holz, Zeitungen und Streichhölzer schienen für mich vorbereitet. Als das Feuer im Saunaofen flackerte, kehrte ich zurück in die Wohnhütte. Ich fachte im Ofen Feuer an, füllte zwei Töpfe mit Schnee, stellte sie auf die schwarze Metallplatte und setzte mich kurz in die Ofenwärme.

Ich war offensichtlich in einer *Autiotupa*, einer Hütte für Wanderer und Skiläufer, wie es sie vor allem in Naturschutzgebieten Lapplands gibt. Hatte ich die Pallas-Yllästunturi bei Enontekiö bereits erreicht? Ich blickte mich um, fand aber auf den ersten Blick keinen Hinweis auf meinen Aufenthaltsort. Auch kein Zeichen dafür, dass sich jemand kürzlich in dieser Autiotupa aufgehalten hätte. Also lag sie abgelegen, fernab der populären Wintersportrouten.

Ich kehrte in die Sauna zurück, um Holz nachzulegen; unterdessen kochte das Wasser auf dem Ofen, ich schmiss ein paar Handvoll Pasta in den großen Topf und brühte im anderen Tee auf; dann setzte ich einen weiteren Kessel mit

Schnee auf, um Wasser zum Waschen warm zu machen. Ich zündete ein paar Kerzen an. Salz, Zucker, Öl und Senf waren vorhanden, auch, wie ich mit einem Blick auf die Regale neben dem Ofen feststellte, ein kleiner Vorrat an Pasta, Reis, Brühwürfel und Dörrgemüse, Tütensuppen, Knäckebrot.

Nachdem ich den Saunaofen ein drittes Mal mit Holz und einen Eimer mit Schnee für den Wasseraufguss gefüllt hatte, setzte ich mich an den schweren Holztisch mitten in der Hütte, wärmte das in der Kälte ausgeflockte Öl auf und schlürfte den stark gesüßten Tee. Als das Öl wieder flüssig war, überträufelte ich damit die Pasta und schaufelte sie heißhungrig in mich hinein. Langsam füllte sich die Hütte mit der Wärme des Ofens. Meine Kleider tauten auf und tropften.

Ich fand ein Badetuch, und trotz seines hygienisch fragwürdigen Zustands nahm ich es mit in die Sauna, zusammen mit dem Waschwasser. Ich stellte eine Kerze vor das Saunafenster und setzte mich auf die vom vielen Gebrauch und seltener Reinigung schwarze Holzbank.

Seit meiner Ankunft in der Hütte war weniger als eine Dreiviertelstunde vergangen. Ich war ruhig und konzentriert, mein sowohl körperlicher als auch mentaler, ziel- und orientierungsloser Irrlauf durch die polare Umnachtung war zu Ende, vorläufig zumindest; ich fühlte mich wie nach dem Erwachen aus einem fiebrigen Rausch und war zum ersten Mal seit dem Nordlicht in Sodankylä in der Lage, klar zu denken.

Ich goss Wasser auf, Dampf hüllte mich ein, die Hitze prickelte auf meiner Haut, drang durch die Poren tief in meinen durchgefrorenen Körper und gab mir das wohlige Gefühl, Kälte, Fieber und Wahn auszuschwitzen. Ich wusste zwar nicht, wo ich war und wie ich von hier wieder wegkommen würde, aber zumindest rastete ich nicht irgendwo in einer Schneewehe. Das war doch schon was.

Ich verließ die Sauna, wälzte und rollte mich im Schnee und rieb mich damit ein. Dabei schrie und jauchzte ich und verspottete die Nacht – und gerade als sie mit ihren klammen Fingern nach mir griff, hüpfte ich in die Sauna zurück.

Ich würde mir einen oder zwei Ruhetage in der Autiotupa gönnen; vielleicht würden in der Zwischenzeit andere Langläufer hier rasten, und ich könnte mich an sie hängen. Ansonsten würde ich vorsichtig auf meinen Spuren zurücklaufen bis zur freundlichen Irmeli und ihren Ehemännern.

Ich goss mehr Wasser auf, es verdampfte mit einem scharfen Zischen. Die Hitze war gerade richtig. Eine gute, kleine Sauna, links neben der Tür stand der Ofen, ihm gegenüber die dreistufige, um die Ecke geschreinerte Sitzbank. Sie war nur wenig größer als die Sauna im Sommerhaus von Kaisas Familie. Das Sommerhaus. Ich seufzte. Nur für ein Wochenende, hatte mir Kaisa versprochen, als sie mich kurz nach meiner Rückkehr nach Helsinki auf ihre Insel im Südosten Finnlands einlud.

«Gefällt es dir nicht, kehren wir schon am Montag nach Helsinki zurück.» «Und wenn es mir gefällt?»

Sie hatte gelächelt.

Über der Ostsee, als ich die Südküste Finnland zu erahnen begann, fiel das zehrende Gefühl von Unvollständigkeit und Abwesenheit von mir ab, und als ich in Helsinki aus dem Flugzeug stieg, mein Gepäck holte und die Wartenden nach Kaisa absuchte, fühlte ich mich endlich wieder ganz.

Kaisa erwartete mich, wir küssten uns so lange und so innig wie beim Abschied anderthalb Monate zuvor, doch dieser Kuss fühlte sich ganz anders an. Kein Abschied ins Ungewisse, sondern ein Beginn – ebenfalls ins Ungewisse zwar, aber in eine verheißungsvolle Ungewissheit.

Erst als wir voneinander ließen und ich mein Gepäck auf einen Gepäckwagen lud, fiel mir auf, dass der Flughafen so gut wie leer war. Vor dem Terminal standen kaum Taxen. Auch das Flugzeug, wurde mir nachträglich bewusst, war nur halb voll gewesen.

«Was ist los? Ein Streik?»

Kaisa lächelte.

«So kann man das auch nennen.»

Ich blickte sie fragend an.

«Weißt du wirklich nicht, was heute für ein Tag ist?»

«Freitag», sagte ich und zuckte mit den Schultern.

«Ich dachte, du hättest diesen Tag bewusst ausgewählt. Symbolisch.»

«Was meinst du damit?»

«Heute ist *Juhannus*, Frank, Mittsommer. Das wichtigste Fest in Finnland. Erinnerst du dich an Vappu?»

«Natürlich.»

«Vappu war sozusagen das Warm-up. Juhannus ist ein ums Vielfache potenziertes Vappu, es findet allerdings nicht in den Städten statt, sondern auf dem Land. Dafür ist Helsinki wie ausgestorben.»

Kaisa hatte nicht übertrieben. Weil kaum Busse in die Innenstadt fuhren, nahmen wir ein Taxi, das die Gunst des Tages nutzte, um mit überhöhter Geschwindigkeit zu Kaisas Wohnung zu rasen.

Ihre Wohnung bestand aus zwei Zimmern; im größeren stand ein Hochbett. Ich legte mein Gepäck ab und warf meine Jacke auf die Sofaecke unter dem Bett.

«Endlich», seufzte ich und wollte Kaisa in meine Arme schließen – doch sie entwand sich mir und turnte behände die Leiter zum Bett empor. Ich folgte ihr.

Danach bereitete Kaisa einen kleinen Imbiss vor, während

ich mir die Zimmer näher anschaute. Das Mobiliar war nordisch nüchtern, die Wände geschmückt mit Bildern, Fotos und Druckgraphiken befreundeter Künstler, und auf den Bücherregalen tummelte sich allerhand Nippes, vor allem gut gelaunte Heroinen und Heroen aus japanischen Animationsfilmen. Die Bettwäsche, die Sofakissenbezüge und die Küchentücher waren von Marimekko und Finlayson, den beiden bekanntesten Designfirmen Finnlands, und auf den Vorhängen tummelten sich die Mumins und ihre Freunde. Vor dem Fenster des zweiten Zimmers stand, die ganze Raumbreite einnehmend, Kaisas Zeichentisch. Sie hatte ihn für mich frei geräumt.

«Hier kannst du schreiben», sagte sie, als ich in die Küche zurückkehrte. Neben dem Kochherd und dem Kühlschrank blieb knapp der Platz für einen an der Wand befestigten Klapptisch, an dem wir zu zweit essen konnten.

Sie hatte karelische Reispiroggen aufgewärmt und eine halbe Gurke und zwei Tomaten in Scheiben geschnitten. Sie strich Butter auf die warmen Piroggen und hobelte ein paar Scheiben von einem runden, in gelbes Plastik gepackten Käse.

«Setz dich», sagte sie, dann stellte sie eine Schüssel mit Erbsenschoten und eine mit reifen Erdbeeren neben die Piroggen und füllte zwei Tassen mit kalter Blaubeersuppe. Mumintassen natürlich, in Finnland scheinen andere Tassenmotive verboten zu sein. Auf meiner Tasse versuchte sich Muminpapa als Schriftsteller und Maler, auf Kaisas Tasse tobte die aufsässige kleine Mü mit schalkblitzenden Augen.

Als wir es endlich schafften, die Wohnung zu verlassen, tauchten wir in eine Geisterstadt ein. Helsinki war menschenleer, bis auf ein paar verdatterte Touristen, die auf der Suche nach Essbarem hungrig durch die Innenstadt irrten.

Dann und wann erreichte uns eine Botschaft vom Land («Alles bestens, alle besoffen»). Wiederholt meldete sich ein ratsuchender Kimmo: «Wie grillt man eine ganze Schweinehälfte am Spieß?» Diese Gruß- und SOS-SMS aus der Wildnis wurden seltener, je später es wurde. Während sich ganz Finnland einem orgiastischen heidnischen Rausch, einer in viel Alkohol marinierten Ekstase ergab, um hoch lodernde Feuer hopste, tribale Gesänge grölte, im Heidekraut unfreiwillig Kinder zeugte und nach diesem Sieg über den Winter irgendwann ins Koma stürzte, fühlte sich Helsinki an, als hätte eine geheimnisvolle Seuche über Nacht alle Menschen hinweggerafft.

«So sieht Helsinki also während Juhannus aus», stellte Kaisa fest, als wir den weiten Hakaniemi-Platz überquerten, normalerweise ein belebter Markt. «Da niemand Juhannus in der Stadt verbringt, weiß niemand, wie tot sie tatsächlich ist ...»

Alles war geschlossen, Warenhäuser, kleine und große Läden, Cafés, Bars, Restaurants, Tankstellen, Tanzlokale, Schwimmbäder, der Fischmarkt, sogar der Vergnügungspark Linnanmäki, Diskotheken, Kinos, Theater, Clubs, Museen, Zeitungskioske und selbst die öffentlichen Saunen. Trams und Busse fuhren keine. Die Leere und die Stille tauchten die Millionenstadt in eine unwirkliche Atmosphäre, ideal als Kulisse für einen postapokalyptischen Science-Fiction-Streifen. Oder für einen phantastischen Liebesfilm, in welchem das Paar kraft seiner Liebe die restliche Welt ausblendet.

«Was ist eigentlich mit der Polizei und Feuerwehr, mit Spitälern?», fragte ich.

Kaisa lachte.

«Ich glaube, die Behörden raten dringendst ab von allen Tätigkeiten, die schlimmstenfalls zu einem Spitalbesuch oder zu einem Anruf bei der Feuerwehr führen könnten.

Und wenn nicht die Behörden, dann sorgt der gesunde Menschenverstand für eine gewisse Vorsicht.»

«Und auf dem Land?»

Sie lachte wieder.

«Vor Juhannus schließen wir Wetten ab über die Anzahl Leichen, die nach dem Wochenende mit halb heruntergelassenen Hosen aus den Seen und dem Meer gefischt werden.»

«Wie bitte?»

«Du hast richtig gehört, das ist eine typische, um nicht zu sagen: beliebte finnische Todesart.»

Ich vermutete schon wüste sexuelle Rituale auf Motorbooten, doch Kaisa klärte mich auf:

«Der echte finnische Kerl trägt, vor allem besoffen, keine Schwimmweste, das steht unter seiner männlichen Würde. Dann aber muss er pissen, steht im Boot auf, lässt die Hosen hinunter, verliert das Gleichgewicht, plumpst ins Wasser und kann wegen der um seine Fußknöchel schlenkernden Hosen nicht schwimmen.»

Ich konnte mir einen Lacher nicht verkneifen.

«Das ist kein Scherz, Frank, diese Wasserleichen gehören zu unseren Juhannus-Traditionen. Alle Zeitungen drucken nach dem Fest die exakten Statistiken ab.»

Helsinki gehörte uns. Wir flanierten durch die Stadt, mitten auf den autofreien Straßen, wir picknickten an den lauschigsten Stellen der schönsten Parks, wir fielen übereinander her, wo immer uns die Lust überwältigte, und niemanden störten unsere Schäferstündchen … – von uns aus hätte Juhannus gerne länger dauern können.

Am Montag war Helsinki wieder Helsinki. Verkatert und mit Fahne, aber normal. Kimmo hat die halbe Sau nie wieder erwähnt.

Ich warf mehr Holz in den Saunaofen, die Flammen warfen durch das Ofenfenster tanzende Lichter und Schatten auf die Wände, Bänke und meine Haut; es war wunderschön anzuschauen, und in der Hitze tauten mehr und mehr Erinnerungen an meine Rückkehr nach Finnland auf.

5

Tule tanssimaan!

(finnisch: Komm tanzen!)

Aus dem Wochenende waren bereits zwei Wochen geworden, und ein Ende unseres Aufenthalts im Sommerhaus von Kaisas Familie, ihrem *Mökki* oder *Kesämökki*, war nicht abzusehen. Es war ein einfaches Holzhaus, rudimentär eingerichtet, kein Strom, kein fließend Wasser, weder Telefonanschluss noch Internetzugang, die nächste Ortschaft bei wohlwollender Witterung vierzig Motorbootminuten entfernt. Dafür war der See voller Fische, die nur darauf warteten, sich in unseren Netzen zu verheddern, der Wald war voll Heidelbeeren und Pilze, die sich darüber freuten, auf unsere Teller zu kullern, und der See war so sauber, dass wir sein Wasser tranken, ohne es erst abzukochen.

Auf der Seeoberfläche spiegelte sich der endlos weite Himmel, er war voll Licht und wurde von fluffigen weißen Wolken belebt, die in ständig sich wandelnden, berückenden Formationen über unseren Köpfen hinwegschwebten. Die gegenüberliegenden Inseln standen unter Naturschutz, wir hatten also keine Nachbarn in Hör- und Sichtweite. Die einzigen Geräusche waren die Wellen, die das felsige Ufer liebkosten, der Wind, der sanft durch die Birken, Fichten und Kiefern streifte, das Summen der Insekten und dann und wann das freundliche Knattern eines vorbeiziehenden Motorboots. Ansonsten war es still, wunderbar still und friedlich.

Wir verließen unsere Idylle nur so oft wie unbedingt notwendig, aber an diesem Samstagabend machten wir eine Ausnahme: Wir hatten uns in unsere schicksten Kleider geworfen und im Motorboot eine weit entfernte, malerische Bucht angesteuert, an deren großzügigem Bootssteg wir unser Boot vertäut hatten.

Der Tango hatte uns gerufen, das sommerliche Samstagabend-Tangofieber im ländlichen Finnland. Wir befanden uns in einem Tanzpavillon, der fernab von der Hauptstraße in einem Wald lag. Der Pavillon wirkte wie aus einer anderen Zeit, den sechziger Jahren vermutlich; er war ganz aus Holz gebaut, rund und auf den See hin offen. Das Gelände war mit bunten Girlanden geschmückt, zwischen den Birken und Kiefern standen mehrere Bars, Grills und Imbissstände, darunter einer, der ausschließlich Süßigkeiten und Lakritz feilbot. Das Areal war voll von Einheimischen und Urlaubern; die meisten waren mit dem Auto gekommen, im Schritttempo auf der staubigen Schotterstraße, andere mit dem Motorboot, zum Teil von weit her. Immerhin spielte heute Reijo Taipale zum Tanz auf, der berühmteste lebende Tangosänger – 1962 hatte er mit seinem Hit *Satumaa* (Märchenland) den größten Tangoboom ausgelöst und war seither Finnlands beliebtester Star.

Taipale stand am Bühnenrand, er trug eine helle Hose und ein kurzärmliges Hawaiihemd und strahlte, wenn er sich etwas hüftsteif im Rhythmus der Musik bewegte oder sich zwischen den Liedern mit den Tänzern unterhielt und Wünsche entgegennahm, die Einfachheit des Waldarbeiters und Lastwagenfahrers aus, der er vor seinem Durchbruch gewesen war. Ein Superstar ohne Allüren, bodenständig und authentisch, ein echter Finne halt, dessen Aufgabe es war, das Publikum einen Abend lang zum Tanzen zu bringen. Vor ihm, auf dem runden, jahrzehntelang glatt und glänzend geschwoften Tanzboden, drehten sich ein paar Dutzend Paare zu einem flotten Schottisch im Kreis.

Kaisa hatte sich zunächst unwohl gefühlt und uns an einen Holztisch gelotst, der in sicherer Distanz zur Tanzfläche stand. Verdenken konnte ich es ihr nicht – auf einer Chilbi in Oberennetfultigen bei Hinterwichtrach wäre ich mir auch wie ein exotischer Eindringling vorgekommen. Außerdem kamen wir nicht zum Tanzen, sondern zur Vervollständigung meiner Reportage: Ich wollte den finnischen Tango in seiner ureigenen Umgebung erleben.

Neben uns saßen Antti und Pirkko aus Hämeenlinna, sie waren zwischen 50 und 60. Beide trugen, hatte mir Kaisa ins Ohr geflüstert, ihre schönste Mökki-Garderobe. Die Finnen bringen ihre ausgetragenen Lieblingskleider ins Sommerhaus, und deshalb war hier provinzieller Retroschick Trumpf, die Schnitte, Farben und Muster aus den siebziger bis neunziger Jahren. Antti trug ein dezent braun-grün gestreiftes Hemd, dunkelblaue Schlaghosen und Wildlederschuhe, während das Muster auf Pirkkos Rock in den Achtzigern für Furore gesorgt hätte, wobei sich der Stoff um Wölbungen spannte, denen er damals vermutlich noch nicht begegnet war. Antti trank Kaffee, Pirkko nippte schon den ganzen Abend an einem leichten Apfelwein. Sie hatten sich, ganz wie das Klischee es verlangte, beim Tangotanzen kennen und lieben gelernt, vor acht Jahren.

«Es passte gerade gut: Antti war geschieden, ich verwitwet.»

Das sei beim Tango eben so, brummelte Antti und starrte in seinen Kaffeebecher, beim Tangotanzen könne man nicht lügen. Schon beim ersten Tango spüre man, ob man mit seinem Tanzpartner leben könne oder nicht. Mit Pirkko sei das sofort klar gewesen, und es bestätige sich seither jeden Tag von neuem.

Pirkko blickte Anttii verwundert an, als hätte diese wortreiche und geradezu feurige Liebeserklärung sie überrumpelt.

«Vor allem Antti liebt den Tango», sagte sie dann. «Ich würde gerne auch anderes tanzen. Für die Männer ist der Tango –» sie zögerte kurz, warf ihrem Gatten einen spöttischen Blick zu, dann lachte sie: «Finnische Männer reden nicht gerne über ihre Gefühle; lieber lassen sie den Sänger an ihrer Stelle sprechen.»

«Ist doch praktisch», grinste Antti.

Reijo Taipale kündigte zwei Tangos an. Antti und Pirkko entschuldigten sich und eilten zur Tanzfläche. Bald war der Tanzboden voller als zuvor.

Als Ruhe eingekehrt war, legte Reijo Taipales Combo los, ein Quartett ältlicher Routiniers an Akkordeon, Gitarre, Bass und Schlagzeug. Die verspielten Akkordeonfiguren von *Tähdet meren yllä* (Sterne über dem Meer) erklangen, dann breitete sich der gemächliche Viervierteltakt dieses Evergreens aus, das solide und vertrauenswürdige Rrrántantantan TrrrRántantantan, auf das Reijo Taipale die in sehnsüchtiges Moll getränkte Melodie bettete. Seine Haltung veränderte sich: Er war nicht mehr der leutselige Entertainer, sondern stand unbeweglich und mit ernster Miene am Bühnenrand, und man verzieh ihm sogar das bunte Hemd, das so gar nicht zur inbrünstigen Melancholie der Musik passte.

Auch auf dem Tanzboden war es stiller als zuvor. Jedes Paar tanzte den Tango auf seine Weise, manche kunstvoll, die meisten einfach, gewisse Paare fegten passioniert über den Tanzboden, andere verzehrten sich im Feuer der Langsamkeit, und ein paar nicht nur gefühlstrunkene Romantiker klammerten sich an ihren Partnerinnen fest und schlurften Schritt um Schritt im Kreis, ohne vorwärtszukommen. Alle schwiegen, viele tanzten eng, die meisten mit geschlossenen Augen. Auch Antti und Pirkko. Sie waren schrittsichere Tänzer, doch sie genossen den Tango mit zurückhaltender Eleganz. Kein Schnörkel zu viel, keine Show, nur Gefühl. Sie tanzten nicht für uns, sie tanzten für sich selbst.

Ich fragte mich, was der schweigende Antti Pirkko zu spüren gab, während Reijo Taipale der Liebende war, der in einer sternenbesäten Sommernacht die jenseits des Meeres weilende Geliebte zurück ins Glück holen will. Genau genommen könnte es auch die Liebende sein, die sich auf den Weg zu ihrem Geliebten macht. Oder zu ihrer Geliebten. Je nachdem besingt *Tähdet meren yllä* auch die Liebe zwischen zwei Männern. Die finnische Sprache ist ein Traum für alle TangotexterInnen: Sie kennt kein Geschlecht, es sind immer alle mitgemeint, und alles ist möglich. Auch das ist sehr praktisch.

Über Gefühle sprechen. Haben wirklich nur finnische Männer damit Schwierigkeiten? Sind die Finnen nicht einfach ehrlicher und vernünftiger als wir – und pragmatischer? Sie haben eine Lösung für dieses Problem gefunden, die offenbar selbst die Frauen akzeptieren: Sie delegieren es.

Mir fiel auf, wie selbstvergessen Kaisa auf die Tanzenden blickte. Was erwartet eine Finnin von ihrem Mann? Gerade von einem Fremden, vor dessen Verführungskünsten ein paar Tangos aus den sechziger Jahren die Finninnen (und Finnen) warnten? Wünschte sich Kaisa, dass ich pausenlos über meine Gefühle sprach und vor Leidenschaft nur so brodelte? Oder dass ich sie wie ein Finne mit diesem Gefühlsgelaber verschonte?

Der finnische Tango hat nur wenig mit dem argentinischen Original gemein. Die Finnen haben den Tango mit stoischen deutschen Marschrhythmen und der Melancholie russischer Romanzen gekreuzt und damit ihre unverwechselbar eigene Spielweise des Tangos geschaffen. Schwermut statt Leidenschaft, Resignation statt Revolte, Moll statt Dur, ab- statt aufsteigende Melodien. Selbst in der Schilderung der intensivsten Glückseligkeit und der glühendsten Liebe schwingt die Möglichkeit, nein: die Wahrscheinlichkeit einer alles vernichtenden Katastrophe mit. Der Finne und die Finnin bereiten sich vorsichtshalber immer auf das Schlimmste vor, auf Enttäuschung, Betrug, Verrat oder Trennung, und wenn davon nichts eintrifft, droht der nächste Winter, und am Ende steht ohnehin der Tod.

Ich kam nicht umhin, mich zu fragen, ob meine Liebe zum finnischen Tango auch auf meine Beziehung mit Kaisa abfärben und uns dereinst ein finntangoesker Schicksalsschlag auseinanderhämmern würde. Oder würde mir der Finntango die Kunst des wahren Glücks beibringen? Glück ist ohne Trauer nicht möglich, lehrt uns der finnische Tango, und der Finne ist nur dann wirklich glücklich, wenn er traurig ist.

Das galt auch für die Tanzenden. Bei aller Stille strahlten sie ein tieferes Glück aus als die munteren Jenkka- und Humppa-Tänzer.

Nach zwei Tangos war vorläufig genug, Reijo Taipale kündigte zwei Foxtrotts an, diejenigen Paare, die nur Tango tanzten, verließen das Parkett wieder, andere enterten es; die nächsten Lieder waren beschwingter und passten besser zur ausgelassenen Stimmung. Die Menschen genossen den Sommerabend, und wer nicht tanzte, trank und aß, plauderte und flirtete.

Als Reijo Taipale nach je zwei Foxtrotts, Walzer und Popschlager die nächste Tangorunde ankündigte, ermunterte uns Antti, doch auch einen Tango zu wagen.

«Es ist wirklich sehr einfach. Zuerst schiebt man den

linken Fuß nach vorn, dann zieht man den rechten Fuß nach, und nach zwei Schritten dreht man sich um die eigene Achse.»

«Wichtig ist auch», versuchte Pirkko uns zu überreden, «die Augen zu schließen und auf den Text zu hören; dann geschieht alles wie von selbst.»

Ich blickte Kaisa an.

Sie schüttelte den Kopf.

Offenbar fühlte sie sich noch nicht reif für den Finntangotest. Da die Leuchtschilder links und rechts von der Bühne rot und erwartungsfroh blinkend Damenwahl ankündigten, brachte mich Kaisa in Sicherheit, indem wir Arm in Arm über das Gelände schlenderten. Man hört so einiges über das Schicksal von Fremden, die einer finnischen Dame einen Tango verweigern. Angeblich werden sie mit Koskenkorva übergossen und für die Dauer von mindestens zwei Tangos nackt auf einen Ameisenhaufen gesetzt, wo zunehmend besoffene Ameisen auf ihnen herumkrabbeln.

Als letztes Lied hatte Reijo Taipale Satumaa angestimmt, Finnlands heimliche Nationalhymne, die Beschwörung eines Märchenlands jenseits des Ozeans, «wo die Wellen die Insel des Glücks küssen».

Die beiden sich widersprechenden Melodien gingen mir nicht aus dem Kopf: Das sehnsüchtig aufwärts drängende Akkordeonspiel, das von der unaufhaltsam hinunterrollenden Gesangsmelodie abgelöst wird. Der gemächlich tuckernde Zweitaktmotor unseres Boots lieferte den Rhythmus dazu.

Insel um Insel glitt in der mitternächtlichen Dämmerung an uns vorbei, schwarz und stumm ragten die Bäume in den marineblauen Himmel. Ich fragte mich, wie Kaisa den richtigen Weg fand; für mich sah, vor allem zu später Stunde, jede Insel aus wie die anderen.

Oh, wenn ich es nur je erreichen könnte, dieses
Märchenland,
niemals würde ich verlassen, wie die Vögel, diesen Strand.

Ich fühlte mich, als hätte ich es gefunden, dieses Satumaa, auf einer einsamen Insel in einem See tief im finnischen Nirgendwo.

In dieser Abgeschiedenheit lenkte uns nichts voneinander ab, und weil der finnische Sommer entgegen meiner Erwartungen nicht nur hell, sondern auch warm war und die meisten Mücken bereits das Zeitliche gesegnet und wir bald gelernt hatten, die Stiche der Überlebenden mit demonstrativer Nichtachtung zu strafen, verbrachten wir die meisten Tage weitgehend oder ganz nackt und taten das, was man hüllen- und schamlos am liebsten tut, auf der Terrasse, im Heidekraut, im Ruderboot, oder auf den vor 10 000 Jahren eigens zu diesem Zweck von einem 10 000 Meter hohen Gletscher platt gewalzten und glatt geschmirgelten Felsen unserer oder benachbarter Inseln, unter der kühlen Morgensonne, in der prallen Nachmittagshitze, am liebsten natürlich eingetaucht in die spektakulär mit allen Farbtönen von Weiß bis Dunkelviolett spielende Lichtshow endloser Sonnenuntergänge und schließlich im zeitlosen Dämmerzustand nächtlicher und frühmorgendlicher Stunden.

Flieg, mein Lied, und nimm mich mit ins Märchenland;
flieg, und bring mich zu meiner Liebe, die dort meiner harrt.

Ich blickte Kaisa an, deren Aufmerksamkeit ganz dem Boot und dem See galt, und die Gewissheit, dieses Paradies gefunden zu haben, erfüllte mich mit berauschender Kraft.

«Wir sind da», unterbrach Kaisa meine Träumereien. Sie bremste das Boot und kurvte in einem eleganten Bogen auf den Bootssteg zu.

«Zurück auf Satumaa», lächelte ich, als ich behände auf den Steg hüpfte, das Boot mit einem fachmännischen Knoten vertäute und Kaisa die Hand reichte.

6

Mökkihöperö

(finnisch: Sommerhauskoller)

Es kitzelte. Ich hielt es kaum mehr aus.

«Die finnische Folter», lächelte Kaisa und verfolgte amüsiert meine Bemühungen, ruhig stehen zu bleiben. Ein Riese im hüfttiefen Wasser. Für die kleinen Fische, die an mir saugten und knabberten, sich zwischen meine Zehen drängten und in meinen Schamhaaren vergruben, musste ich gigantisch wirken, wie ein mächtiger Recke. Wie Lemminkäinen oder Väinämöinen, mindestens, wie ich mir schon bald einzureden begann.

Nicht nur Kaisa beobachtete mich, sondern auch die Entenmutter, die mich seit einigen Tagen während meines Morgenbads begleitete, umgeben von der Schar ihrer vorsichtig an sie gedrängten Küken. Sie hielt ihren Kopf schräg, und es sah aus, als ob sie sich über mein Verhalten wunderte.

«Das ist übrigens die Ente, von der ich gesprochen habe», sagte ich, als ich vor dem Ansturm der Elritzen kapituliert hatte und auf den Bootssteg geflüchtet war. «Sieht sie nicht anders aus als die anderen Enten?»

Jeden Tag schwammen am frühen Morgen und am frühen Abend mehrere Entenmütter vor unserem Sommerhaus vorbei und lehrten ihren Nachwuchs gründeln – nicht selten beendete eins unserer Fischchen sein irdisches Dasein zappelnd im Schnabel eines Entenkükens.

«Es ist eine Tauchente.»

«Eine Tauchente? Wie im *Kalevala*?»

Kaisa nickte.

«Sieben Küken», sagte sie nach kurzem Schweigen. «Was für eine Verschwendung.»

Es dauerte eine Weile, bis ich begriff, worauf sie anspielte: In der finnischen Mythologie entsteht die Welt aus den sieben Eiern einer Tauchente, die die Göttin der Lüfte, Ilmatar, zerbricht.

«Du meinst also, wir hätten eine neue Welt schaffen können, hätten wir das Nest dieser Tauchente rechtzeitig ausfindig gemacht?»

Kaisa lächelte.

«Wäre das unter Umständen nicht die beste Lösung für uns alle gewesen?»

«Nun», entgegnete ich, «mir ist es ziemlich gleichgültig, in welcher Welt ich lebe, solange ich mit dir bin, auf dieser Insel, in diesem Sommerhaus, auf diesem Bootssteg – und es ist mir erst recht gleichgültig, dass uns nun eine Tauchente mit sieben Küken beobachtet.»

Ich ergriff Kaisas Hände und zog sie zu mir herunter, auf das von der Sonne aufgewärmte Holz.

Später saßen wir auf der Veranda, verspeisten einen Blaubeerkuchen und genossen das Spektakel eines besonders dramatischen Sonnenuntergangs. Er tauchte nicht nur die westliche Hälfte des Himmels in intensiv glühende Farbtöne, sondern durchsetzte, sich auf der Unterseite von langen, fingerförmigen Wolken spiegelnd, den Himmel bis weit in den Osten mit leuchtenden Streifen.

Plötzlich fragte Kaisa: «Sind das Schwäne dort vor Mustasaari?»

Ich starrte in die Richtung, die Kaisa mir wies, und erblickte drei weiße Punkte, die vor der gegenüberliegenden Insel durch das blutrote Wasser glitten. Kaisa holte den Feldstecher, und bald umspielte ein glückliches Lächeln ihre Lippen.

«Seit meiner Kindheit habe ich hier keine Schwäne mehr gesehen.»

Zwei Schwäne schwammen nebeneinander, elegant und würdevoll, der dritte folgte in einem Abstand von etwa zwanzig Metern, sein Hals war seltsam gekrümmt, wie verspannt.

«Der Schwan ist unser nationaler Vogel», erklärte Kaisa, nachdem sie mir den Feldstecher wieder entwunden hatte, und ergänzte mit einem Seitenblick auf das Buch, das auf meinem Schoß lag, «und wenn ich mich recht erinnere, spielt ein Schwan auch im Kalevala eine Rolle.»

Sie verfolgte die Schwäne.

«Aber drei Schwäne», sagte sie dann, «das ist merkwürdig. Normalerweise leben sie paarweise oder mit ihren Jungen. Der dritte Schwan wirkt allerdings nicht wie ein Jungtier.»

Die Schwäne erreichten das Ende der kleinen Insel und verschwanden hinter ihrer Felsspitze. Unterdessen hatte sich das blutige Rot verfärbt in ein samtenes, von grellen gelben Schlieren durchzogenes Dunkelviolett. Wir bewunderten das psychedelische Schauspiel, dann und wann rezitierte ich ein paar Verse aus dem Kalevala.

«Meine süße kleine Beere», sagte ich schließlich wie Väinämöinen zu seiner Braut, als die Sonne im See verglüht war und sich ein bläulicher Schimmer über Wasser und Inseln legte, *«Mädchen, komm in meinen Schlitten, unter meine Decken, Liebling, sollst von meinen Äpfeln essen, meine Nüsse auch genießen.»*

Das Kalevala. Bisher hatte ich eher ziellos, aus einer Art Pflichtgefühl der Kultur meiner Liebsten gegenüber und deshalb mit einer leicht amüsierten Distanz im finnischen

Nationalepos, von dem die Finnen stolz betonen, es sei fast doppelt so lang wie Homers *Odyssee*, geblättert; ich hatte hier etwas über einen Frauenraub aufgeschnappt, dort eine Prügelei miterlebt und wiederholt der zauberkräftigen Musik eines weisen Mannes gelauscht. Von dem Abend an jedoch, an welchem wir die Tauchente und ihre sieben Küken identifizierten und die drei Schwäne beobachteten, vertiefte ich mich mit großer Ernsthaftigkeit in diesen Wälzer.

Ich tauchte ein in diese sprachgewaltig, stabreimreich und wiederholungsfreudig wie schamanistische Beschwörungen rollende und polternde Legendenwelt, in der es von Mord und Totschlag, Leidenschaft und Rache, Krieg und Buhlerei, Geschwisterliebe und gewaltsamen Entführungen, Vergewaltigungen und Selbstmorden, Visionen und Höllenritten nur so wimmelt.

Ich las vom Ambossmeister Ilmarinen, urzeitalter Schmiedekünstler, der nicht nur den *Sampo* schmiedet, eine magische Maschine mit einem bunten runden Deckel, mit der man Gold, Getreide und Salz herstellen und damit reich und mächtig werden kann, sondern auch eine Gattin aus Gold. Sie ist ihm allerdings zu kühl, und auch Väinämöinen, dem er sie anzudrehen versucht, will nichts von einem Goldweib wissen.

Ich las vom jähzornigen Weiberhelden Lemminkäinen leichten Sinnes, der alle Frauen der Insel Saari beschläft, ehe er die selbstbewusste Kyllikki raubt und wenig später wieder verstößt, um die Nordlandtochter zu umwerben. Schließlich landet Lemminkäinen, der schöne Kaukomieli, zerstückelt im Totenfluss und wird von seiner Mutter herausgefischt, zusammengenäht und wieder zum Leben erweckt.

Von Kullervo, dem früh verwaisten, versklavten und rachedurstigen Sohn Kalervos, las ich, der wilde Tiere auf seine Herrin hetzt, dann unwissentlich seiner Schwester beischläft und sich nach allerhand weiteren Schicksalsschlägen in sein Schwert stürzt.

Ich las von wackeren Weibsbildern, von Göttinnen, Müttern, Töchtern, Schwestern und Geliebten, von Aino, Kyllikki, Annikki und Louhi, Nordlands Alter, arm an Zähnen, der mächtigen Herrscherin über Pohjola, das Reich im Norden. Doch am liebsten las ich von Väinämöinen, alt und wahrhaft, dem weisen, urzeitalten Liedersänger, der mit seiner Kantele, einer Art Zither, alle Lebewesen, Tiere wie Menschen, zu Tränen rührt und ganze Völker einzuschläfern vermag. Und alle jagen sie, 23 000 Verse lang, nach dem Sampo und buhlen um die Nordlandtochter, die schöne Tochter Louhis.

Eines Tages fiel mir auf, dass ich, wenn ich das Netz aus dem Wasser zog, nicht einfach, «Schau mal, Kaisa, ein Fisch!», sagte, sondern «Was für ein schöner fetter Barsch!» Oder: «Was für ein Glück, Kaisa, heute gibt's wieder einmal einen delikaten Weißfisch! Filetieren oder räuchern?» Oder: «Ach, nicht schon wieder ein Rohrkarpfen.» Fisch war nicht gleich Fisch, ein glitschiges, silbrig grau bis grünblau schimmerndes Wesen mit Flossen, kaltem Blut und toten Augen, sondern ein Weißfisch, eine Brachsme, ein Barsch, ein Hecht oder, besonders willkommen, ein Schwarm kleiner Maränen – und im ungünstigsten Fall eben ein Rohrkarpfen.

Ich ertappte mich dabei, dass ich die besonders beeindruckenden Exemplare maß und wog und in gewissen Fällen sogar fotografierte; ich blätterte in Fischbüchern und erfuhr nicht ohne existenzielles Schaudern, dass ein vierzig Zentimeter langer Barsch mindestens zwanzig Jahre lang frei und fröhlich durch den See geschwommen war, ehe er in unserem Netz verendete. Lag der Fisch aber erst in unserem Teller, wich die Trauer über seinen Tod dem Genuss seines Fleisches. Wenn der Fisch direkt aus dem See in den Teller hüpft, braucht es keine kulinarischen Kunststücke, er schmeckte immer, ob wir ihn in der Rauchbox räucherten, auf offenem Feuer brieten, filetierten und in die ölbrutzelnde Pfanne hauten, zu einer Fischsuppe verarbeiteten oder in Essig einlegten und roh aßen und mit Kartoffeln, einer Pilzsoße und einer Tomate verspeisten.

Ich stand auf dem Bootssteg, putzte meine Zähne und summte ein Schlaflied zu Ehren Päivätärs, der Göttin der Sonne und des Sommers. Als ich mich zum Spülen niederkniete, sah ich, dass Hunderte, ja Tausende unserer fingergroßen, in der Abendsonne rot und silbern glänzenden Elritzen, auf Finnisch *Mutu* genannt, rund um den Steg im Wasser hingen, reglos, ehrfürchtig, als hätte mein Gesang sie verzaubert. Ich setzte mich, tauchte meine Füße ins Wasser, sofort stürzten sie sich auf meine bleichen Flossen und reinigten sie voller Demut. Und weil sich in diesem Moment Kaisa mit ihrer Zahnbürste zu mir gesellte, sang ich einen der wenigen, wenn nicht den einzigen ungetrübtes Glück verheißenden Tango, *Sä kuulut päivään jokaiseen* (Du gehörst zu jedem Tag), und begleitete mich, indem ich die Zahnbürstenborsten zupfte wie die Saiten einer Kantele:

Du gehörst zu jedem Tag,
Du gehörst zum Morgen und zum Abend.
Du bist mein erster Gedanke,
und Du bist der letzte.

Sampo. Pohjola. Verwundert blickte ich über den Marktplatz auf die gegenüberliegenden Fassaden. Kaisa folgte meinem

Blick. «Sampo ist eine Bank, ja. Und Pohjola eine Versicherung.»

«So lebt das Kalevala also in euch weiter.»

«Genau. Und in den Texten von Heavy-Metal-Bands.»

Einmal wöchentlich suchten wir das nächstgelegene Dorf auf dem Festland auf. Es war eine dieser zwischen einem Wald und einem See gelegenen Straßenkreuzungen, wie man sie in Finnland oft antrifft: zwei Supermärkte, zwei Baumärkte, ein Fachgeschäft für Boote und Fischerei, eine Tankstelle, drei Bars. Diese Kreuzung verfügte aus unerfindlichen Gründen auch über einen Blumenladen, ein Brillengeschäft und eine Polizeiwache – letztere war jedoch, wie ein maschinengetippter Zettel auf der geschlossenen Tür informierte, nur montags zwischen 15 und 17 Uhr bemannt, und man solle in Notfällen mit der Hauptwache in Lappeenranta Kontakt aufnehmen. Deren Telefonnummer hatte der wackere Dorfpolizist a. D. indes aufzuführen vergessen.

Uns kümmerte das nicht. Das Dorf suchten wir so selten wie möglich und so kurz wie notwendig auf. Je länger wir auf der Insel lebten, desto weniger hatten wir Lust, andere Menschen zu sehen oder gar mit ihnen zu sprechen. Wir hasteten im Laufschritt durch den Laden und füllten den Einkaufswagen mit Brot und Piroggen, Butter, Käse und Sauermilch, Gemüse und Früchten, Schokolade und Lakritz. Ganz am Schluss schmiss ich ein paar Streichholzschachteln in den Wagen. Die Marke? Sampo.

Vierzig Minuten später waren wir zurück in unserer Idylle und hüpften als Erstes ins Wasser, um den Schmutz der Zivilisation von uns abzuspülen. Dann setzten wir uns auf den Bootssteg, ließen die Füße im Wasser baumeln, knackten die Erbsenschoten auf und ließen die leckeren süßen Erbsen in unseren Rachen kullern, wir verspeisten die in vielen milden

Sonnenstunden zu Honigsüße gereiften Erdbeeren – und genossen es, wieder allein zu sein, weit weg von den Menschen, umhüllt von überirdischer Stille.

Als wir uns der Nachbarinsel näherten, auf der wir Blaubeeren pflücken und Pilze suchen wollten, glitten plötzlich zwei Schwäne aus dem Schilf und schwammen ruhig, aber entschlossen von uns weg, ohne uns auch nur eines Blicks zu würdigen.

«Nur zwei», stellte Kaisa fest.

«Der dritte hat vielleicht aufgegeben», mutmaßte ich. «Vermutlich hat er gemerkt, dass er in dieser Dreieckbeziehung keine Chance hat.»

Wenn wir keinen Fisch aßen, aßen wir Blaubeeren. Zum Frühstück Haferbrei mit Blaubeeren, zum Nachtisch mit Zucker bestäubte Blaubeeren in kalter Milch, als Zwischenmahlzeit Joghurt mit Blaubeeren, abends, nach der Sauna, Blaubeerkuchen, und manchmal kochten wir auch Blaubeersuppe.

Der Wald ist voller Mustikka, so nennen die Finnen die delikaten dunkelblauen Perlen, man braucht sich nur zu bücken. Und das taten wir, stundenlang, bückten uns und pflückten, bückten uns wieder und streiften sie von den Pflanzen ab, eine monotone, repetitive Arbeit, bücken und pflücken, bücken und pflücken, pflücken und bücken, und nach spätestens einer halben Stunde ist man im Mustikka-Rausch, man pflückt und pflückt, man bückt sich und streckt sich und bückt sich und pflückt, umschwirrt von Mücken, die man nervös zerdrückt, dann beginnt man Lieder zu summen und zu brummen, zu johlen und zu grölen, *Blueberry Hill* natürlich und *Blueberry Fields Forever* oder *Be-Bop-A-Kalevala*, und weiter pflückt man und pflückt, die Bewegungen werden automatisch, die Gedanken verirren sich und fransen aus in kühne Visionen, sollte man nicht, fragten wir uns zum Beispiel, das Blaubeerenpflücken als Therapie für schwererziehbare Jugendliche anbieten, oder besser noch, Blaubeerenpflückseminare für gestresste Manager in Krisensituationen, das wäre eine zweifelsohne lukrative Marktnische, und überdies müssten die Manager, als Lektion in Bescheidenheit und Boniverzicht, die Blaubeeren nach erfolgreich bestandenem Seminar ans Kursleiterpaar abgeben.

So denkt und pflückt man, die Finger sind tiefblau, die Kleider voller Flecken, doch ob all dieser Visionen vergisst man die Gelenkschmerzen, und man pflückt und pflückt, man wird gierig und kann nicht aufhören, man rückt zwei Schritte vor und bückt sich und pflückt, dann rückt man wieder einen Schritt zurück und bückt sich und pflückt, man verliert sich im Wald, und plötzlich war ich überzeugt, dass finnische Familien in Zeiten großen Hungers ihre Kinder zum Blaubeerpflücken in den Wald schickten, damit sie sich dort verirrten, das würden wir mit unseren Kindern natürlich nie tun, nicht wahr, Kaisa, aber sollten wir nicht möglichst rasch vier oder fünf Kinder herstellen – das war übrigens das erste Mal, dass die Kinderfrage auftauchte –, die wir dann zum Blaubeerenpflücken verknurren könnten?

Je mehr man pflückt, desto geiziger wird man und will dem Wald keine einzige Beere lassen. Ist das Blaubeerpflücken, fragte ich Kaisa, aber sie hörte mir nicht mehr zu, ist das Blaubeerpflücken in der finnischen Paartherapie die weibliche Entsprechung zum Angeln? Wenn's beim Tango nicht mehr klappt, setzt sich der Mann ins Boot und die Frau in den Wald, allein, und er fischt und sie pflückt und sie pflückt und er fischt, bis alles ausgeschwiegen ist und Fisch und Blaubeerkuchen versöhnungsförderlich auf dem Tisch stehen.

Der Rücken brennt, aber es ist schwer aufzuhören, unmöglich sogar, immer entdeckt man noch eine Pflanze mit besonders blauen, besonders runden, besonders großen Blaubeeren, und die will man auch noch pflücken, und dann bückt man sich wieder, auch wenn die Behälter längst überfüllt sind und die Hälfte der Beeren auf den Boden kullert.

Wir ruderten zurück. Schweigend.

Geangelt habe ich nie. Nein, im ersten gemeinsamen Sommer macht man so etwas nicht, im ersten Sommer pflückt man selbst die Blaubeeren noch gemeinsam. Frühestens im fünften, bestimmt aber im zehnten Mökki-Sommer ist mann vermutlich reif für das Angeln und frau erleichtert, ihren Gefährten mitten auf dem See in trauter Zwiesprache mit Fischen zu wissen, und sie entdeckt dafür die Wonnen des solitären Beerenpflückens. Nur im Pilzsammeln bleibt die für Finnland so wichtige Gleichstellung der Geschlechter auch im Mökki-Leben verwirklicht. Das tut man zusammen.

Ich fühlte mich, als würde ich jeden Tag eine weitere Schicht der Zivilisation abstreifen. Das ist auch der Sinn und Zweck des Mökki-Lebens. Mittlerweile leben die meisten Finnen in Helsinki, doch vor noch nicht allzu langer Zeit hausten sie in Holzhütten mitten im Wald und ernährten sich vom Fischen, Jagen und Sammeln. Die Nostalgie nach dieser Lebensweise durchdringt die Volksseele heute noch so tief, dass die Finnen – alle Finnen! – jeden Sommer von ihrem Urinstinkt überwältigt und aus den Städten getrieben werden: Ende Juni kehren sie in die Wälder zurück. Auf gut fünf Millionen Einwohner kommen rund 500 000 Sommerhäuser, und die wollen bewohnt werden.

Im Land, in welchem das Frauenwahlrecht weltweit seine Premiere feierte, fallen die Kerle und Weiber im Sommer in die altfinnischen Geschlechtsrollen zurück, als wäre dies das Natürlichste der Welt.

Die Männer ziehen Tarnkleider und hässliche Mützen an und sind verantwortlich für Fische, Boot, Holz, Grill und Sauna. Die Frauen, in kokette Trainingsanzüge oder ausgemusterte Stadtkleider gewandet, sind für alles andere zuständig und stellen sicher, dass die angehäuften Beeren- und Pilzvorräte für den ganzen Winter reichen werden.

Das färbte auch auf mich ab. Immer öfter ertappte ich mich, wie ich die waldgrüne Jagdkluft von Kaisas Vater überstreifte und mit Axt und Säge bewaffnet durch den Wald stiefelte, da einen kranken Baum erlegte, dort ein von einem Sturm gefällten Baum zerlegte und mich jedes Mal freute, wenn ich Elchfährten und Bärenkot aufspürte (oder was ich dafür hielt). Dann schwang ich die Axt, die Schneide fraß sich krachend und knirschend in das Holz, das Holz zersplitterte zu saunaofengroßen Scheiten; ich hackte und hackte, meine Arme glühten, mein Rücken brannte, mein Schweiß lockte Mücken und Bremsen an, aber ich hackte weiter, ich hackte mich in eine Holzhackertrance, und ich war glücklich.

Zur selben Zeit entdeckte ich auch den zuvor gänzlich unbekannten Handwerker in mir: Ich flickte das lecke Dach, ersetzte morsche Planken auf dem Bootssteg, ich rührte Zement an und mauerte mit ein paar Backsteinen eine Feuerstelle für Grill und Rauchbox … – ich hämmerte und sägte und schraubte an unserem Mökki herum, der Schweiß tropfte von der Stirn in die sprießenden Stoppeln meines frischen Barts, es juckte, aber ich genoss es zutiefst.

Und Kaisa? Sie reagierte weder verwundert noch spöttisch. Sie schien meine Eskapaden in den Wald und in den Werkzeugspeicher für selbstverständlich zu halten und kümmerte sich um das Geschirrspülen. Einen Trainingsanzug trug sie glücklicherweise nie.

Eines Tages ging ich nicht in den Wald, um Bäume zu zertrümmern, sondern um ein schönes Stück Birkenholz zu suchen. Damit wollte ich, wie weiland Väinämöinen, eine Kantele anfertigen, um bei meinen abendlichen Sangesdarbietungen die Zahnbürste durch zarte Zitherklänge zu ersetzen. Einen Sommertag lang schnitzte und klopfte ich an meinem Spielwerk, *bildete den Kannelboden formt' den Rumpf der neuen Freude, aus dem harten Holz den Boden, aus dem Maserholz den Körper*; wie Väinämöinen nagelte ich Föhrenzapfen für das Befestigen der Saiten auf das Holz. Kaisas Haar war zu kurz, deshalb holte ich ein altes Fischnetz aus dem Speicher und zupfte daraus Saiten, die ich über das Holz spannte. Nun hatte ich sie, meine Kantele – ich setzte mich auf den Bootssteg, und als sich meine Liebste zum Zähneputzen neben mich setzte, hob ich an zu singen:

Sie, die schöne Maid des Nordlands, über See und Land
gepriesen,
ruhte auf dem Regenbogen, glänzte hoch am Himmelsbogen,
Mondlicht schimmert an den Schläfen, Sonne blendet
an den Brüsten.

Die Elritzen waren glücklich; immer mehr scharten sich um mich. Selbst ein paar Rohrkarpfen gesellten sich dazu und zuckten und zitterten lieblich im Rhythmus meines Gesangs. Ich beendete meine Darbietung mit einem munteren «Hei Baby Kalevala!».

«Wunderschön, Väinö», hauchte sie, als ich innehielt.

«Danke, Nordlandtochter», entgegnete ich.

So nannten wir uns seit einigen Tagen. Ich war Väinämöinen, kurz Väinö oder Möini, sie war meine Nordlandtochter. Sie war nicht die ältere Tochter der mächtigen Louhi, arm an Zähnen, die Nordlandjungfrau, die an der Seite Ilmarinens ein tragisches Ende nimmt, sondern ihre im Kalevala-Epos nur am Rand auftauchende Schwester, wunderschön und namenlos auch sie.

Je länger ich mich in das Kalevala vertiefte, je mehr ich aus ihm sang und rezitierte, desto klarer war mir, dass unsere Insel das kleine Paradies war, auf das sich Väinämöinen verbittert zurückgezogen hatte, nachdem ihn die Menschen vertrieben hatten. Das grimmige Epos verschweigt jedoch, dass er zuvor der jüngeren Nordlandtochter, die Ilmarinen in eine Möwe verzaubert hatte, die anmutige Gestalt und das holde Antlitz zurückgab und sie auf sein Eiland mitnahm. Das geschah im 51. Gesang des Kalevala, der bis heute unveröffentlicht geblieben ist – Finnen mögen keine glücklichen Enden, oder besser: Sie glauben nicht daran.

Doch diesen 51. Gesang erlebten wir nun, Kaisa und ich, Väinämöinen und Nordlandtochter. Zu unserem Glück fehlte nur der Sampo, die magische Maschine, die auf der einen Seite Mehl mahlt, auf der anderen Salz und auf der dritten Münzen. Der Sampo würde uns unabhängig machen. Hätten wir den Sampo, müssten wir die Insel nie wieder für längere Zeit verlassen.

Ich fand den Sampo am nächsten Morgen, oder zumindest ein Stück davon. Ich stand, noch feucht vom erfrischenden Bad im See auf dem Strand und entdeckte ein rundes Stück Metall, eine Art Rad oder Deckel. Ich hob das Fundstück auf und untersuchte es genauer. Es war stellenweise durchgerostet, sehr alt also, womöglich antik, doch unter dem Rost ließen sich noch eingekratzte Muster und Verzierungen erkennen.

Vielleicht hat der Wind noch andere Teile des Sampos angeschwemmt, sagte ich mir, wie es im Kalevala verheißen wird. Um den Sampo vor der Gier der mächtigen Louhi zu schützen, zertrümmerte ihn Väinämöinen und schmiss ihn ins Meer – im Wissen, dass das Wasser die Bruchstücke den Menschen zurückgeben würde.

Aufmerksam schritt ich den Strand ab. Der Wasserpegel war im Lauf des Sommers gesunken, und ich suchte den Teil des Ufers ab, der noch kurz zuvor unter Wasser gelegen hatte. Und – tatsächlich – ich fand *vom Sampo Splitterstücke, Brocken von dem bunten Deckel an dem seeumspülten Strande, in dem feinen Sand des Ufers.* Ich fand ein bizarr geformtes Stück Treibholz, an dem eine etwa meterlange, rostige Kette baumelte. Das Holz war von Furchen und keilförmigen Kerben verziert, die wie eine archaische Schrift anmuteten. Ich fand Steine, so exquisit, dass nur eine Menschenhand sie geschliffen haben konnte, ich fand einen riesigen Nagel und einen Ring mit dem Durchmesser eines kräftigen Oberschenkels.

«Nordlandtochter!», rief ich aufgeregt, als ich zum Mökki zurückkehrte, «meine süße Beere, komm und schau, was der Sommerwind an den Strand gespült hat!»

Neugierig trat die Nordlandtochter aus der Hütte und blickte auf meine Fundstücke.

«Der Sampo?», wisperte sie nur und schluckte leer.

Ich nickte.

Wir kleideten uns an und machten uns auf die Suche. Wir umrundeten die Insel und sammelten alles, was ungewöhnlich aussah, ob Metall, Holz, Stein oder Glas. Dann ruderten wir zur Nachbarinsel und taten dort dasselbe. Dann auf einer weiteren Insel. Und auf noch einer Insel. Am Abend lagen hinter dem Sommerhaus mehrere Stapel mit Sampo-Treibgut.

Während wir die Sauna einheizten, machten wir eine erste Auslegeordnung, um eine Ahnung zu erhalten, wie sich die Einzelteile zu dieser magischen Apparatur, von der niemand so recht weiß, wie sie aussah, zusammenfügen lassen könnten.

Ich bestrich gerade ein Stück *Leipäjuusto* mit Preiselbeermarmelade, als ein hässliches Kreischen erklang.

Leipäjuusto ist der einzige essbare finnische Käse, sieht aber weder aus wie ein Käse, noch schmeckt er so. Der sogenannte Brotkäse aus Nordfinnland ist eine flache, weißliche Scheibe mit dunklen Flecken, er schmeckt undefinierbar. Außerdem fühlt er sich an wie Gummi und quietscht auch wie Gummi, wenn man ihn zerkaut. Aber er ist lecker, sehr lecker. Am besten mundet er, wenn man ihn in einer Pfanne leicht erwärmt und ihn mit Preisel- oder Moltebeermarmelade isst, kurz bevor er zerfließt.

«Was ist das?», fragte ich.

«Ich weiß es nicht», erwiderte die Nordlandtochter. «Möwen?»

«Nein», schüttelte ich den Kopf, «im Vergleich dazu klingen Möwen wie Olavi Virta.»

«Oder wie du, Väinö …»

Wir nahmen den Feldstecher und eilten zum Bootssteg.

Wenn man so lange allein ist, freut man sich über jede Abwechslung. Auch über ein grässliches Kreischen, das das Blut in unseren Adern gerinnen ließ.

«Die Schwäne!», rief die Nordlandtochter aus. «Die Schwäne singen!»

«Singen?»

Waren die Schwäne deshalb meistens stumm? Weil ihr Gesang so verstörend hässlich ist?

Zwei Schwäne standen flügelschlagend auf dem Wasser und bedrohten sich mit ihren Schnäbeln, der dritte umkreiste die Nebenbuhler in sicherem Abstand.

Endlos schien er zu dauern, der Zweikampf, ehe einer der Schwäne seine Flügel zusammenfaltete und so schnell davonschwamm, wie es seine Würde erlaubte.

Der andere Schwan verfolgte ihn mit triumphierendem Keifen und beruhigte sich erst, als der dritte Schwan sich ihm mit demütig geneigtem Kopf näherte.

«Im Kalevala», sagte Nordlandtochter, «ist ein Schwan der Hüter des Eingangs zur Unterwelt.»

«Ich weiß», entgegnete ich. «Beginnt also auf Mustasaari die Unterwelt?»

«Es gibt tatsächlich eine Höhle dort, gleich unter der Wasseroberfläche, neben dem großen Felsen.»

«Du lügst.»

«Nein, das Wasser ist dort tiefer als anderswo, und als Kinder gingen wir oft beim großen Felsen schwimmen und tauchen. Wir hatten allerdings Angst vor dem schwarzen Loch.»

«Und, habt ihr ihn gefunden», sprach ich in meinem Kalevala-Singsang, *«den schwarzen Strom des Tuoni, des geweihten Stromes Wirbel, und den wilden Wasserfall, die brausend zu des Totenreiches Räume strömen?»*

Die Nordlandtochter schüttelte den Kopf.

«Sonst würde ich vermutlich nicht da sitzen.»

Ich stand vor dem Sampo und versuchte zu verstehen, was die Funktion des rostzerfressenen Metallstücks gewesen sein konnte, das ich in der Rechten hielt. Ich verbrachte täglich ein paar Stunden mit ihm, und wie Ambossmeister Ilmarinen schmiedete ich *mit schnellen Schlägen, hämmerte hastig mit dem Hammer, bosselte mit flinken Fingern* – doch ich war weit weniger geschickt als der urzeitalte Schmiedekünstler. Immer wieder fehlte in meinem Konstrukt aus Holz, Eisen, Steinen und Glas, kühn ineinander verkeilt, mit Schnüren und Stricken zusammengehalten und mit Nägeln gesichert, ein wesentliches Verbindungsstück. Vorsichtig zwängte ich den Rostbrocken über ein wie ein V-förmiges Scharnier geformtes schwarzes Stück Treibholz, das ich zuvor mit Hilfe eines grellgrünen Ankerseils mit der Eisenkette verknüpft hatte – ich war jedoch nicht vorsichtig genug, denn der Sampo brach auseinander. Schon wieder. Ich seufzte. Aber ich ließ mich nicht entmutigen, sondern begann von neuem mit der Arbeit.

Mittlerweile war der August angebrochen. Die Abende wurden kühler, manchmal spürten wir eine erste Ahnung des nahenden Herbstes kühl und feucht aus dem Wald kriechen. Die meisten Vögel waren bereits ausgeflogen – und suchten, so spottete ich, Satumaa am falschen Ort.

Die Nächte brachen früher an, kurz nach Mitternacht war es bereits ein paar Minuten lang richtig dunkel. Wie so oft lagen die Nordlandtochter und ich auf dem Bootssteg und staunten über die Tiefe des sternenbesäten Universums, über das kalte Flimmern der Milchstraße und ihrer hundert Milliarden Sonnen.

Es war still. So still, dass wir kaum zu sprechen wagten. Ohnehin verspürten wir je länger, je weniger Lust zu reden.

Und wir waren allein. So allein, dass wir manchmal vergaßen, dass jenseits der gegenüberliegenden Insel noch eine Welt mit Menschen lag. Die Nordlandtochter hatte ihren Kopf auf meine Schulter gelegt, wir zählten die Sterne und genossen die entrückte Atmosphäre, deren Unwirklichkeit uns zutiefst behagte.

Mitten in der Nacht schreckte Väinämöinen alt und wahrhaft auf. Die Schwäne. Sie kreischten, keiften und klagten, lauter noch und noch zerreißender, wütender und verzweifelter als tagsüber. Der weise Recke streifte sich ein T-Shirt über und eilte ans Ufer. Der volle Mond hing in den Tannenwipfeln von Mustasaari, eine riesige Scheibe, stumm und schwer, und goss sein rötliches Licht auf das schwarze Nass.

Die Schwäne waren nicht zu sehen, nur zu hören, immer verstörender hallte und widerhallte ihr Zetern auf dem Wasser. War der dritte Schwan zurückgekehrt? Wurde ein Zweikampf um Leben und Tod ausgefochten?

Ähnlich hatte es vor langer, langer Zeit geklungen, als Lemminkäinen leichten Sinnes, im Auftrag von Louhi, Nordlands Alter, den Schwan im schwarzen Strome Tuonis töten sollte – und dabei von Tuonis Sohn, dem blutbesprengten, mit einem Funkelschlage seiner Axt in acht Teile gespalten und in des Totenreiches tiefste Tiefen gespült wurde.

So klang auch dieser Schwanengesang: Es ging um Leben und Tod. Vor allem um Tod.

Väinämöinen, der Urzeitalte, hätte singen wollen, um die Schwäne zu besänftigen, allein, er brachte keinen Ton hervor.

Über dieser gespenstischen Szenerie hing Kuu, der Mondgott, ungerührt und kalt. Unweigerlich verneigte sich Väinämöinen vor dem Gott, setzte sich dann auf einen Steinbrocken, am ganzen Körper zitternd. Stundenlang noch klagte der Schwan, während der Mond sich von den Baumwipfeln löste und in die Höhe schwebte.

Der nächste Morgen war grau. *Uutar, die Nebeltochter, Brodemjungfrau, siebte Nebel mit dem Siebe, streute schwere Nebelschwaden, ließ vom Himmel Schwaden schweben, ließ aus Lüften Dämpfe sinken auf das klare, offne Wasser.* Kein Windhauch war zu spüren, kein Vogelzwitschern war zu hören, nicht einmal Insektensummen, auch die Tauchente versteckte sich in ihrem geheimen Nest, und die Elritzen hingen regungslos im Wasser. Nur der melancholische Ruf einer fernen Kuikka, eines Prachttauchers, erklang dann und wann und verhallte unbeantwortet im Grau. Auf einmal fühlten sich Stille und Einsamkeit nicht mehr beglückend, sondern bedrückend an.

Väinämöinen schilderte Nordlandtochter, was er in der Nacht erlebt hatte, in wenigen Worten beschrieb er es, flüsternd, um die Stille nicht zu stören. Nordlandtochter schwieg nachdenklich.

Dann äußerte sie einen schrecklichen Verdacht. War letzte Nacht etwa die Welt jenseits der gegenüberliegenden Inseln untergegangen? Die ganze Menschenwelt? Hatten die Schwäne, die Wächter der schwarzen Wasser des Totenreichs dies gespürt und beklagt?

Die Stunden vergingen mit quälender Langsamkeit. Das trübe Licht veränderte sich nicht; es war, als wäre die Zeit stillgestanden.

Väinämöinen verspürte keine Lust, am Sampo weiterzubosseln, und die Nordlandtochter verzichtete auf das Pilzesuchen, das Paar saß schweigend auf der Veranda und beobachtete, wie das fahle Gewölk tiefer und tiefer herabsank.

«*Meine süße Beere*», sagte Väinö plötzlich, «*oh süßes Herzblatt mein*», diese Worte ließ er hören, «*komm in meinen Nachen, setz dich in mein Boot.* Der Kühlschrank ist so gut wie leer, Erdäpfel haben wir kaum mehr. Lass uns aufs Festland fahren, den Markt aufsuchen lass uns, zu sehen, wie es aussieht dorten, nach dem Untergang der Welt und nach der Menschen Ende.»

Vorbei an stillen Inseln tuckerten sie wenig später, an verlassenen Sommerhäusern und Bootsstegen; keine Fahne hing an den Fahnenstangen, kein Boot lag im Wasser, kein Rauch kräuselte aus den Saunen, kein Mensch stand am Ufer und winkte, nicht einmal eine Möwe folgte ihrem Kahn.

Die Überraschung war nicht klein: Die Supermärkte standen noch, auch der Baumarkt und das Blumengeschäft, und es gab noch Menschen. Weniger zwar als noch vor zehn Tagen, aber immerhin. Einen Moment lang war Väinämöinen und Nordlandtochter ihre Mökki-Montur unangenehm, die ausgetragenen, zerschlissenen, mit Harz und Blaubeerflecken geschmückten Sommerhausklamotten und die Kombination aus Wollsocken und Sandalen. Niemand schenkte dem jedoch Beachtung, und bald nahm der Verdacht, dass etwas nicht ganz so war, wie es sein sollte, überhand.

«Findest du nicht», flüsterte die Nordlandtochter, «dass sie irgendwie leblos aussehen?»

«Wer?»

«Die Menschen?»

Jetzt fiel es auch Väinämöinen auf: Die gleichgültigen Augen, die mechanischen Bewegungen. Hatte man die Menschen etwa aus dem Totenreich hierhergeschickt, damit Väinämöinen und Nordlandtochter nicht merkten, dass die Welt untergegangen war?

«Ist das Dorf eine Kulisse voller Untoter? Was für ein Stück wird hier gespielt?»

«Eine perfekte Kulisse. Sogar Zeitungen gibt es.»

Tatsächlich. Wie immer versprachen reißerische Schlagzeilen spektakuläre Enthüllungen aus dem Dasein praller Blondinen, Sportstars und Schlagersternchen.

«Du solltest singen, Väinö, nur du kannst die Menschen wieder zum Leben erwecken.»

Väinämöinen, der weise und wahrhafte, urzeitalte Sänger, schüttelte den Kopf.

«Ich habe meine Kantele im Mökki vergessen. Nächstes Mal.»

Vielleicht war der im Kalevala verheißene Moment gekommen, an welchem Väinämöinen in die Menschenwelt zurückkehrt, um den Menschen eine neue Kantele und einen neuen Sampo zu schenken und Mond und Sonne zu befreien.

Väinämöinen und Nordlandtochter dampften. Sie saßen nass und nackt auf dem Bootssteg, goldenen Statuen gleich, liebkost vom Licht der Sonne, die sich langsam hinter Mustasaari verabschiedete. Eine kühle Brise wühlte die Oberfläche des Sees auf und pustete die Saunahitze von den Körpern des einsamen Paars.

Es war ein herrlicher Spätsommertag gewesen, blendend weiß die Wolken, tiefblau der Himmel, dunkelblau das Wasser, belebend der kühle Wind, und die Sonne hatte großzügig am Firmament gegleißt und so gut wie alle düsteren Gedanken vertrieben. Väinö hatte die Arbeit am Sampo – mittlerweile ein drei Meter langes, anderthalb Meter breites und zwei Meter hohes Ungetüm mit drei Mühlrädern, das mehr und mehr einer Zeitmaschine glich – unterbrochen und war mit seiner süßen Beere auf eine andere Insel gerudert, um Steinpilze, Pfifferlinge und Totentrompeten zu sammeln. Und Preiselbeeren, die nun anstelle der Blaubeeren rot im Wald leuchteten. Sie hatten das Glück genossen, die einzigen Menschen zu sein. Es hatte auch Vorteile, dass die Welt untergegangen war; die Nordlandtochter konnte ihren Aufenthalt auf der Insel beliebig verlängern, da keine Arbeit sie zurück in die Menschenwelt rief.

Väinö legte seinen Arm um die Schulter der Nordlandtochter. Sie fröstelte leicht und drückte sich an ihn.

«Ich hoffe, meine süße Beere, du hast dich heute Nachmittag nicht von einer Preiselbeere schwängern lassen.»

Väinö war am Ende des Kalevala angelangt. Im letzten Gesang empfängt die Jungfrau Marjatta die Frucht einer Preiselbeere und gebiert einen Helden, der im zarten Alter von nur sechs Monaten die alten Recken aus dem alten Finnland, Kalevala und Pohjola, vertreibt, darunter auch Väinämöinen, der besonders gekränkt von dannen zieht.

Die Nordlandtochter kicherte und legte ihre Hand auf seinen Oberschenkel. Es war aber bereits zu kühl, um auf dem Bootssteg mit dem Zeugen eines neuen Menschengeschlechts zu beginnen. Auch die Tauchente blieb verschwunden, das verminderte die Chance, für das neue Menschengeschlecht eine neue Welt erschaffen zu können.

Die Atmosphäre war friedlich. Still und einsam, aber, seit der Untergang der Welt eine Gewissheit war, nicht mehr bedrückend. Das Glück, das Väinämöinen alt und wahrhaft und seine Nordlandjungfrau mit den lebhaft klaren Augen erlebten, war vollkommen. Väinämöinen ergriff seine Kantele, schlug ein paar Saiten an und hob dann an zu singen. *Fernhin drang das feine Klingen, und es war kein Tier zu finden, das nicht näher lief zu lauschen diesem süßen Spiel der Saiten, dem Erklingen dieser Kantele.* Selbst die Sonne errötete.

Als die Nacht eingebrochen und die Sauna erkaltet war und Väinö und Nordlandtochter sich unter ihrer Decke eng aneinanderkuschelten, war keine Rede mehr davon, die Welt zu retten. Das hatte Zeit. Es war einfach zu schön hier.

Eine unbestimmbare Anzahl Tage später suchte ein besonders heftiger Herbststurm die Insel heim. *Mächtig wehten da die Winde, zogen auf die Ungewitter, wütend raste her der Westwind, rüttelnd rauschte her der Nordwest, stärker noch der*

Sturm aus Süden, hässlich heulte der Wind vom Osten, schrecklich schrie der Wind aus Südost, grässlich grölte auch der Nordwind. Die Winde rüttelten an den Holzwänden des Mökki, jaulten durch ihre Ritzen, der Regen prasselte gegen die Fenster und tropfte durch das erneut leckende Dach. Der Donnergott Ukko grollte, er raste in seinem Wagen über den steinernen Himmelsweg, dass die Funken sprühten und die Blitze blitzten; seine wuchtigen Axtschläge donnerten über den Wolken, rollten grollend hin und her und von hinten nach vorn und wieder zurück, als wollte der Gott seinem Enkel Väinämöinen und dessen Liebster Übles. Sie hatten alte Wollpullover von Louhi übergezogen, sie saßen unter der flackernden Petrollampe, verspeisten Preiselbeerkuchen und schlürften Tee. Es war sehr romantisch.

Am Morgen danach wurden Väinämöinen und Nordlandtochter von der bleichen Sonne geweckt. Ein prächtiger Herbsttag begann, kein Windhauch, das Wasser spiegelglatt, die Luft klar, absolute Stille. Normalerweise hätten sie die Netze ausgeworfen, später hätten sie vielleicht Beeren und Pilze gesammelt oder am Sampo weitergebaut.

An diesem Tag indes war alles anders. Ich sah Nordlandtochter an, und es war mir, als würde ich ihrer zum ersten Mal seit langem ansichtig. «Kaisa?», fragte ich unsicher. Der Klang meiner Stimme überraschte, ja erschreckte mich, so lange hatte ich mich nicht mehr sprechen hören. Sie blickte sich um und mich an und rief erstaunt aus: «Frank?! Du bist es?!»

Ohne uns abzusprechen, packten wir unsere Sachen und verließen fluchtartig die Insel. Wir nahmen weder Fische noch Beeren oder Pilze mit. Wir ließen das Gerümpel, den angeblichen Sampo, hinter dem Mökki stehen. Um seine Entsorgung würden wir uns im nächsten Sommer kümmern.

Auch das Kalevala ließ ich auf dem Tisch liegen. Ich nahm mir nicht einmal die Zeit, meinen Bart abzuschaben.

Wir wussten: Es war höchste Zeit, Väinämöinens Insel fern von der Menschenwelt zu verlassen, aus dieser Einsamkeit und Stille zu flüchten und in die Welt zurückzukehren, zu anderen, richtigen Menschen.

«Mökkihöperö», sagte Kaisa, als wir uns im Motorboot vom Sommerhaus entfernten und ihm ein letztes Mal zuwinkten. «Sommerhauskoller.»

7

Julkkikset

(finnisch: Prominenz)

Das Ausrufezeichen war fett und schwarz. Befriedigt öffnete ich die Ofentür und warf die Holzkohle in die Feuerung zurück. Ich ergriff das schmale, auf einer Seite spitz zugesägte Brett und nagelte es an den langen Stock, den ich im Holzverschlag gefunden hatte. Dann zog ich meine Jacke an und die Mütze tief über die Ohren. Es schneite. Immer noch. Am Abend meiner Ankunft hatte es zu schneien begonnen, und seither hatte es nicht aufgehört; es war mindestens dreißig Zentimeter Neuschnee gefallen, und er hatte meine Pläne, auf meiner Spur zurückzulaufen, durchkreuzt.

Als ich die Stelle erreichte, an der der Hüttenpfad die unsichtbare Loipe kreuzte, drückte ich meinen Stecken tief in das trockene Pulver und trat es fest, um meinem Wegweiser besseren Halt zu geben. Oder besser: meinem Hüttenweiser. Die Hütte war nun völlig vom Schnee zugedeckt und unsichtbar. Kröche ein Pistenfahrzeug oder sonst ein neuschnee- und wintersturmtaugliches Schneemobil durch den mittlerweile metertiefen Neuschnee, würde höchstens der aus dem Kamin quellende Rauch auf meine Anwesenheit hinweisen. Dieser war jedoch wegen des trockenen Brennholzes und der tiefliegenden Wolken, die die Umgebung auch tagsüber in eine trübe Dämmerstimmung tauchten, kaum zu sehen.

Es war, als gäbe es mich nicht. Deshalb dieses Schild; es könnte, redete ich mir ein, unter Umständen ein Leben retten. *FRANKIN BAARI, 10 METRIÄ* hatte ich auf beide Seiten des Bretts gemalt. *ILMAISTA KAHVIA! TULE HETI! TERVETULOA! – Gratis Kaffee! Komm schnell! Willkommen!*

Angesichts der lokalen Wetterlage fragte ich mich allerdings, wessen Leben dieses Schild retten könnte oder würde. Meines? Oder doch eher das Leben eines anderen verirrten Schneewüstengängers, mit dem ich dann meine Vorräte teilen müsste?

Zurück in der Hütte goss ich mir Suppe in eine Tasse, Brühwürfel in kochendem Wasser, dazu Pasta. Gestern hatte es Bouillon mit Reis gegeben, morgen würde ich es mit getrockneten Erbsen anrichten und als Frühstück, Mittag- und Abendessen einnehmen. Hauptsache heiß und kräftig. Dazu Tee, viel Tee.

Ich setzte mich vor den Ofen. Ich wusste nicht, wo ich war und wie lange ich hier bleiben würde, ich wusste nur, dass kein Lebewesen in der Nähe war, bis auf die Fische im zugefrorenen See hinter der Hütte.

Über 12 000 Quadratkilometer groß war die Gemeinde Sodankylä, hatte ich vor einigen Tagen in einem Tourismusprospekt gelesen, das entsprach knapp 30 Prozent der Fläche der Schweiz. Bewohnt wurde sie aber von weniger als 9000 Menschen. Ich fühlte mich plötzlich noch einsamer.

Trotz allem war mir nicht unwohl; ich genoss es sogar, allein zu sein und schweigen zu können. Nichts fiel mir leichter als das. Natürlich umkreisten meine Gedanken fast ununterbrochen Kaisa und unsere Beziehung, die Liebe, die Lust, die Schuldgefühle. Und Aamu. Natürlich hatte ich gehofft, die emotionalen Wirren, in die ich mich verstrickt hatte, durch ungestörtes Nachdenken auflösen zu können oder zumindest zu verstehen und über die eine oder andere Antwort zu stolpern. Mittlerweile aber zweifelte ich daran.

Dass ich Kaisa liebte, war offensichtlich – ohne aufrichtige Gefühle wäre ich spätestens im November, als die Nacht endgültig über uns kam, aus Finnland geflohen. Hatte sich Kaisa in dieser Phase des finnischen Einnachtens genügend um mich gekümmert? Meine Opfer- und Leidensbereitschaft gebührend gewürdigt? Andererseits – reichte das starrköpfige Ausharren in der finnischen Winterhölle aus? Es hatte mich ja nicht davor bewahrt, mich wiederholt wie ein Idiot zu verhalten, zuletzt in Sodankylä. Dass mein augenfälliges Interesse an Aamu Kaisa verletzen würde, hätte ich wissen müssen. Und doch hatte ich sie und ihre den Winter zum Leuchten bringenden Augen umschwärmt wie eine Motte die Kerze.

Mangelte es mir tatsächlich an Reife, wie mir Kaisa in Sodankylä vorgeworfen hatte, in unserer letzten Auseinandersetzung vor ihrem Verschwinden? Reife. Was auch immer das war und was auch immer es mit Liebe zu tun hatte. Ich hatte Mist gebaut, und nun saß ich tief im Schnee, bis zum Hals sozusagen, und zählte die Tage, für die meine Vorräte reichten.

Ich musterte das Regal: Pasta, Reis, Haferflocken, Brühwürfel, Zucker, Tee, Knäckebrot, Trockenfleisch, Nüsse, Dörrfrüchte. Ein halber Laib Schwarzbrot, das umso besser mundet, je älter es ist. Die Bewegung war mittlerweile automatisch: Ich stand auf und rückte eine Reispackung zurecht, dann schob ich, um der Symmetrie willen, die Packung mit den gedörrten Aprikosen etwas nach links. Ordnen beruhigte.

Reife, so viel (oder so wenig) hatte ich unterdessen herausgefunden, war ein Anagramm von *Eifer*. Das klang etwas streberhaft. Was hatten Strebertum und Eifer schon mit Liebe zu tun? Andererseits war *reif* ein Anagramm von *frei*, das klang schon interessanter – aber frei wovon? Und was hatten Reife, Liebe, Freiheit (und Eifer) gemein? Halfen mir diese sprachtheoretischen Erörterungen weiter? Brachten sie nicht vielmehr unvereinbare Widersprüche zutage? Und – war nicht gerade dieses spitzfindige Argumentieren der beste Beweis für mangelnde Reife?

Zehn Tage würde ich überleben können, vielleicht zwölf, wenn ich bald mit dem Rationieren begann. In meiner Situation war das Essen nicht ganz unwichtig, deshalb schätzte ich meinen Vorrat alle paar Stunden neu ein. Nicht zu vergessen die Rinde der Bäume in der Umgebung und das mehrere Meter unter dem Schnee liegende Moos, mit dem ich bestimmt leckere Süppchen brauen könnte. Vielleicht müsste ich ein Loch ins Eis hacken, um die schlaftrunkenen Barsche aus dem Weiher zu holen. Schokolade und Kekse hatte ich so verstaut, dass sie vor meinem Blick sicher waren. Vierzehn Tage vielleicht. Ich stellte die Aprikosen etwas gerader. Wie dick war wohl die Eisschicht? Angst hatte ich seltsamerweise keine, auch wenn mir meine Lage in diesem nicht enden wollenden Schneesturm aussichtslos vorkam. Ich trug die Schuld an meiner Situation, deshalb akzeptierte ich sie. War womöglich diese Gelassenheit ein Beweis für meinen Tod? Oder die Ruhe vor dem Tod?

Wenn meine Gedanken sich besonders hartnäckig im Kreis drehten, stellte ich mir vor, Corinne wäre hier. Dann übte ich mich in Selbstmitleid, beklagte kleinlaut wie ein geprügelter Hund mein Unglück: Der Winter in Helsinki sei so hart gewesen, niemand hätte mich verstanden, auch Kaisa nicht, und tatsächlich hätte ich mich manchmal gefragt, ob ich mich, wie sie, Corinne, geargwöhnt hatte, im Sommer tatsächlich in Kaisa oder doch nur in einen finnischen Mittsommernachtstraum verliebt hatte – und dann hechelte ich um Verzeihung für meine Blödheit und mein Verhalten in Sodankylä, das wäre wirklich nicht notwendig gewesen.

Corinne lachte mich aus. Das tat gut.

Dann begehrte ich auf: *Reife*, ereiferte ich mich, sei doch nur eine Entwicklungsromanvokabel! Die Gleichsetzung von menschlicher Reife mit Klarheit und Eindeutigkeit in emotionalen Angelegenheiten und damit mit monogamem Verhalten sei bloß ein literarischer Topos, ein dramaturgischer Kunstgriff, um ein alle losen Fäden verknüpfendes und Harmonie verströmendes Ende anzusteuern, eine saubere Auf- und Erlösung also. Das Leben schreibe jedoch andere Geschichten oder besser: Es schreibe meinetwegen die gleichen Geschichten, aber eben anders – und habe die lästige Angewohnheit, uns in viel verzwicktere und widersprüchlichere Situationen zu schubsen.

«Und überhaupt», rief ich aus, mein Schweigegelübde für die Dauer eines Satzes brechend, «hast du ernsthaft den Eindruck, Irmeli sei im Sowohl-als-auch mit ihren zwei Ehemännern unglücklich?»

Einen Moment lang hatte ich den Eindruck, Corinne überzeugt zu haben, denn sie blieb stumm.

«Was genau wäre nicht notwendig gewesen», fragte sie dann. «Dein Flirt mit Aamu? Oder lediglich die Offensichtlichkeit, mit der du sie umwarbst?»

Ich starrte sie an, Verständnislosigkeit heuchelnd.

«Glaubst du wirklich, mit Heimlichtuerei hättest du dir diese Hütte ersparen können? Hättest mit Aamu ins Bett hüpfen und danach mit Kaisa nach Enontekiö weiterziehen können? Einfach so?»

Ich wich ihrem spöttischen Lächeln aus.

«Und Aamu? Findest du, du hast dich ihr gegenüber fair verhalten? Wusstest du überhaupt, was du von ihr wolltest?»

«Es ist ja nichts passiert!»

«Bist du sicher, Frank? Wann und wo beginnt eine Affäre?»

Ich legte meinen Arm um Corinnes nackte Schulter und zog ihren Kopf zu mir.

«Was mache ich hier eigentlich», rief sie aus, «auf dieser Matratze? Nackt? Bedeckt nur von einer kratzenden Wolldecke von fragwürdiger Sauberkeit?»

Tatsächlich: Wir lagen auf meinem Lager, aneinandergekuschelt und uns gegenseitig wärmend. Ich genoss es und sagte es ihr.

«Wirklich, Frank? Hast du nicht schon genug Probleme mit deinen beiden anderen Frauen? Welche Rolle spiele ich hier? Was für eine Phantasie ist das? Solltest du dir nicht besser vorstellen, du teiltest diese Hütte mit Kaisa? Oder allenfalls mit Aamu?»

Oder mit beiden, schoss es mir durch den Kopf.

«Du bist wirklich ein Dummkopf, Frank», sagte sie.

Sie küsste mich, und ich hoffe schon, wir würden … – aber:

«Ich habe hier nichts zu suchen, und schon gar nicht nackt», sagte Corinne, und während sie sich auflöste, fragte sie noch: «Wer ist diese vulgäre Blondine, die du an die Wand gehängt hast?»

Maija Rosberg, wollte ich sagen, mit ihr verbindet mich eine lange Geschichte, sie beginnt an Vappu, in Tuulas Küche … – doch die Hütte war wieder leer und kalt. Ich schob mehr Holz in den Ofen, sofort brannte es lichterloh, eine angenehme Wärmewelle hüllte mich ein. Ich füllte meine Tasse mit Tee, setzte mich an den Tisch, zündete zwei Kerzen an.

Maija Rosberg. Wie schön es war, ihr wieder begegnet zu sein. Sie lag ganz oben in der Kiste mit den Zeitungen und Zeitschriften, die neben dem Ofen stand. Das Lächeln wirkte vertraut, der einen geradezu schwindelerregend tiefen Einblick in ihre Persönlichkeit gewährende Ausschnitt auch, und ich fragte mich, woher ich diese dralle Blondine bloß kannte. Dann erinnerte ich mich: Vappu. Schlaflos in Tuulas Küche. Ich blätterte in genau dieser Ausgabe einer Fernsehzeitschrift und wunderte mich, was diese junge Dame auf ganzen fünf Seiten der Öffentlichkeit zu enthüllen hatte, das nicht schon auf der Titelseite sichtbar wurde, als Kaisa aus dem Schlafzimmer geschlichen kam und wortlos ihre Telefonnummer in Maijas Dekolleté kritzelte. Damit hatten sich auch Maijas voluminöse Wölbungen tief eingeprägt, und deshalb hatte ich mich, als ich die Hütte am ersten Tag nach meiner Ankunft nach Essbarem und anderen Lebensnotwendigkeiten durchsuchte, gleich weniger einsam gefühlt. Seither prangte Maija Rosbergs Ausschnitt an der Wand neben meinem Kopfkissen.

Ich zog den Papierstapel zu mir. Boulevardzeitungen, Revolverblätter, Klatschpostillen, Promigazetten aller Art, bunt und reißerisch. Meine einzige Lektüre. Ich war dankbar für jedes Fitzelchen bedrucktes Papier im Allgemeinen und jede Ansicht einer üppig bebusten Titelblondine im Speziellen, die mich vorübergehend von meiner Situation ablenkten – so konnte ich den finnischen Klatsch des vergangenen Jahres in aller Gründlichkeit aufarbeiten, dafür reichten meine Finnischkenntnisse gerade so aus.

Mit monatelanger Verzögerung verstand ich endlich die Brisanz von Maija Rosbergs Schicksal: *«Pekka on tyhmä ja huono sängyssä!»*, klagte die Schöne in knackigen Lettern auf dem Titelblatt. Verschaukelt sei sie sich von ihrem Pekka vorgekommen, und deshalb verlasse sie ihn nach nur sechs Monaten Ehe: «Pekka ist dumm und schlecht im Bett.» Damit hatte Maija aber noch nicht alle schmutzige Bettwäsche aufgehängt – Pekka, so begründete sie die Trennung mit einem weiteren stichhaltigen Argument, sei überdies arm oder zumindest weniger reich, als sie vor der Heirat angenommen hatte.

Die Geschichten in den anderen Postillen waren von einem ähnlichen Kaliber. Finnland, hatte mir Kaisa erklärt, als ich sie auf die allgegenwärtigen Titelblondinen ansprach, verfüge im Gegensatz zu seinen skandinavischen Nachbarn und Konkurrenten weder über einen Klein- noch einen Großadel, geschweige denn ein Königshaus. Das sei bitter und würde diesem ohnehin nicht mit überschäumendem Selbstbewusstsein gesegneten Volk arge Minderwertigkeitskomplexe bescheren, hätten findige Finnen (vermutlich Zeitungsverleger) nicht die Lösung ihres Problems gefunden: Anstelle von Royals und Weltstars gibt es in Finnland eine gemessen an der Einwohnerzahl beeindruckende Dichte an Stars, Sternchen und Satelliten, Schlagersängern und Busenwundern, die in der Regel nur prominent sind, weil sie prominent sind.

Im Gegensatz zu Kaisa interessierte sich Tuula glühend für diese Prominenz – bestimmt hätte sie mir sagen können, wer Maija Rosberg war und ob sie unterdessen ihr Glück, einen intelligenten und betuchten Sexprotz, gefunden hatte.

Vor einigen Monaten hatte Tuula einmal spätnachts versucht, mich über das Wesen der finnischen Prominenz aufzuklären. Wir standen an der Theke der Corona Bar und beobachteten ein paar Freunde beim Billardspielen. Zwischen lauter Musik, Gläserscheppern und Billardkugelklackern hatte mir Tuula den Lebenslauf des Prototyps der blonden Prominenten ins Ohr gebrabbelt – der sehr blonden und ebenso verschwenderisch ausgestatteten Linda Magdalena Cullberg Lampenius, auch bekannt als Linda Brava, über deren Leben und Affären ich mich dank meines Pressearchivs als Nächstes genauer aufklären lassen wollte.

Klein Linda, so hatte Tuula gelallt, sei an der Sibelius-Akademie vom gefeierten Wunderkind zur diplomierten Soloviolinistin gereift, habe ihre Karriere als «Geigengöttin» mittels Nacktfotos im *Playboy* jedoch dermaßen erfolgreich angeheizt, dass sie ihre Violine seither nur noch für Fotoshootings, Galas in Fürstenpalästen (außerhalb Finnlands natürlich) und Aufnahmen mit hochkarätigen Musikanten wie Céline Dion in die Hände nehmen musste. Das schien zu stimmen – auf den vor mir liegenden Schnappschüssen aus *Seitsemän Päivää* und *Ilta-Sanomat* wirkte die Geige, falls denn überhaupt eine Geige im Bild auftauchte, wie ein Fremdkörper.

Linda hatte, so Tuula, über das Offensichtliche hinaus noch weitere Talente: Sie fahre Auto-Rallyes, modele für Björn Borgs Modelabel und habe zwölf Millionen Flaschen ihres, wie Tuula fand, nicht wirklich schmackhaften Apfelweins *Linda Cider* abgesetzt. Zu guter Letzt ließ sie sich von den vermutlich mehrheitlich männlichen Musikfreunden der Hauptstadt als Abgeordnete der *Schwedischen Volkspartei Finnlands* ins Stadtparlament von Helsinki wählen, wo ihre prominenten, stets von Fotografen umschwirrten Pobacken vier Jahre lang eine gut ausgeleuchtete Hinterbank drückten. Parlamentarische Vorstöße von Lovely Linda seien ihr nicht bekannt, räumte Tuula ein. Vielleicht, so meine Vermutung, hatte sie öde Sitzungen mit fröhlichen Fiedeleien im Playboy-Fummel aufgelockert?

Auch die hiesige Politik bot viel ergötzliche Kurzweil, obschon sie, wie in der Schweiz, eine für gewöhnlich pragmatische, sachbezogene, unideologische, ziemlich reibungslose und vernünftige, also grundsätzlich trockene und langweilige Angelegenheit war. Im Gegensatz zu uns war es den Finnen jedoch gelungen, den Unterhaltungswert ihres Politzirkus' zu erhöhen, indem sie immer wieder durchaus inkompetente, aber politisch possierliche Ex-Missen, Ex-Tangokönige, Ex-Rockstars, Ex-Sportler und dann und wann auch einen undefinierbaren Idioten in die diversen lokalen, regionalen und nationalen Parlamente wählten. Manchmal schaffte eine Ex-Schönheitskönigin oder ein Alt-Sportler sogar den Schritt in eine Regierung.

Ihre Aufgabe war es, die Wählerinnen und Wähler zu unterhalten. So hatte im vergangenen Sommer Timo Mustamäki, ein abgehalfterter Ringer und Parlamentarier für eine Rechtsaußenpartei, das mediale Sommerloch im Alleingang gefüllt und war wochenlang fast täglich auf mindestens einer Titelseite aufgetaucht. An gewisse Schlagzeilen erinnerte ich mich – sie waren mir während unserer Expeditionen zur Straßenkreuzung auf dem Festland aufgefallen, doch hatten weder Kaisa noch ich uns einen Reim auf das ganze Ausmaß des Dramas machen können.

Nun konnte ich es nachlesen: Timo Mustamäki fiel ausnahmsweise nicht durch sein populistisches Poltern gegen Neger und Schwule auf, sondern durch eine Seifenoper, als deren Regisseur und Hauptdarsteller er die Nation in Atem hielt: Alkohol und Medikamente waren im Spiel, Beziehungsprobleme, allerlei psychische Gleichgewichtsstörungen, ein Mord- und anschließend ein Selbstmordversuch. Mustamäki war jedoch auf der ganzen Linie gescheitert – nicht nur seine Freundin hatte überlebt, auch sich selbst hatte er verfehlt. Die Ärzte der Klapsmühle, in die er eingeliefert wurde, behandelten neben seiner Schusswunde auch eine Zirrhose und eine akute Pankreatitis. Trat er von seinem Amt zurück? Mitnichten!

Damit Menschen wie Maija Rosberg und Timo Mustamäki existieren können, benötigen sie Öffentlichkeit. Deshalb diese imposante Anzahl von Revolverblättern und Klatschpostillen, die sich mit grotesken Schlagzeilen über- und mit reißerischen Enthüllungen unterbieten. Sie zeichnen sich nicht nur durch austauschbare Titelblondinen aus, die aussehen wie der Klon der Tittenblondine vom Vortag, sondern auch durch ein unübersichtliches, im Verhältnis zur fortgeschrittenen Digitalisierung des Landes und im Widerspruch zum Kult um das nüchterne finnische Design geradezu bestürzend handgeklebt wirkendes Layout. Ein Ärgernis für Kaisa, deren Arbeit als Gestalterin sich durch Stil, Geschmack, Klasse und … – ach, Kaisa.

Wo war sie wohl? Immer noch in Enontekiö? Wartete sie auf mich?

Ich schob den Zeitschriftenstapel von mir weg. Die finnische Prominenz hatte ihren Auftrag erfüllt und mich ein paar Minuten oder Stunden lang abgelenkt. Ich trat vor das Fenster: Draußen herrschte stockfinstere Nacht. Und es schneite. Stetig und unermüdlich. Wie lange noch? Fünfzehn Tage? Zwei Monate? Irgendwann müssten die Wolken doch leer sein, die Sonnenstrahlen sie aufreißen und eine neue Loipenspur …

Ich trank eine weitere Tasse Tee, kleidete mich an und ging in die Kälte. Minus wie viel? Keine Ahnung. Und doch genoss ich den Schock. Wenn der Gesellschaftsklatsch und sogar Maija Rosbergs Dekolleté ihre Wirkung einbüßten, half nur noch Holzhacken. Und anschließend eine Sauna.

8

Karaoke

(finnisch: Karaoke)

Und es erhob sich ein Keuchen und Schnauben, ein Schimpfen und Fluchen, ein Grunzen und Maunzen und Ächzen, ein Keifen und Schreien, ein Fauchen und Quorren und Rammeln, dass es mir die Lust austrieb.

«Es geht nicht, Kaisa», sagte ich schließlich, «es geht beim besten Willen nicht, nicht bei dem Krach, den die beiden veranstalten.»

Dabei hatten wir unser Zelt vorsichtshalber in etwa hundert Meter Entfernung von ihrem aufgebaut, außerdem trennte uns eine Reihe struppige Büsche.

Kaisa blieb auf mir liegen und seufzte.

«Tuula und Kimmo. Sie sind unglücklich, wenn sie zusammen sind, und unglücklich, wenn sie nicht zusammen sind, und ob sie gerade zusammen sind oder nicht, wissen auch ihre besten Freunde nicht, vermutlich nicht einmal sie selbst.»

«Aber eigentlich passen sie gut zueinander», warf ich ein.

«Manchmal», entgegnete Kaisa, «sind Gegensätze die solidere Grundlage für eine Beziehung.»

Der Reißverschluss des anderen Zelts wurde aufgerissen, Tuula stürmte hinaus und verfluchte Kimmo, der mit einem fetten Rülpser antwortete. Es platschte, offenbar hatte sich Tuula in den See gestürzt – eine dramatische Geste ohne große Wirkung; der See war ausgesprochen seicht. Kimmo folgte. Nun standen beide im Wasser, vermutlich nur knietief, und überhäuften sich mit Vorwürfen und klangmächtig, oder genauer: finnisch polternden und donnernden Schimpfwörtern.

«SAATANAN KUSIPÄÄ!»

«PERKELEEN PASKIAINEN!»

«Praktisches Finnisch», kommentierte Kaisa, «hör gut zu, Frank, nun lernst du den gesamten finnischen Schimpfwörterschatz.»

«HELVETIN KURAHAARA!»

«Das klingt fürwahr beeindruckend.»

«KUSIRUNKKU!»

«Wasser trägt den Klang. Nun haben Tuula und Kimmo die große Bühne, die sie so lieben, einen ganzen See. Das ist ihr Problem: Beide brauchen das Rampenlicht. Gemeinsam wären sie ein unschlagbares Team, aber das verstehen sie nicht. Stattdessen machen sie sich das Rampenlicht streitig.»

«VEDÄ VITTU PÄÄHÄN, PIRUN JAKORASIA!»

Die Auseinandersetzung wurde immer fulminanter und furioser.

«Es fehlen nur das Orchester und der Chor, und wir wären mitten in einem Verdi-Finale.»

«PAINU ÄPÄRÄHINTTI HELVETTIIN! PASKAPUPPELI!»

Kaisa gluckste.

«Die ersten A-cappella-Opernfestspiele vom Sonkajärvi oder an welchem See wir auch immer sind», fügte sie an.

«NO VOI JEESUKSEN PERSEET!»

Vor wenigen Stunden hatten wir Sonkajärvi, eine internationale Sportmetropole mit etwas über 4000 Einwohnern, wegen Kimmo etwas überstürzt verlassen müssen und hatten am erstbesten Strand haltgemacht und unsere Zelte aufgebaut.

«Als Tuula kurz vor Vappu mit dir aufkreuzte», sagte Kaisa,

«hielten wir dich für eine ihrer Eroberungen. Du wärst nicht der erste Ausländer gewesen, der nach einer Tournee von Cranky Crayfish plötzlich in Helsinki auftaucht.»

«Hast du mich auch für ein Groupie gehalten?»

Sie schüttelte den Kopf.

«Ich kenne Tuula gut genug, um zu spüren, dass zwischen euch nichts lief, aber ganz uninteressiert war sie auch nicht.»

«War Kimmo mir gegenüber deshalb so unfreundlich, am Anfang?»

«Kann sein. Andererseits wollte Tuula, du weißt ja, wie klatschsüchtig sie ist, unbedingt wissen, ob sich zwischen uns was anbahnt – deshalb hätte sie uns nach Vappu am liebsten nicht aus den Augen gelassen.»

Tuula und Kimmo planschten im Wasser herum; nun kicherten und lachten sie.

«Was sollen wir mit der angebrochenen Nacht tun?», fragte Kaisa unvermittelt.

«Schlafen vielleicht?»

«Bei dieser permanenten Nachtruhestörung?»

Tuula und Kimmo kehrten in ihr Zelt zurück, und erneut erhob sich ein Grochsen und Girren, Schnurren und Stöhnen, dass es einem geradezu schwummerig wurde.

«Du hast doch bestimmt deine Ohrstöpsel dabei?»

Ich nickte.

«Hast du schon mal Sex mit Ohrstöpseln gehabt?»

Ich verneinte.

Ich kramte sie hervor, wir drückten sie uns in die Ohren, Tuula und Kimmo waren nur noch gedämpft zu hören; wir erlebten ihre Oper nicht mehr aus Logenplätzen, sondern von der dritten Estrade aus, vierte Reihe links.

Aber auch unser Flüstern und Seufzen und Stöhnen drang nur gedämpft und wie aus einer gewissen Distanz zu uns –

als wären unsere Körper und unsere Sinne voneinander getrennt. Umso aufdringlicher und fordernder waren unsere Hände, Lippen und Zungen, härter und schroffer unsere Bewegungen, als ich in sie eindrang – als müssten wir uns unserer Nähe vergewissern und das unangenehme Gefühl der Distanz, das die zu leise eingestellte Tonspur auslöste, kompensieren.

Wir liebten uns, wie Stummfilmschauspieler auf der Leinwand agieren: Geräuschlos, dafür mit einer in Mimik und Gestik übersteigerten Körpersprache, intensiv und unwirklich zugleich.

Das passte bestens zu dieser Reise, auf der nicht immer alles real wirkte, aber immer intensiv war. Kaisa und ich hatten beschlossen, die knapp zwei Wochen vor meiner Rückkehr in die Schweiz für eine Reise durch Finnland zu nutzen, und nun waren wir unterwegs von Sonkajärvi nach Oulu.

In Sonkajärvi hatten wir Kimmo und Tuula von der Weltmeisterschaft im Frauentragen abgeholt. Kimmo, in den Anfängen dieses Wettbewerbs ein nicht ganz erfolgloser Frauenträger mit Legendenstatus – er war angeblich der erste in Skischuhen trainierende Athlet –, hatte dieses Jahr als Kommentator des Wettkampfs und Moderator der Siegerehrung geamtet und mit seiner Ehrenrunde – mit der eher kräftigen Tuula auf dem Rücken – auf dem 253,5 Meter langen, aus Sand, Kies und Grasflächen, zwei Hindernissen und einem einen Meter tiefen Wassergraben bestehenden Parcours für einen Höhepunkt gesorgt. Damit wolle er, hatte er zuvor über die Lautsprecher verkündet, ein Zeichen setzen gegen den 49-Kilo-Magersuchtswahn der ehrgeizigen heutigen Teilnehmer und Teilnehmerinnen. 49 Kilo ist das reglementarisch festgesetzte Mindestgewicht der Frau.

Mit Tuula hatte er keine Chance, auch nur in die Nähe der

Zeit des estnischen Siegerpaars zu kommen – aber das Publikum feierte ihn und die kopfüber auf seinem Rücken hängende und sich mit Armen (um die Taille) und Beinen (um den Hals) an ihm festklammernde Tuula.

Dieser Erfolg war Kimmo zu Kopf gestiegen, denn auf der Party nach der Medaillenübergabe hatte er, ziemlich beschickert, mit der 49 Kilogramm leichten Partnerin des Weltmeisters anzubandeln versucht. Damit hatte er nicht nur Tuula gegen sich aufgebracht.

Ich ahnte Kaisas Wispern mehr, als dass ich es hörte.

«Was ist?»

Ihre Finger klaubten den Ohrstöpsel aus meinem linken Ohr.

Ich hörte sie nun besser – aber auch Tuula und Kimmo, die sich soeben in die vermutlich dritte oder vierte Runde ihres geschlechtlichen Ringkampfs stürzten.

«Dieser freundliche Este, der war echt wütend», kicherte sie.

Offenbar dachte sie an das Gleiche wie ich.

Er solle sich nicht so anstellen, hatte Kimmo ihn angeblafft, auch einem Weltmeister stünde es gut an, die Kultur des Gastgeberlands zu respektieren, ob er denn nicht wisse, dass der Wettbewerb auf die Tradition des in den finnischen Wäldern einst gang und gäben Frauenraubs zurückgehe, und ob er tatsächlich nie vom großartigen Räuber Herkko Rosvo-Rinkainen gehört habe, der alles gestohlen habe, was nicht niet- und nagelfest war, also auch Frauen. Außerdem käme er, der Este, fast jedes Jahr mit einer neuen Partnerin zur Weltmeisterschaft.

«Aber auch der Este war ziemlich angeheitert, als hätte er seine Medaille bereits versoffen.»

Das WM-Gold in Sonkajärvi ist flüssig: Der Weltmeister erhält das Gewicht seiner Partnerin in Bier überreicht. 49 Kilo.

«Wenn Kimmo peinlich ist, dann ist er wirklich peinlich; er kennt keine Grenzen. Deshalb fand ich ihn, als ich ihn noch nicht kannte, eher unangenehm.»

«Das kann ich gut verstehen.»

Ich hatte versucht, Kimmo zu bremsen und vom Weltmeister zu trennen, doch er hatte nur böse geknurrt und mir durch einen gezielten Ellenbogenhieb in die Magengrube zu verstehen gegeben, dass er sich keine Einmischung wünschte.

Dann war er in schallendes Gelächter ausgebrochen, hatte dem verdutzten Weltmeister auf die Schultern gehauen und ihm und seiner Partnerin einen Wodka spendiert. Und noch einen. War auf einen Tisch gesprungen und hatte zu einer pathetischen finnischen Hardrockhymne, die das WM-Zelt erschütterte, den Luftgitarrengott gemimt. Denn das war sein nächstes Ziel.

Dennoch hatte uns die WM-Leitung wenig später den Umschlag mit Kimmos Gage in die Hand gedrückt und uns höflich, aber bestimmt nahegelegt, die Abschlussparty der Weltmeisterschaft zu verlassen, und bitte mit Kimmo.

Ich saß am Steuer von Kimmos altersschwachem Amischlitten. Die Stimmung war unangenehm. Ich hatte kein Auge zugetan, auch die anderen waren übernächtigt, Tuula und Kimmo außerdem übel verkatert und missgelaunt. Streit und Sex hatten die unguten Spannungen offensichtlich nicht gelindert.

Wir fuhren ziellos durch die Gegend. Wald, Wald, ein See, Wald, mehr Wald, ein Bauernhof, zwei Felder, fünfzehn Kühe, ein See, wieder Wald und Wald, See und Wald, darüber Himmel und Wolken – und plötzlich: eine Straßenkreuzung, zwei Supermärkte, eine Bar – ein Ensemble von hinreißender Hässlichkeit. Wir stiegen aus, kauften Piroggen, füllten unseren Wagen mit Benzin und unsere Thermoskanne mit säuerlichem Filterkaffee auf und fuhren weiter: Wald, Wald, See, drei rote Holzhäuser, Wald, Wald.

So ist Finnland: grün und flach, mit dunkelgelben und blauen, oben auch weißen Streifen und Tupfern durchsetzt, schön und idyllisch. Nach ein paar Stunden indes ist eine gewisse Eintönigkeit nicht zu leugnen, zumal auch die Wälder sich ähneln: Monokulturen, also Kiefern-, Fichten- und Birkenfelder sozusagen, schnell hochgezüchtet, um möglichst bald gefällt und zu Pulpe verarbeitet werden zu können.

Kimmo schob eine Kassette ein. Finnischer Hardrock. Nicht gerade meine Lieblingsmusik. Kimmo zuckte dazu mit seinem Kopf, seine linke Hand suchte auf dem imaginären Gitarrenhals nach den richtigen Griffen, während seine rechte auf die Saiten eindrosch. Dabei grimassierte er verzückt und beobachtete sich im Rückspiegel, den er zu sich gedreht hatte. Er trainierte. Es war also unmöglich, die Kassette aus dem Fenster zu schmeißen.

Kimmo war das, was man einen finnischen Modellathleten nennen könnte. Er war nicht nur ein disziplinierter Weltklassebiertrinker und -kaffeesäufer, der dank seines konsequenten Trainings ein augenfälliges Übergewicht aufwies, sondern hatte in den vergangenen Jahren an Weltmeisterschaften in den unterschiedlichsten sportlichen Disziplinen für Furore gesorgt: Als Frauenträger, Handyweitwerfer (Bronze), Gummistiefelweitwerfer, Mückentotschläger (ein vierter Rang) und Schlammfußballer. Auf einem Ameisenhaufen hatte er es nackt und mit bloßem Hintern sensationelle eine Stunde und 57 Minuten ausgehalten, aber am erfolgreichsten war er als Luftgitarrist (einmal Silber, einmal

Bronze, zweimal Vierter) gewesen, und nun plante er fünf Jahre nach seiner letzten Luftgitarren-WM-Teilnahme sein Comeback.

Der Finne ist sportverrückt, und nicht geringer als die Begeisterung ist der Ehrgeiz des Passivsportlers. Allerdings ist in diesem nicht gerade bevölkerungsreichen Land das weltmeisterliche Potenzial in international hart umkämpften Disziplinen wie Skispringen, Motorsport (inkl. Baumfällen mit Motorsägen), Eishockey und Hammerwerfen (inkl. Holzfälleräxte) beschränkt, und der Finne – hier sind die Frauen ausdrücklich nur am Rand mitgemeint – dürstet nach mehr Gelegenheiten, um Siege, Medaillen und Titel mit einem Koskenkorva zu feiern. Aus diesem Grund erfinden die Finnen immer wieder neue Sportarten, in denen sie zum einen das Lokalkolorit ihrer Natur und Kultur zur Schau stellen, zum anderen ihre angeborenen Fähigkeiten nutzen und so von Weltmeistertitel zu Weltmeistertitel eilen.

Deshalb gibt es die Saunaweltmeisterschaft in Heinola, deshalb wurde die Weltmeisterschaft im Eisschwimmen in Jyväskylä erfunden, und deshalb werden auf dem zugefrorenen Inari-See weltmeisterliche Auto-Rallyes mit hohem Crashfaktor ausgetragen; es werden weltmeisterlich Bäume gefällt und Preiselbeeren gepflückt, mit Fäustlingen Darts gespielt, wettkampfmäßig Tango getanzt, Erbsen weit geworfen und gespuckt, Karaoke gesungen und geschwiegen. Kein Finne interessiert sich für die Fußball-WM der FIFA, aber die Mannschaftsaufstellungen und Resultate der Schlammfußball-WM im östlichen Ukkohalla werden in den Bars und den Medien leidenschaftlich diskutiert. Wenn dann, wie im Frauentragen und Luftgitarrespielen, wider Erwarten doch Athleten aus anderen Nationen die Titel gewinnen, wird flugs die nächste Sportart erfunden.

Ein Lastwagen mit russischem Nummernschild keuchte uns seine Abgase ins Gesicht, er rumpelte knapp über der Höchstgeschwindigkeit, also kaum überholbar, vor uns her. Mehr Wald. Noch ein See. Dann und wann ein Schild, das vor Elchen warnte.

Ich bat Kimmo um einen weiteren Kaffee. Unwirsch unterbrach er sein Solo. Wenn Kimmo nicht in den Sportarenen Finnlands seine Show abzog, arbeitete er als Software- oder Sonstwas-Spezialist in einer IT- oder Sonstwas-Firma. Was genau er trieb, habe ich nie begriffen. Vermutlich machte er nichts anderes als viele Finnen seiner Generation, die vom Lockruf von Unternehmen wie Nokia und Sonera verführt ihre Studien abbrachen und sich seither in den zahllosen großen und kleinen IT-Firmen des Landes durch alle Restrukturierungen, Neupositionierungen, Ausverkäufe und Entlassungswellen wurstelten.

«Wer kümmert sich eigentlich um deine Kaninchen?», fragte ihn Kaisa. Kimmo hatte zwei Kaninchen zu Hause, ein weißes und ein schwarzes, Valo und Pimeä, Licht und Dunkelheit.

«Leena.»

«Leena», fauchte Tuula, «die versteht doch nichts von Kaninchen.»

Leena war vermutlich eine von Kimmos zahlreichen Ex-Gespielinnen.

Kimmo ignorierte Tuulas Bemerkung und drehte die Musik lauter; die Gitarren jaulten, der Sänger kreischte, und Kimmo setzte wieder das verzückte Grinsen des professionellen Luftgitarreros auf. Manchmal sah er einfach zu dämlich aus. Aber genau das hatte ich an Kimmo zu schätzen gelernt. Was er machte, zog er ohne Rücksicht auf sich selbst durch und schreckte vor nichts zurück. Offenbar gefiel dies auch nicht wenigen Frauen – trotz fehlenden Charmes im klassischen Sinne war er ein ebenso begeisterter wie begabter und berüchtigter Schürzenjäger. Er brauche, hatte er unlängst behauptet, viele Frauen. Er sei viel unterwegs, und es müsse sich immer jemand um seine Kaninchen kümmern.

Kaisas Versuch zur Konversation war gescheitert, und so schwiegen wir wieder vor uns hin.

«Wrestling?», wisperte Kaisa mir zu, als wir aus dem Auto stiegen. Ich nickte. Wir vertraten uns die Beine und schauten uns um. Diese Straßenkreuzung mitten im Wald war besonders schauerlich. Die Stimmung hatte ihren Tiefpunkt erreicht; seit Stunden hatten wir kein Wort miteinander gesprochen, und ich war ziellos und ohne einen einzigen Blick auf die Karte drauflosgefahren, auf Hauptstraßen und holprigen Waldwegen und immer wieder vorbei an kleinen, verlassen wirkenden Siedlungen und geschlossenen Geschäften, sodass wir keine Ahnung hatten, wo wir gestrandet waren. Irgendwo zwischen Savo, Nordkarelien und Kainuu, vermutete ich, im tiefsten, menschenleeren Finnland.

Wir betraten die hässlichere der zwei Bars, ein abgetakeltes Lokal im unnachahmlichen provinziellen Siebziger-Jahre-Schick, und ich wusste, dass Kaisa versuchen würde, Tuula und Kimmo zu überreden, ihre in Helsinki legendäre Wrestling-Show durchzuziehen, in der Hoffnung, ein ehrlicher, handgreiflicher Zweikampf in der Öffentlichkeit würde die Spannungen endlich lösen.

Ein Apfelwein für Kaisa, Bier für Tuula und Kimmo, mehr Kaffee für mich, echter Kneipenkaffee. Ich war todmüde, gleichzeitig aber von den vielen Litern saurer Plörre aufgekratzt, meine Nerven waren gereizt und angespannt, meine Sinne hellwach. Der Barkeeper, ein schweigsamer Kerl mit gleichgültiger Miene, hager und mit fettigem halblangem Haar, auf dessen T-Shirt ein vollbusiges Pin-up eine mächtige Kettensäge schwang, zuckte nur mit den Schultern, als Tuula und Kimmo ihm ihr Wrestling-Spektakel anpriesen, und so schoben wir ein paar Tische und Stühle zur Seite.

Langsam füllte sich die Kneipe mit bleichen, alterslosen Finnen mit schmierigen oder schütteren Tollen, manche dürr, manche korpulent, manche in verwitterten Jeans und Flanellhemden oder Lederjacken, andere in ausgetragenen Anzügen, gewisse kamen vermutlich direkt aus einem Waldarbeitercamp, andere mit ihren nicht weniger alterslosen und verwitterten Partnerinnen.

Die Kneipe war gut gefüllt, als Kaisa sich vor der Bar auf einen Stuhl stellte.

«Herzlich willkommen, meine sehr verehrten Damen und Herren!»

Routiniert kündigte sie, Kommentatorin und Schiedsrichterin in einem, eine Show der «mythischen Superlative» an, hier im Herzen Finnlands, wo Elias Lönnrot im 19. Jahrhundert von Bauernhof zu Bauernhof gepilgert sei und die alten Kalevala-Gesänge vor dem Verstummen gerettet habe. Ich konnte mir ein Grinsen nicht verkneifen – unsere sommerliche Lektüre wirkte also nach.

«Die elementare Fehde der Götterkinder um Leben, Tod, Donner und Verwesung, der Kampf zwischen des Donnergottes Ukko Sohn und der Tochter Kalmas, der Göttin von Tod und Verwesung!»

Die rund zwanzig still vor sich hin trinkenden Einheimischen starrten desinteressiert in ihre Biergläser und Kaffeetassen. Erst als Kimmo in seinem löchrigen, schwarzen, auf Bauch und Rücken mit einem grellen Blitz geschmückten Ringertrikot und mit einem dunklen, tief über die Augen gezogenen Kopftuch aus der Toilette stürmte und den ersten Urschrei des Abends ausstieß, blickten die ersten Typen mit skeptischer Miene auf.

Dann kam Tuulas Auftritt, wie gewohnt mit viel Sinn für Dramatik zelebriert: Mit einem wuchtigen Fußtritt trat sie die Tür der Bar auf und blieb so lange stehen, bis auch der Hinterletzte seinem Bier untreu wurde und sie anstarrte. In ihrem Trikot, das in den Farbtönen einer etwa zwölf Tage alten Leiche schillerte, sah sie aus wie ein Regenbogen der Verwesung, dazu trug sie, als Kontrast, eine stahlblaue Perücke und grellgrüne Kontaktlinsen.

Sie vergewisserte sich, dass alle sie anschauten, dann bewegte sie sich mit einer Anmut, die man ihr kaum zugetraut hätte, auf den improvisierten Ring zu, reichte mit dem Selbstverständnis einer Diva da einem Trinker die Hand, strich dort einem über die Tolle und stellte sich mit einem anzüglichen Lächeln vor Kimmo.

Kaisa hieß die Kontrahenten, sich die Hände zu reichen, und zählte den Kampf an.

Kalma und Ukko prallten aufeinander, ihre Knochen krachten, und sie stürzten auf den Boden. Es dauerte nicht lange, und die Einheimischen waren aufgestanden und grölten, was das Zeug hielt.

Ich spielte meine übliche Rolle: am Rand der Theke stehen, aufpassen und das Geschehen überblicken, notfalls eingreifen und den Rückzug einleiten. Bisweilen löste das Spektakel archaische Nebenwirkungen aus – es kam vor, dass die Gäste sich einmischten und mitprügeln wollten.

Als Einzigem war mir die kleine Karaoke-Bühne aufgefallen, die in der dunkelsten Ecke der Bar stand, zwischen den Glücksspielautomaten und den Klos. Das einzige Zugeständnis dieser Bar an die Moderne, schmunzelte ich. Karaoke, eine weitere dieser mysteriösen finnischen Vorlieben. Plötzlich sah ich, wie zwei ältere, korpulente Herren die Bar betraten, auf die Karaoke-Bühne zuwankten und sich an der Anlage zu schaffen machten.

Ich beachtete sie nicht weiter. Kimmo knallte Tuula wuchtig auf den Boden und verscherzte sich damit die letzten Sympathien des Publikums. Kein Wunder: In seinem Trikot, das die massigen Umrisse seines Modellathletenkörpers eindrücklich zur Geltung brachte, sah Kimmo wie ein primitiver Schläger aus dem Kalevala oder ein nordkarelischer, also quasi einheimischer Holzfäller aus.

Tuula hingegen war eine Frau mit einer geradezu ambrosischen Aura, deren Kontaktlinsen im matten Licht grün glühten, und die nun laut brüllte. Der berühmte, todbringende Urschrei der Tochter Kalmas.

Die Einheimischen fielen in das Gebrüll ein, mit einem kurzen Blick vergewisserte Kaisa sich meiner Aufmerksamkeit, ich nickte ihr beruhigend zu, ich hielt mich bereit einzugreifen, sollten allzu aufdringliche Kerle Tuula beistehen wollen – als auf einmal Musik erklang. Ein Intro, das mir bekannt vorkam, schepperte aus der Karaoke-Anlage.

Der eine der beiden Herren, elegant im hellen Smoking, stand auf der kleinen Bühne, das Mikrophon nachlässig in der Hand, und begann zu singen. *Hopeinen Kuu* (Silberner Mond), die finnische Version des italienischen Tränendrückers *Guarda Che Luna* und der angeblich schönste finnische Schlager aller Zeiten.

Schlagartig wurde es ruhig. Die Holzfäller drehten sich zur Karaoke-Bühne. Tuula und Kimmo wälzten sich noch ein paar Takte lang auf dem Boden, Kaisa rang verzweifelt um die Aufmerksamkeit des Publikums – doch die hatten wir verloren. Sogar das Gesicht des Barkeepers begann zu leuchten. Der Sänger genoss die Beachtung; er suhlte sich mit seinem warmen Bariton in der Schwermut dieser Edelschnulze – und konnte sich ein glückliches Grinsen nicht verkneifen. Er hatte aber kaum zur zweiten Strophe angesetzt, als er vom anderen, wesentlich fetteren Herrn im lächerlichen weißen Glitterkostüm beiseitegeschubst wurde, nachdem dieser ein paar Tasten auf der Karaoke-Anlage gedrückt hatte.

«Elvis!», schrie jemand verzückt. «Der King!» Es war Kimmo, seine Stimme überschlug sich. «Leute, das ist der King of Rock 'n' Roll!»

Erst dachte ich, nun schnappt er völlig über, aber als *Blue Moon* erklang – kein Zweifel, es war Elvis, Elvis auf der Karaoke-Bühne einer abgetakelten Bar im finnischen Nirgendwo. Kein Imitator, kein Impersonator, sondern: «Elvis!» Er klang wie auf seinen frühesten Aufnahmen; mir lief es kalt den Rücken hinunter.

Auch Elvis konnte seinen Song nicht aussingen. Der andere baute sich vor ihm auf und stimmte *Täysikuu* (Vollmond) an, einer der populärsten Klassiker des finnischen Tangos.

Der Barkeeper setzte die Discokugel in Betrieb, sie drehte sich gemächlich und warf bunte Flecken auf die Wände und den Sänger.

Endlich erkannte ich auch den zweiten Sänger, und ich verstand die Ergriffenheit des Barkeepers.

Es war Olavi Virta. Der großartige, der unerreichte Olavi Virta. Kein anderer Sänger vor und nach ihm berührte die finnische Seele so tief wie er; kein anderer sang, klagte und heulte Trauer, Schmerz und Einsamkeit mit ähnlicher Inbrunst – von ihm interpretiert wurden selbst seichte internationale Schnulzen zu existenziellen Dramen. Er nahm unzählige Tangos auf und Hunderte von Schlagern, und wie Elvis spielte er in Dutzenden von schlechten Filmen und

Musicals mit. Durch seinen ausschweifenden Lebenswandel brachte er, dem immer wieder Roma-Wurzeln nachgesagt wurden, Glamour in die entbehrungsreiche Nachkriegszeit; er erlebte immense Erfolge, legendäre Exzesse und Abstürze ins Bodenlose, er sammelte Cadillacs, Leidenschaften und Depressionen, soff sich zu Tode und starb 1972, verarmt und einsam.

Und dieser Mann stand nun auf der kleinen Karaoke-Bühne und warf sich mit Haut und Haar in den bewegenden Refrain von Täysikuu und schmachtete den Vollmond und die ferne Geliebte an – die harten Jungs und Mädels brachen in Tränen aus. Ich auch.

Olavi Virta und Elvis Presley sangen um die Wette. Die zwei Meistersänger stritten sich, wer die schönere Stimme, wer das bessere Repertoire hatte. Elvis sang *Heartbreak Hotel*, und Olavi weinte mit uns, dann klagte Olavi *Siks oon mä suruinen* (Deshalb bin ich so traurig), und Elvis flennte gerührt. Wenn sie nicht sangen, soffen sie Whiskey und Wodka (Olavi), schluckten bunte Pillen (Elvis), dann gifteten sie sich an, der eine auf Finnisch («Perkele! Jumalauta!») der andere auf Amerikanisch («You ain't nothing but a hounddog!»), um sich wieder zu verbrüdern und sich schluchzend in den Armen zu liegen: «Du bist der Größte von allen!» – «Nein, du bist es!»

Dann stimmten sie ein Duett an, sie croonten *Fever* (*Kuuma*) und schmetterten *Hernandon salaisuus* (*Hernando's Hideaway*), Olavi belcantierte *Punatukkaiselle tytölleni* (An mein rothaariges Mädchen) und zwinkerte mir zu wie an Vappu. Ich schloss Kaisa in meine Arme, und nach einem weiteren Augenzwinkern in unsere Richtung ließ Olavi Virta *Tulisuudelma* (Feurige Küsse) und *Erottamattomat* (Unzertrennlich) folgen. Andere tanzten. Die Männer, die keine

Partnerin hatten, schwoften miteinander, eng geschlossen, Wange an Wange.

Dann prügelten sich die Sänger, Olavi zertrat Elvis' Pillen zu Staub, Elvis zerdepperte Olavis Wodkapulle, dann rockte sich Elvis durch *Blue Suede Shoes*, Olavi beschwörte den orientalisch gefühlsbarocken Pathos von *Itämaista Rakkautta* (Orientalische Liebe), und plötzlich stand Tuula neben der kleinen Bühne, und sang den Refrain mit, wunderschön auch ihre Stimme. Dann sang sie mit Olavi und Elvis *Pieni Sydän* (Kleines Herz), und da ihr Kimmo die Aufmerksamkeit nicht gönnte, stellte er sich auf der anderen Seite der Bühne auf und begleitete die Singenden mit seinem Luftakkordeon.

Und wir – wir standen schweigend da, wir weinten, wir schluchzten – so schöne Musik! Was für Stimmen! –, wir heulten, wir waren traurig und so glücklich zugleich, der Barkeeper schenkte aus, ohne einzukassieren, und Olavi Virta und Elvis Presley sangen sich quer durch ihr Repertoire, stundenlang, bis die Karaoke-Anlage sich mit einem wüsten Röcheln verabschiedete.

Es war nach Mitternacht, als dem Barkeeper Bier, Wodka und Kaffee ausgingen und er uns freundlich vor die Tür stellte. Ich schloss unseren Wagen auf und lehnte mich an seine Kühlerhaube. Kaisa kam auf mich zu, ihr liefen die Tränen über die geröteten Wangen. Sie wollte nicht einsteigen, sie wollte nicht wegfahren, sie wollte hierbleiben, bis ... – und sie warf sich schluchzend in meine Arme. Was für eine Nacht!

Die Einheimischen lungerten vor der Bar herum, auch sie hatten keine Lust, nach Hause zu gehen. Da wankten Olavi und Elvis aus dem Lokal, mit Tuula und Kimmo im Schlepptau, und steuerten auf einen cremefarbenen Cadillac mit der schwungvollen Karosserie und den schnittigen Heckflossen eines Raumschiffs zu.

Wir sollen ihnen folgen, rief uns Tuula schon von weitem zu, glücklich strahlend und heftig gestikulierend. Olavi möchte uns in einen Tanzpavillon einladen, in welchem er früher oft aufgetreten sei, erklärte Kimmo, als er, den Arm zärtlich um Tuula gelegt, vor uns stand.

Der Cadillac bog schon auf die Hauptstraße ein, wir hüpften in unseren Wagen und fuhren ihm nach – und es begann eine wahnwitzige Fahrt. Wir brausten hinter dem Cadillac her, dessen Rücklichter immer wieder in der Dunkelheit zu verschwinden drohten.

«Der ist doch völlig irrsinnig!»

Kimmo hing schlaff im Beifahrersitz und fluchte leise. Ich grinste nur. Natürlich war Olavi völlig irrsinnig. Das hatte er doch schon den ganzen Abend lang bewiesen.

«So schnell zu fahren», murmelte Kimmo, «wo er doch sternhagelvoll ist.»

Ich zuckte mit den Schultern. Ich war glücklicherweise nicht betrunken, aber wegen des vielen Kaffees flatterten meine Nerven und Augenlider.

«Schenk mir noch einen Kaffee ein», bat ich Kimmo.

Kaisa, die vor einer halben Stunde noch laut geflennt hatte, döste auf dem Rücksitz, neben ihr saß Tuula, sie stierte mit leerem Blick aus dem Fenster. Bis auf Kimmo, der leise vor sich hin schimpfte, schwiegen wir alle. Die Ruhe tat uns gut.

Olavi Virtas Liebe für Cadillacs war legendär. Einmal soll er, bezecht im nächtlichen Manhattan, die Scheibe eines Cadillac-Händlers eingeschlagen haben – er wollte nicht den nächsten Tag abwarten, um endlich im neusten Modell herumzukurven.

Eine Stunde und vier Kaffeebecher später fragte ich mich, ob Olavi wusste, wo er war und wohin er fuhr. Ich hatte den

Verdacht, im Kreis herumzufahren, immer wieder dieselben Waldparzellen und Seeufer zu erblicken. Erinnerte sich Olavi wirklich an den Weg? Und warum nahm er den Fuß nie vom Pedal, war dieses furiose Karacho wirklich notwendig?

Ich schloss zum Cadillac auf. Ich hörte Stimmen. Grölende und krakeelende Stimmen. Doch auch so waren diese Stimmen wunderbar.

«Sie werden wohl nie aufhören», murmelte ich.

Niemand hörte mich. Unterdessen war auch Kimmo eingeschlafen. Er schnarchte leise. Ich konzentrierte mich auf die Straße. Meine Hände waren klatschnass, mein Herz raste, meine Augen schmerzten. Ich fuhr mit 130 Sachen durch eine finnische Sommernacht, in einem alten Amischlitten, der an diese Geschwindigkeit nicht gewöhnt war und hinten und vorne ächzte und klapperte.

Plötzlich: ein lauter Knall.

«Perkele, Olavi hat einen Elch gerammt», war ich im Begriff zu denken, doch da blendete mich ein gleißender Lichtstrahl, ich trat die Bremsen durch, die Reifen kreischten, der Wagen schlingerte und krachte ins Unterholz. Ich öffnete die Augen, ich sah nur Licht, gleißendes Licht, und ich glaubte zu sehen, wie sich der Cadillac in diesem Lichtstrahl in die Höhe schraubte, wohin? Ich richtete meinen Blick nach oben, das höllisch helle Licht fraß sich in meine Pupillen, ich schlug mir die Hände vor das Gesicht, und es war mir, als träufelten die schwelgerischen Sphärenharmonien der zwei himmlischen Stimmen noch lange aus dem Licht – – –

Als ich die Augen wieder öffnete, war die Straße leer. Ich stieg aus dem Wagen und schritt die Stelle ab, wo der Lichtstrahl den Cadillac erfasst hatte. Keine Spur vom Wagen.

Nichts. Es war sehr still. Kein Laut. Kein Windhauch in den Blättern. Kein Auto. Der Himmel war leer.

«Habt ihr das gesehen?», fragte ich, als ich mich wieder in unseren Wagen setzte. Sie pennten. Nur Kaisa wachte kurz auf, lächelte mich lieb an und schlief wieder ein. Ich zitterte noch immer am ganzen Körper, als ich den Wagen in Gang setzte. Die Sonne ging auf. Ich kroch auf der Straße voran, der Motor machte ein ungewohntes Geräusch; vielleicht war beim Unfall etwas kaputtgegangen.

Eine gute Stunde später erwachte Kimmo. Dann Tuula.

«Wo sind wir?»

Ich zuckte mit den Schultern.

«Wir haben sie verloren.»

«Wen haben wir verloren?» Das war Tuula.

«Olavi Virta und Elvis Presley.»

«Ha! Ha!», Kimmo schnaubte amüsiert, «Elvis!»

«Ja, Elvis! Du warst es doch, der ihn als Erster erkannt hat!»

«Das war doch nur ein Scherz!»

«Vermutlich sind sie von Außerirdischen entführt worden», fuhr ich unbeirrt fort.

«Wer ist von Außerirdischen entführt worden?»

«Olavi Virta und Elvis Presley.»

«Was ist mit dir los, Frank?», fragte Kaisa. «Bist du sauer, dass wir schliefen, während du fahren musstest?»

«Nein, überhaupt nicht, ich erzähle euch ja nur …»

«Mann, kamala krapula! Was für ein Kater!», unterbrach mich Kimmo.

«Und ich erst!», stöhnte Tuula. «Was war gestern eigentlich los?»

«Das versuche ich euch schon die ganze Zeit zu erzählen, verdammt noch mal.» Ich wurde nun doch langsam sauer. «Wir waren in einer Bar, ihr habt gewrestlet, dann kamen

Olavi Virta und Elvis Presley und sangen Karaoke. Du hast sie begleitet, Tuula, und du spieltest Luftakkordeon, Kimmo, und auf dem Weg zu einem Tanzpavillon wurden sie, vermute ich mal, von Außerirdischen entführt oder so etwas, es war jedenfalls gleißend hell, schmerzhaft hell, und der Cadillac …»

«Was für ein Scheiß!», fielen sie mir ins Wort und grinsten gutgelaunt.

Ich schwieg.

Was hätte ich auch sagen können?

Beim Frühstück in der Raststätte einer Tankstelle versuchte ich noch einmal zu erzählen, was geschehen war, doch die anderen hörten nicht zu. Sie erinnerten sich nur noch sehr vage an eine Bar. Sie habe nur zum Scherz mitgegrölt, erwiderte Tuula auf Kimmos Sticheleien, aus Mitleid für die zwei peinlichen Sänger. Und er, verteidigte sich Kimmo, habe schlicht und einfach die Gelegenheit zum Trainieren genutzt, in vier Tagen beginne schließlich die Luftgitarrenweltmeisterschaft. Ohnehin werde er von nun an in jeder Bar und vor jedem Publikum Luftgitarre spielen, auch an Tankstellen, vor Supermärkten und auf der Straße. Nur mit Not überredeten wir ihn, uns diese Unannehmlichkeit zumindest in dieser frühen Morgenstunde zu ersparen.

Alles andere aber, die Fahrt durch die Nacht, der Unfall, das Licht, die Sphärenmusik, hatte der Alkohol ertränkt. Weggespült. Ausgelöscht. Kimmo beklagte sich über die Kratzer im Lack seines Wagens und über den Motorschaden, ob ich denn nicht vorsichtiger hätte fahren können. Und Kaisa funkelte mich genervt an, als ich den Olavi-Virta-Doppelgänger an Vappu erwähnte.

Ich gab auf und brach in ein lautes, nervöses Gelächter aus, um meine Geschichte als Scherz abzutun. Ich trank meinen Kaffee aus. Mein Magen brannte, er war offensichtlich übersäuert, und mir war übel. Wieder zitterte ich am ganzen Körper.

«Was ist los, Frank», erkundigte sich Kaisa, «du bist ja ganz weiß?!»

Ich erhob mich – und schaffte es noch gerade rechtzeitig zur Toilette.

Die nächsten Tage verliefen ohne Zwischenfälle. Wir fuhren gemütlich in der Gegend herum, besichtigten alte Holzkirchen, ein orthodoxes Kloster, dessen bärtige, in schwarze Kutten gewandete Mönche bedrohlich wirkten wie finnische Death-Metaller, kuriose kleine Museen, von denen mir ein Motorsägen- und ein Holzfällermuseum am besten gefielen; wir kauften unser Essen in den malerischen Läden kleiner Dörfer, aus denen alle erwerbsfähigen Menschen unter sechzig geflüchtet waren, pflückten Pilze und Preiselbeeren, badeten in kühlen Seen, und einmal fanden wir in der Nähe eines Sommerhäuschens eine unverschlossene Sauna und konnten dieser Einladung zum wilden Saunieren nicht widerstehen.

Wir fuhren an der Grenze zu Russland entlang und bestiegen den Koli, den höchsten Berg südlich von Lappland, ein heiliges, mythologisch aufgeladenes und hunderttausendfach abgemaltes Stück Natur. Als ich die nur wenige Schritte vom grässlich überdimensionierten Bergrestaurant in den Felsen gerammte Holztafel erblickte, die stolz die Höhe des Gipfels verkündete (347 Meter), verkniff ich mir jede spöttische Bemerkung.

«Ein nationales Symbol», hatte mich Kaisa beim Aufstieg vorgewarnt, «von dessen Gipfel einst Verbrecher in den Tod geschubst wurden.»

Wir genossen das Panorama, und ich spürte, wie viel es

Kaisa, Tuula und Kimmo bedeutete, die finnische Seen- und Waldlandschaft ausnahmsweise einmal von oben zu betrachten.

Ein kühler Windstoß fegte über den flachen Felsgipfel des nach dem Donnergott benannten Gipfel Ukko-Koli, und ich fragte mich, ob dies wohl einer der mächtigen Geister war, die angeblich hier hausten.

«In vorchristlicher Zeit», sagte Kimmo, «war der Koli eine Opferstätte.»

Ein Berg mit vielen Aufgaben, dachte ich, als ich mich für ein Gipfelfoto neben die Höhentafel stellte, in einem berglosen Land ist das nicht anders zu erwarten.

Andererseits, bei uns ist das ganz ähnlich – auf dem Luzerner Hausberg Pilatus haust bekanntlich nicht nur ein Drache, es wurde dort auch heilsame Mondmilch gefunden und abgebaut, am Rand der Dominikhöhle befördert der versteinerte Sankt Dominikus diejenigen, die ihm falsche Namen zurufen, noch im selben Jahr in den Tod – und nicht zuletzt sorgt die ruhelose Seele des namengebenden Pontius' für Unwetter.

«Soviel ich weiß, sind die Berge in der Schweiz höher», sagte Kimmo plötzlich.

«Ja, ein bisschen», erwiderte ich. «Dafür ist Finnland acht Mal größer als die Schweiz.»

«Das ist relativ. Hätten die Gletscher, die vor zehntausend Jahren Finnland flachgewalzt haben, auch die Schweizer Berge ausgerollt, wäre die Schweiz bestimmt ebenso groß wie Finnland.»

Die Vorstellung war reizvoll. Was wäre aus uns geworden, wären wir nicht in unseren engen Tälern aufgewachsen, sondern in der leeren Weite? Wir jammern über die Enge, in der jeder Blick aufgehalten und gebrochen und dafür jedes

Geräusch durch das Echo vervielfacht wird – aber wären wir glücklicher in der Leere und der Stille? Hätten wir nicht Angst vor der Offenheit in alle Richtungen? Andererseits: Ist der Blick von einem Berggipfel nicht viel freier und weitsichtiger als in einem flachen Land ohne echte Erhebung?

Und die Finnen? Was wäre aus ihnen geworden, hätten sie sich in den Schweizer Bergtälern verkrochen? Ihr gespanntes Verhältnis zu einem gebirgigen Land bringt ihre Sprache zum Ausdruck: *Helvetti* bedeutet nicht, wie man vermuten könnte, *Helvetien*, sondern *Hölle*.

Mal abgesehen von den geographischen und sprachlichen Unterschieden gab es, wie ich fand, durchaus heimliche Verwandtschaften zwischen Finnland und der Schweiz: Beide waren nicht gerade bedeutende Länder, das eine am geographischen, das andere am politischen Rand Europas gelegen, die sich nicht durch ein ausgeprägtes Selbstbewusstsein auszeichneten. Das glichen die Finnen allerdings – im Gegensatz zu meinen Landsleuten – durch ihre ausgeprägte Selbstironie aus. Als ein amerikanisches Nachrichtenmagazin Finnland vor der Schweiz zum Land mit der höchsten Lebensqualität ausrief, gerieten die Finnen in Panik.

«Das kann doch nicht sein!», riefen sie aus. «Das ist unmöglich!»

Eine finnische Zeitung überprüfte die Studie und wies nach, dass die Amerikaner sich verrechnet hatten: Tatsächlich war Finnland nur die Nummer zwei, knapp hinter der Schweiz. Die Welt war wieder im Lot, die Finnen atmeten auf.

Die Stimmung war jetzt friedlich und entspannt. Die Exzesse und der Irrsinn der letzten Tage hatten uns erschöpft und alle Spannungen ausgelöscht. Wir genossen die gemeinsame Reise, wir waren nett und rücksichtsvoll zueinander, wir redeten und lachten viel über alles und nichts, und immer wieder gurrten Tuula und Kimmo zärtlich wie Turteltäubchen, Kaisa und ich sowieso.

Deshalb waren wir geradezu bekümmert, als wir in Oulu einfuhren. Tuula und Kimmo stiegen vor dem WM-Zentrum aus, holten ihre Reisetaschen aus dem Kofferraum, und Kimmo erklärte uns den Weg zur Autowerkstatt, als er von zwei jungen Männern unterbrochen wurde.

«Bist du Kimmo Hellström?»

Kimmo nickte, etwas verwundert.

«DER Kimmo Hellström?»

Ein glückliches Strahlen zog über Kimmos Gesicht, als er erneut nickte.

«Wir sind Fans», sagte der mutigere der beiden Jungen, «könnten wir ein Autogramm haben?»

Kimmo zögerte, leicht verwirrt, ein paar Sekunden lang, dann setzte er sich in einer betont coolen Weise die Sonnenbrille auf, zündete sich eine imaginäre Zigarette an, klaubte einen imaginären Kugelschreiber aus der Innentasche seiner Jeansjacke, riss ein unsichtbares Blatt Papier aus einem nicht existierenden Notizblock und malte mit großzügigen Gesten seine Unterschrift in die Luft – und überreichte das Autogramm seinen Fans. Diese waren zunächst etwas verdutzt – bis der eine begriff, dem anderen den Ellenbogen in die Seite stieß, das Blatt Papier zusammenfaltete und einsteckte: «Ein echter Hellström!»

Kaisa und ich fuhren los. Problemlos fanden wir die auf alte amerikanische Autos spezialisierte Garage am Stadtrand Oulus. Dann gingen wir zum Busbahnhof. Wir hatten beschlossen, auf die Luftgitarren-WM zu verzichten und stattdessen die letzten Tage vor meinem Rückflug in die Schweiz in Lappland zu verbringen.

9

Ruska

(finnisch: Herbströte)

«Und du hast tatsächlich behauptet, in Lappland gäbe es nichts.»

«Nun …», druckste Kaisa herum.

Das typische südfinnische Vorurteil.

Die meisten Finnen denken über Lappland, was die meisten Mitteleuropäer über Finnland denken: eine Region irgendwo hoch im Norden, abgelegen, kühl, ein bisschen rückständig, ein bisschen primitiv, von Mücken und Rentieren verseucht und von seltsamen und maulfaulen Menschen bevölkert. Die meisten Mitteleuropäer zieht es nicht nach Finnland – die wenigsten Finnen überqueren den Polarkreis freiwillig, außer im Winter zum Langlaufen, wenn Lappland unsichtbar unter einer dicken Schneedecke liegt. Aber sie irren sich, sowohl die Finnland meidenden Mitteleuropäer als auch die Lappland meidenden Finnen.

«Wenn ich mir das so ansehe, Kaisa, benötige ich nichts Weiteres zu meinem Glück.»

Wir saßen eng aneinandergeschmiegt auf einer Hügelkuppe, inmitten eines Meers aus roten, gelben, orangen, violetten, braunen und grünen Farben. Während die südlich ausgerichteten Hänge noch sommerlich grün leuchteten, überflutete die Herbströte bereits die von der Sonne abgewandten Nordhänge und die flachen Täler zwischen den Gipfeln. Brandrot glühten Heidekraut und Beerensträucher, und auf diese Grundierung setzten knorrige Bäume leuchtende Tupfer: dunkelgelb die Birken, rotbraun die Espen und vielfarbig, von Grün bis Scharlachrot schillernd die Ebereschen, hie und da überragt, wie Gischt über einem bewegten Meer, von einem nackten Felsen.

«Die Sauna ist bereit!», rief uns eine Frau zu. «Frauen zuerst.»

Das befreite Kaisa von der Pflicht, ihre Meinung von Lappland weiter zu begründen. Sie drückte mir einen leichten Kuss auf die Lippen und hüpfte zur Wildnishütte hinunter, wo wir uns, mit anderen Wanderern, für die Nacht einquartiert hatten.

Ich atmete tief durch, ohne meinen Blick vom Naturschauspiel abzuwenden. Seit zwei Tagen wanderten wir gemächlich durch den Pallas-Yllästunturi-Nationalpark im Nordwesten Lapplands, auf schmalen, mit meterhohen Stangen markierten Pfaden, die sich durch die von den schweren Eismassen der letzten Eiszeit abgeschliffenen und ausgewalzten Landschaft wanden und sich dann und wann über einen Gipfel krümmten, der sich in einer weich gezeichneten Kurve aus den sich ebenso weich zwischen den Hügeln räkelnden Tälern und Ebenen erhob.

Anfänglich machte ich mich über die Erhebungen, die hier Berge genannt werden, lustig – doch damit hörte ich auf, als ich merkte, wie selbst bescheidene Höhenunterschiede Kaisa zu schaffen machten. Sie war eine echte Flachländerin, ihre Beine waren nicht für Aufstiege gemacht, doch sie quälte sich tapfer in meinem Schlepptau über Höhen und Niederungen. Wie würde es ihr, fragte ich mich, in der Schweiz ergehen?

In einer guten Woche würde ich zurückfliegen. Was dann? Wir bemühten uns, meine Abreise nicht anzusprechen. Wie sah unsere Zukunft aus? Eine Fernbeziehung? Die Distanz zwischen Finnland und der Schweiz war zu groß, um eine

Wochenendbeziehung zu erlauben. Würde aber ein Wochenende pro Monat ausreichen? 48 oder 72 Stunden lang Sex, unterbrochen von vier Wochen E-Mails und Telefongesprächen?

Vermutlich war es das Klügste, uns zu trennen – am besten in einer Woche, im Flughafen, am Gate.

Ich starrte in den im milden Abendlicht immer intensiver glühenden Farbenrausch, bis es vor meinen Augen flimmerte und mich ein leichtes Schwindelgefühl durchflirrte. Für einen kurzen Augenblick war mein Kopf völlig leer – bis auf ein paar Verse aus einem berühmten Tango, *On Elon Retki Näin* (So ist die Reise des Lebens):

Der kurze Sommer verblüht, der Herbst verschließt die Türe
zum Glück.
Genieße deshalb das Leben, wenn du am Morgen das Glück
an deiner Seite siehst;
noch ehe du es gewahr wirst, dämmert der Abend, und das
Glück ist verblüht.
So ist die Reise des Lebens.

Stimmte das? Folgten auf die Euphorie des kurzen Sommers unweigerlich der Verlust im Herbst und die lange Trauer, der metaphorische Tod im dunklen Winter? Erlebten wir gerade unsere Herbströte? Ein letztes, trotziges Aufbäumen, leidenschaftlich glühend – ehe Herbst und Winter das Feuer unter einer dicken Schneeschicht erstickten …

«Sauna ist bereit!»

Nun waren die Männer an der Reihe.

Ich rieb mir, noch immer von der Herbströte geblendet, die Augen, als könnte dies meine Sinne ausnüchtern.

Eigentlich wusste ich schon lange, was ich wollte, Tango

hin oder her: in Finnland bleiben. Das war's doch, ganz simpel und selbstverständlich. Womöglich, sagte ich mir, als ich sitzen blieb, um meinen Entschluss noch ein paar Minuten lang ungestört zu genießen, womöglich hatte ich ihn schon lange gefasst, so fühlte es sich jedenfalls an, aber offenbar hatte ich mich bis jetzt nicht getraut, es mir einzugestehen.

Die Dämmerung legte ihren bläulichen Schleier über die *Ruska*, als ich mich erhob und zur Hütte ging. Ich fühlte mich so leicht und gelassen wie schon lange nicht mehr, zumal der Moment noch nicht gekommen war, mich mit den praktischen Konsequenzen dieses Entscheids zu beschäftigen.

«Und? Wie findest du Finnland?»

Vier Männer starrten mich erwartungsvoll an, der fünfte zwinkerte mir zu, vermutlich ein Ausländer, der das Begrüßungsritual bereits hinter sich hatte. Ich wartete, bis der Wasseraufguss verdampft war.

«Oh», sagte ich dann mit einem herzlichen Lächeln, «ich könnte mir problemlos vorstellen, nach Finnland zu ziehen.»

«Wirklich?»

In ihren Augen war diese Antwort wohl etwas zu dick aufgetragen, denn sie musterten mich mit einem gewissen Argwohn.

«Wirklich!», betonte ich.

Ein weiterer Wasseraufguss ersparte mir die Fortsetzung dieser Diskussion, und wir konnten uns den essenziellen Gesprächsgegenständen widmen: Der nahenden finnischen Hammerwurfmeisterschaft, aber auch der Formel 1, dem Rallye-Weltcup, Motorradrennen, den Aussichten Nokias an den internationalen Börsen und der finnischen Athleten in der kommenden Wintersaison. Zahlreiche Sauna-Männerrunden hatten mich zum Fachmann gemacht, sodass ich dank geschickten Einwerfens relevanter Namen, Resultate und anderer Fakten mithalten konnte, als wäre ich einer der ihren. Erst als wir auch die vor- und hinterletzten Aspekte dieser Themen von allen Seiten beleuchtet hatten, verließen wir die Sauna.

Eine Männersauna dauert stets länger als notwendig, da kein finnischer Mann als Erster aufgeben und Gefahr laufen will, als Lausaunierer zu gelten. Diesem Wettkampf darf sich auch der integrationswillige Fremde nicht entziehen, will er von den Einheimischen respektiert werden. Die Frauen haben sich damit längst abgefunden; sie hatten die Kinder bereits gefüttert und das Essen warm gestellt.

Es war zu kühl, um draußen zu sitzen, deshalb aßen wir am langen Tisch, der die Hütte in einen Koch- und einen Schlafbereich trennte. Gewöhnlich kocht jede Gruppe ihre eigenen Mahlzeiten, an diesem Abend jedoch hatten alle ein paar Handvoll unterschiedliche Teigwaren zu einem Pastaeintopf beigesteuert; dazu gab's eine frische Pilzsoße und Fleischbälle. Die Stimmung war gesellig; gesprochen wurde das übliche Gemisch aus Finnisch, Englisch und Deutsch, da auch ein Paar aus Deutschland und eine englisch-finnische Familie am Tisch saßen. Zum Nachtisch gab's Kekse und Schokolade, dazu Tee, es wurde spät, und ich hatte keine Gelegenheit, Kaisa meinen Entschluss mitzuteilen. Ich muss allerdings gestrahlt haben wie ein Dämlack, denn mehrmals ertappte ich Kaisa, wie sie mich besorgt musterte.

Ich hätte ihr meinen Antrag auf eine zumindest mittelfristige gemeinsame Zukunft während eines einsamen Spaziergangs unter dem lappländischen Zweidrittelmond unterbreiten können, doch zog ich es vor, ihr noch nichts zu sagen. Ich genoss es, etwas zu wissen, das sie noch nicht wusste.

Deshalb schwieg ich auch, als wir uns endlich auf unserer

Matratze aneinanderkuschelten, zumal auf diesem zweistöckigen Massenlager links, rechts und unter uns die anderen Hüttengäste schnauften und schnarchten und die Nacht ihres intimen Potenzials beraubten – außerdem hatten wir nicht genügend Ohrstöpsel für unsere Hüttengenossen dabei.

Der Regen weckte mich am frühen Morgen; er prasselte so heftig auf das Dach, dass ich nicht wieder in den Schlaf zurückfand. Es war noch dunkel, und trotz der vielen Leiber war die Hütte stark abgekühlt. Ich blieb liegen und starrte an die Decke. Altes, verlebtes Holz, von Rauch und Kerzenlicht geschwärzt, von körperlichen Ausdünstungen speckig, von der Kälte zerrissen und von Liebespaaren mit Herzen und Daten verziert. In Finnland bleiben? Mit Kaisa? Ich suchte ihre Hand, doch sie hatte sich bis zur Nasenspitze in ihren Schlafsack eingemummelt. Sie seufzte leise; das tat sie oft, beim Schlafen leise Laute ausstoßen, als wäre sie ein kleines Tier; ich fand das unwiderstehlich und küsste ihre Nasenspitze.

Ich fachte das Feuer im Holzofen an und setzte Wasser auf; dann trat ich trotz des Regens vor die Hütte und rieb mich am Brunnen mit kaltem Quellwasser ab. Noch hatte der Morgen die Nacht nicht ganz vertrieben, dementsprechend düster war die Stimmung. Die schweren Wolken hingen knapp über dem Hüttendach und hüllten selbst den Felsbrocken ein, auf dem wir gestern gesessen hatten, der Pfad verlor sich schon nach wenigen Dutzend Metern im dichten Nebel, und die gestern noch glühenden Farben schimmerten matt, bräunlich und grau. Dazu regnete es mit größter Entschlossenheit, als sollte Lappland noch weiter abgetragen oder zumindest die Herbströte weggespült werden.

Kaffee und Tee standen auf dem Tisch, als ich die Hütte wieder betrat; es wurde gefrühstückt, einige machten sich aufbruchsbereit, andere zögerten noch. Trotz der morgendlichen Geschäftigkeit war es ruhig, kaum jemand sprach, bis auf die Engländerin, Jessica hieß sie, die ihre widerspenstigen Kinder anzukleiden versuchte. Ich füllte zwei Tassen mit Tee und setzte mich zu Kaisa, die noch im Schlafsack lag und das Treiben beobachtete.

«Kalt, grau und nass, garstig», beantwortete ich ihren fragenden Blick.

«Was sollen wir machen?»

«Wir haben keinen Zeitdruck», stellte Kaisa fest.

Ich nickte.

«Außerdem sind wir nicht gut genug für diesen Regen ausgerüstet.»

Die Hütte leerte sich. Wir sahen zu, wie die Wandergruppen nacheinander im Regen und im Nebel verschwanden. Nur die finnobritische Familie entschied sich wie wir zum Ausharren im Schutz der Hütte, auch sie in der Hoffnung, das Wetter würde im Lauf des Tages aufklaren.

Das Wetter wurde nicht besser. Die Stimmung auch nicht. Die Hütte war eng, und nachdem sich die beiden Kinder auf dem Matratzenlager ausgetobt hatten, wurden sie ungeduldig und quengelten, keiften und stritten sich.

Kaisa und ich zogen unsere Regenjacken über und setzten uns auf die Bank vor der Hütte, im Schutz des Vordachs. Das Plätschern, Trommeln, Gluckern und Rauschen des Wassers übertönte das Geschrei der Kinder.

«Ich habe nachgedacht, Kaisa», hob ich an – und brach ab. Ich traute mich nicht weiter.

«Nachgedacht? Wirklich?»

Schwang da Spott mit?

«Gestern fand die Qualifikation statt», sagte ich, um einfach etwas zu sagen. «Ob es Kimmo wohl geschafft hat?»

Kaisa zuckte mit den Schultern.

«Soll ich Tuula anrufen?»

Ich schüttelte den Kopf. Wir hatten Tuula und Kimmo vor vier Tagen verlassen, aber sie schienen so weit entfernt zu sein, und ich wollte doch über etwas ganz anderes reden. Aber hier? Im Regen?

Ich zog Kaisa an mich und küsste sie.

Als wir in die Hütte zurückkehrten, saß die Familie am Tisch; alle trugen einen kleinen, mit Druckbuchstaben beschrifteten Zettel auf der Stirn.

«Spielt doch mit», forderte uns Jessica auf. «Wir spielen ‹Wer bin ich?›.»

Wir holten uns Tee und setzten uns.

«Der Mitspieler zur Rechten schreibt den Namen einer lebenden, toten oder fiktiven Persönlichkeit auf einen Zettel und klebt ihn auf eure Stirn. Ihr müsst durch Fragen herausfinden, wer ihr seid.»

«Die Fragen», erklärte der Junge ernsthaft, «müssen mit Ja oder Nein beantwortet werden können.»

«Und wenn eine Frage mit Nein beantwortet wird», ergänzte ich, ich kannte das Spiel, hatte es aber seit Jahren nicht mehr gespielt, «kommt der Nächste dran. Wollen wir mitspielen, Kaisa?»

«Gerne.»

Jessica malte einen Namen auf einen Zettel, pappte ihn mit einem Stück Heftpflaster auf Kaisas Stirn und reichte ihr Papier und Stift. Kaisa blickte mich nachdenklich an, dann schrieb sie, nicht ohne ein leises Schmunzeln, etwas auf den Zettel.

«Bin ich ein Mann?»

Der Vater, Ville, begann, seine Kinder nickten eifrig.

«Lebe ich noch?»

«Ja!»

«Lebe ich in Europa?»

Zurückhaltende Zustimmung.

«Lebe ich in Finnland?»

Ein johlendes Nein – und die Reihe war am Sohn, Matti, den der Zettel als Harry Potter auswies.

Ville und Jessica, das hatten wir am gestrigen Abend erfahren, hatten sich während seines Auslandssemesters in London kennengelernt und lebten nun in Bristol. Sie waren Mitte dreißig, sie war Lehrerin, er Dozent für Informatik. Matti war fünf, ihre Tochter Hanna war sieben, beide sprachen leidlich gut Finnisch. Seit gestern interessierte mich das natürlich, die Zweisprachigkeit von Kindern.

«Du bist dran, Frank!»

Auch Kaisa war in der ersten Runde nicht sonderlich weit gekommen – sie war Tarja Halonen, eine ehemalige Präsidentin Finnlands.

«Bin ich männlich?»

«Ja.»

Wen sah Kaisa wohl in mir? Knifflige Frage.

«Bin ich … weiß?»

Diese Frage löste bei den Kindern große Heiterkeit aus.

«Bin ich ein Finne?»

«Ja, das kann man so sagen.»

«Hmm. Lebe ich noch?»

Zögerndes Kopfschütteln der Kinder.

«Nein», entschied Jessica, «du lebst nicht.»

Nun war die Reihe an Hanna, sie war Aschenputtel, doch bereits nach ihrer ersten Frage, ob sie ein Tier sei, war ihre Runde beendet.

Während der Vater sich nach und nach Wayne Rooney näherte und Matti herausfand, dass er eine fiktive Figur war, überlegte ich mir, wen Kaisa in mir sah, was sie vielleicht in mir vermisste, oder ob sie sich über mich lustig machen wollte. Männlich, finnisch, weiß, nicht mehr am Leben – wer kam in Frage? Urho Kekkonen? Matti Pellonpää? Olavi Virta? Oder etwa – und schon war ich wieder an der Reihe.

«Bin ich eine fiktive Figur?»

«Ja.»

«Lebe ich in einem phantastischen Land?»

Zustimmendes Nicken.

Meine Vermutung erhärtete sich.

«Ich bin natürlich ein virtuoser Kantelespieler», behauptete ich siegesgewiss.

«Was spielst du?», fragte Matti.

«Die Kantele», erklärte Ville, «ist ein altes finnisches Instrument. Eine Art Zither.»

«Was ist eine Zither?», fragte Hanna.

«Nein», sagte Kaisa spöttisch, «du spielst keine Kantele, nicht dass ich wüsste.»

Also nicht Väinämöinen. Aber wer sonst, wenn nicht Väinämöinen?

Hanna biss sich die Zähne an Aschenputtel aus, Ville verpasste Wayne Rooney nur knapp, aber es wirkte wie Absicht; vermutlich spielt man so mit Kindern, sagte ich mir, man lässt sie gewinnen, ohne dass sie es merken. Matti hatte kein Problem mehr mit Harry Potter, Jessica mühte sich weiterhin mit Madonna ab, Kaisa entlarvte Tarja Halonen – und ich?

«Ich bin kein menschliches Wesen.»

Richtig.

«Ich bin kein Tier.»

Auch das traf zu.

«Bin ich Mumin?»

Die Kinder quietschten vor Vergnügen.

Die richtige Antwort herausgefunden zu haben, löste in mir jedoch kein Triumphgefühl aus. Während Hanna Aschenputtel noch immer nicht auf die Schliche kam und von Matti gehänselt wurde, fragte ich mich, was eine Finnin ihrem Liebsten bedeuten will, wenn sie ihn als Mumin bezeichnet. War das ein Kosename? Oder ein spöttischer Spitzname?

Mumin war zwar liebenswürdig und rührend, neugierig und manchmal erstaunlich mutig, aber er war auch unförmig, naiv und tollpatschig und zu Selbstzweifeln und Schwermut neigend – also nicht wirklich eine Figur, mit der man sich identifizieren möchte. Und wenn ich Mumin war – war Kaisa dann Snorkfräulein, Mumins launische Freundin, die seine Liebe nie mit der von ihm erhofften Verbindlichkeit erwidert, sondern ihre großen Augen gerne auch auf andere Männer richtet?

«Dummerjan», flüsterte mir Kaisa zu; sie ahnte, was in mir vorging.

«Ich liebe die Mumins», schwärmte Jessica, als das Spiel zu Ende war, «sie sind so drollig.»

Kaisa und Ville nickten. Die Mumins sind ein kulturelles Heiligtum Finnlands, allgegenwärtig und von allen geliebt, von Kindern ebenso wie von Erwachsenen.

«Das stimmt», entgegnete ich, «andererseits kommt mir Mumintal seit diesem Sommer gar nicht mehr so phantastisch vor, sondern eher, nun, realistisch.»

«Realistisch? Wie meinst du das?», fragte Ville.

«Ist nicht auch Finnland surreal und phantastisch? Schaut euch doch mal um, diese Herbströte, das ist doch nicht real. Die nicht enden wollenden Tage im Sommer, die weißen

Nächte, in denen alles möglich zu sein scheint … Und die Herbststürme, denen man auf kleinen Inseln ausgesetzt ist? Wenn ihr mich fragt, ist Mumintal eine ziemlich naturalistische Beschreibung Finnlands.»

Ville wiegte den Kopf nachdenklich hin und her.

«Und die Dichte an schrulligen Charakteren und eigenwilligen Persönlichkeiten», fuhr ich fort, «ist in Finnland höher als anderswo – und alle spielen verrückt, sobald der Sommer beginnt. Genau wie in Mumintal! Deshalb liebt ihr die Mumins so innig – ihr erkennt euch in dieser Welt wieder.»

«So habe ich das noch nie betrachtet», brummte Ville, «aber du könntest recht haben.»

«Einen großen Unterschied gibt es allerdings», widersprach Kaisa. «Die Mumins halten Winterschlaf. Wir nicht. Wir müssen mehr oder weniger wach und bei Bewusstsein durch den Winter …»

Ville lachte trocken, es klang wie ein Husten.

«Übrigens, Kaisa», brach es aus mir heraus, «ich bleibe hier.»

«Natürlich bleiben wir hier; solange es regnet, sitzen wir hier fest.»

«Du verstehst mich falsch: Ich werde in Finnland bleiben.»

Kaisa blickte mich entgeistert an.

«Oder in Mumintal, wenn dir das lieber ist.»

«Das ist ja wunderbar!», rief Jessica aus.

Ville grinste.

Kaisa schwieg.

«Ich bin hungrig», maulte Matti.

«Ich auch», sagte Hanna.

«Sauna?», fragte ich.

«Du wählst kuriose Momente aus für wichtige Ankündigungen», wisperte Kaisa mir ins Ohr, als wir im Bett lagen. Wir hatten gegessen, sauniert, am frühen Nachmittag waren die ersten Wanderer eingetroffen, der Regen hatte erst gegen Abend nachgelassen, und die Hütte roch unangenehm nach nassen Kleidern. Kaisa hatte kein Wort gesprochen, und ich fand mich damit ab, in ein paar Tagen das Flugzeug in die Schweiz zu besteigen.

«Es tut mir leid, es ist vermutlich eine dumme Idee …»

«Eine dumme Idee? Quatsch! Mir war es nur peinlich, vor den anderen damit überrumpelt zu werden.»

«Du …»

«Natürlich!»

«Was?»

«Ich möchte, dass du bleibst, Frank. Spür doch, wie mein Herz schlägt.»

Ich legte meine Hand auf ihre Brust; ihr Herz schlug schnell und fest.

«Ich bin überglücklich, aufgeregt und auch ein bisschen bange, aber überglücklich; etwas Schöneres hättest du mir nicht sagen können. Auch wenn du nicht weißt, worauf du dich einlässt …»

«Ich kenne dich gut genug, Kaisa.»

«Mich vielleicht, aber nicht den finnischen Winter.»

Sie drehte sich auf die Seite und kuschelte sich an mich. Sie lag nackt unter der Decke, auf ihrem Schlafsack.

«Wollen wir?»

«Aber doch nicht hier!»

«Wo denn sonst?»

«Und die anderen? Und die Kinder?»

«Betrachte es als Übung.»

«Als was?»

«Im Mökki werden wir auch im selben Raum mit unseren Kindern schlafen. Ich hoffe jedenfalls, dass wir dann auch noch miteinander schlafen werden.»

Wir liebten uns. Langsam und kinderfreundlich leise. Stundenlang dauerte es, so fühlte es sich jedenfalls an, und als wir endlich kamen, war es, als explodierte die Herbströte in meinem Kopf.

Ich vermute, wir schlossen kein Auge, bis die Kinder uns am frühen Morgen aufschreckten.

Was hatte Kaisa bloß mit Mumin gemeint?

Schade, dass sie nicht fragte, woran ich dachte. Das tun finnische Frauen nach dem Sex offenbar nicht. Normalerweise fand ich das sehr angenehm – heute aber hätte ich die Frage ausnahmsweise gerne und sogar ehrlich beantwortet.

Mitten in der Kür sei eine Saite gerissen, flüsterte uns Tuula zu, als sie vor ihrem Hotel in Oulu in den Wagen stieg. Kimmo war noch am Pinkeln.

«Was?», fragte Kaisa.

«Eine Saite.»

Auch ich verstand nicht ganz. War dies metaphorisch zu verstehen? Bezog sich das auf Kimmos Zustand, oder hatte der Luftsaitenriss zu seiner Show gehört?

«Und dann?», fragte ich einfach.

«Kimmo ist ausgerastet und hat seine Gitarre an den Lautsprechern zertrümmert.»

«Und dann?», fragte Kaisa.

«Er wurde disqualifiziert, bereits in der Vorrunde, und seither ist er in einer Schweinelaune.»

Kimmo tauchte auf dem Gehsteig auf.

«Es ist besser, ihr sprecht die WM gar nicht an.»

Kimmo warf seine Reisetasche in den Kofferraum, musterte kritisch die ausgebeulte und frisch gestrichene Karosserie seines Gefährts und stieg ein; er begrüßte uns mit einem kurzen Kopfnicken.

Ich warf den Motor an, und bald hatten wir Oulu verlassen. Kimmo schmiss eine CD von *22-Pistepirkko* ein und stellte die Lautstärke genau so ein, dass ihr rumpelnder, mit windschiefen Mollmelodien verbrämter Rock 'n' Roll zwar nicht aufdringlich laut wirkte, in Kombination mit dem Klappern des Autos jedoch jegliches Gespräch übertönte. Er war offensichtlich völlig verkatert, dünstete penetrante Alkoholdämpfe aus und wollte nicht reden; er zog seine Lapin-Kulta-Baseballkappe über die Augen und starrte aus dem Seitenfenster.

Knapp drei Stunden später, kurz vor Kokkola, hielt ich auf Kimmos Geheiß an einer Tankstelle. Der Wagen brauche Sprit, sagte er, und er eine Toilette und zwei Bier. Kaum hatte ich angehalten, stieg er aus dem Wagen, ging zum Shop und verschwand hinter den dunklen Glastüren, die sich hinter ihm zuschoben. Das sollte das letzte Mal sein, dass wir Kimmo sahen.

Nachdem ich den Tank aufgefüllt hatte, parkte ich den Wagen auf dem weitläufigen Gelände und ging zum Zahlen in den Shop. Weil Kimmo weder dort noch in der Raststätte war, suchte ich die Toiletten auf der anderen Seite des Gebäudes auf. Sie waren leer.

Verwundert kehrte ich in den Laden zurück und fragte die junge Kassiererin, die gelangweilt und kaugummikauend in einer Zeitschrift blätterte, ob sie meinen Freund gesehen habe, einen stämmigen jungen Mann, unrasiert, in einem schwarzen T-Shirt und mit einer Baseballkappe, der sich vermutlich mit Bier eingedeckt habe. Sie ließ eine riesige Kaugummiblase zerplatzen und schüttelte den Kopf.

Eine gewisse Unruhe befiel mich; ich eilte zum Wagen zurück, aber auch da war Kimmo nicht wieder aufgetaucht.

«Wartet hier», wies ich Tuula und Kaisa an und lief zu den Zapfsäulen zurück, weiter zur Autowaschanlage, zum Lastwagenparkplatz, ich umrundete das Reifendepot und den Schuppen mit den Gasflaschen. Kein Kimmo. Er blieb wie vom Erdboden verschluckt.

Zurück im Tankstellenshop fiel mein Blick auf die Boulevardzeitungen *Ilta-Sanomat* und *Iltalehti*: Olavi Virta grinste mich von den Titeln beider Blätter an, neben ihm ein Bild seines völlig zertrümmerten Wagens. Mit zitternden Händen zog ich die Zeitungen aus dem Gestell und überflog die Artikel. Wenn mich mein rudimentäres Finnisch nicht trog, wurde vor wenigen Tagen auf einer Schotterpiste in Nordkarelien, nahe bei der russischen Grenze, ein cremefarbiger Cadillac, ein 59er-Eldorado, gefunden, der vermutlich in einen Elch gekracht war.

Das Besondere an diesem an sich alltäglichen Unfall: Laut einem Olavi-Virta-Experten handelte es sich allem Anschein nach um Virtas Lieblingsauto, das er nicht einmal in Zeiten bitterer Armut veräußert hatte.

Wie kam dieser Cadillac an diese Stelle?, fragten die Zeitungen. Was war mit den Insassen passiert? Und wo war der Elch abgeblieben?

Ich kaufte die Zeitungen, steckte sie aber unter mein Hemd, dann überquerte und umrundete ich den Parkplatz noch einmal, doch Kimmo hatte sich in Luft aufgelöst.

10

Lumimyrsky

(finnisch: Schneesturm)

Ein lautes Knacken schreckte mich auf, und ich benötigte ein paar Sekunden, um mir zu vergegenwärtigen, wo ich saß. In einer Sauna. In Lappland. Im Winter.

Die Kerze im Fenster flackerte nervös, das Feuer im Saunaofen war erloschen, die Holzkohle glühte nur noch, die Hitze verflüchtigte sich, und der sich abkühlende Saunaofen ächzte. Ich füllte ihn mit Holz, und als die ersten Flammen aus der Glut züngelten und gierig an den Scheiten leckten, trat ich vor die Sauna – und sank knöcheltief in frischem Schnee ein.

Es war dunkel. Es war totenstill. Es schneite. Immer noch. Dicke weiße Schneeflocken, sie schwebten ruhig und beharrlich auf die Erde.

Lapplands Reize? Die ich in Sodankylä noch so schwärmerisch gerühmt hatte? Zugedeckt und eingemoppelt waren sie, nicht so sehr vom Schnee als von den tiefliegenden, schneeschweren Wolken, die jegliches Aufklaren verhinderten, sodass sich das nächtliche Schwarz jeweils ein paar Stunden lang zu einem freudlosen Dunkelgrau verschmierte. Und das seit drei, vier, vielleicht fünf Tagen, so genau wusste ich es nicht, zu gleichförmig waren die Tage und Nächte – ich hatte jegliches Zeitgefühl verloren. Selbst der Schnee wirkte trübe – vermutlich hätten nicht einmal Aamus Augen Licht und Glanz ins Zwielicht gebracht.

Es war schier unmöglich, mir vorzustellen, wie diese

Landschaft noch vor einigen Monaten ausgesehen hatte, diese sanft gewölbten und von der Herbströte aufreizend geschminkten Rundungen, die sich wellenartig bis zum Horizont fortsetzten. An so einem Ort hatte sich der Entschluss, in Finnland zu bleiben, aufgedrängt – und nun war alles ganz anders: Alles lag unter einer schweren Schneedecke, und der Nebel und das Schneetreiben beschränkten die Sichtgrenze auf wenige Meter. Und Kaisa – weit weg.

Still war es, beklemmend still. Selbst mein Husten verschluckte der Schnee, alles hüllte er in Watte, nichts hallte wider, auch die Stille war matt und eng, nicht einmal der lauteste Schrei vermochte sie aufzureißen. Ich hatte es versucht, und weil mich hier bis auf ein paar scheue Schneehasen niemand hörte, hatte ich mich sogar getraut zu jodeln und zu joiken oder was ich darunter verstand. Vergeblich. Es klang kraft- und farblos.

Ich kam nicht umhin, mich dann und wann zu fragen, ob ich nicht vielleicht doch tot war, neben dem Wegweiser zu Jussis Bar im Schnee erfroren und nun im Wartesaal zur Ewigkeit meines weiteren Schicksals harrend …

Ehe die eisige Luft sich in meine dampfenden Poren fraß, schmiss ich mich in den Schnee; ich rollte herum, rieb mich mit dem weißen Pulver ein; ich spürte, wie das Blut zunächst stockte und dann mit wuchtigem Zug weiterströmte, heiß und schnell. Ich kriegte kaum genug von der klirrenden Kälte, ich rollte weiter, grub mich ein, und es kam mir vor, als würde ich in den weichen weißen Sommerwolken über dem See baden, weit über der Erde, fern von allem, frei.

Plötzlich jedoch durchfuhr mich eisiger Schrecken: Wo stand die Sauna? Wo die Hütte? Die fetten Flocken hüllten mich ein, verklebten Mund, Nase und Augen, und wegen der tiefen Wolken war die Nacht pechschwarz. Ich sah gar nichts mehr, kaum einen Meter weit, und erinnerte mich an all die Horrorgeschichten von Abenteurern und anderen Pechvögeln, die sich in einem Schneesturm verirrten und nur wenige Meter von der rettenden Wärme entfernt erfroren.

Panik und Eiseskälte froren meine Denkfähigkeit ein; hilflos lag ich im Schnee, splitternackt und schlotternd, verdampft war die Saunahitze, nun drang die Kälte ungehindert in mich ein und kroch Zentimeter um Zentimeter zu meinem Herzen.

Langsam erhob ich mich auf alle viere, wischte mir den Schnee vom Gesicht – und erblickte meine Spuren. Natürlich! Ganz so dicht, dass er sie bereits zugedeckt hätte, war der Schneefall nicht. Erleichtert kroch ich zurück, bald erblickte ich das Kerzenlicht im kleinen Saunafenster, wenig später zog ich die Tür hinter mir zu, legte mich auf die oberste Bank und wartete am ganzen Körper zitternd darauf, dass die Hitze ihre Wirkung tat.

Langsam beruhigte ich mich. Aber die Panik steckte noch in den Knochen. Ich nahm vor, das Gelände rund um die Hütte nicht mehr zu verlassen, egal was geschah, und immer in Sichtweite der Hütte zu bleiben. Das hatte ich nun gelernt.

Das bedeutete, dass ich warten musste, bis jemand kam. Wie lange noch? Vor einigen Tagen hatte ich noch auf ein Pistenfahrzeug gehofft, das mich mitnehmen würde, wohin auch immer. Auch diese Hoffnung hatte der Schnee mittlerweile erstickt. Und mittlerweile begann ich die Hoffnung auf ein Ende des Schneesturms aufzugeben. Vielleicht würde er tatsächlich nie mehr aufhören. So fühlte es sich jedenfalls an.

11

Seksiä saunassa

(finnisch: Sex in der Sauna)

«Wann kehrst du in die Schweiz zurück?»

Diese Frage, keineswegs als verkappte Aufforderung zum Verlassen des Landes gemeint, sondern freundlich und mit echter Neugierde gestellt, hörte ich zum ersten Mal, ahnte aber sogleich, dass sie den Dauerbrenner «Und wie gefällt dir Finnland?» ablösen würde.

«Ich kehre nicht zurück», sagte ich zu Heikki und legte ein Stück geräucherten Barsch auf eine Scheibe Schwarzbrot. «Ich bleibe hier.»

Der Rauchgeschmack war kräftiger als bei unseren Sommerhausbarschen, das Fleisch dafür weniger frisch, seine Textur mürber, an der Grenze zum Schlabbrigen.

«Du wirst …?»

«Hier überwintern, ja.»

Heikki, ein Kleinverleger mit verwegenem Vollbart und spiegelglatter Glatze, grinste, als hätte ich einen guten Scherz gemacht. Er trank einen Schluck Bier und setzte sich wieder auf seinen Liegestuhl. Ich bedeckte die Brotscheibe mit einem weiteren Stück Barsch.

Die Frauen waren am Schwitzen; im Vorraum der kleinen, im Untergeschoss eines Bürogebäudes eingebauten Sauna, die Kirsi für unsere Party zum Sommerende gemietet hatte, lümmelten nur Männer herum, sieben oder acht Typen aus unserem Bekanntenkreis, in Badehosen oder mit einem ausgeblichenen Badetuch um die Lenden.

Eero, ein langer, magerer Kerl mit einem Vogelgesicht, der als Tontechniker beim Rundfunk arbeitete, suchte unter den saunaeigenen CDs vergeblich nach brauchbarer Musik, Axa, der Besitzer eines Secondhand-Platten- und Comicladens in Kallio, stellte seinen Dackelbauch und seine opulenten Tätowierungen von Seeungeheuern zur Schau und zappte zwischen den fünf Fernsehsendern hin und her. Die anderen rekelten sich auf den Sofas und Lehnstühlen, wühlten in den Resten unseres Picknicks nach Essbarem und tranken Bier, *Salmiakkikossu* und *Fisu*, zwei von Jyrki zur Feier des Tages selbst gebraute Gesöffe, von denen ich mit gehöriger Vorsicht gekostet hatte.

Die Finnen lieben Wodka, das ist bekannt. Am liebsten trinken sie die einheimische Variante Koskenkorva, kurz zu Kossu verniedlicht. Noch verrückter sind sie nach Salmiak und Lakritz in allen denkbaren Geschmacksrichtungen, Kauqualitäten und Farben. So ist eigentlich nur verwunderlich, dass erst in den frühen neunziger Jahren ein Finne eine halbleere Koskenkorva-Flasche mit Lakritz auffüllte und stehen ließ, bis sich der Lakritz im Alkohol aufgelöst hatte. Fertig war der Salmiakki Koskenkorva, liebevoll auch *Salmiakkikossu* genannt: schwarz, süß und klebrig. Die finnische, also höherprozentige Version mitteleuropäischer Alkopops, längst auch im Laden zu erwerben, aber am besten, so Jyrki, immer noch selber gemixt, mit der Lakritzsorte *Turkinpippuri* (Türkisch Pfeffer). *Fisu* ist sozusagen die Version für Fortgeschrittene. Die Grundingredienz ist dieselbe, Koskenkorva, doch statt Lakritz nimmt man *Fisherman's Friend.*

Meine Freunde unterhielten sich über den Sommer und ihre größten Anglererfolge, über Sportresultate und die anstehenden kulturellen Veranstaltungen – mein Finnisch reichte gerade aus, um Bruchstücke aufzunehmen. Es störte mich nicht; ich hielt mich etwas abseits, mit Jyrki, der Einzige im Bademantel, einem verwaschenen Frottélappen mit selbst aufgedrucktem Totenkopfmotiv, mit dem er seinen Bauchansatz zu verbergen hoffte.

Jyrki war zu einem guten Freund geworden. Unter seinem unscheinbaren und schüchternen Äußeren versteckte sich ein offener und meistens gutgelaunter Typ, der mich immer wieder mit seinem lakonischen Humor überrumpelte – oft wusste ich nicht, woran ich mit ihm war. Jyrki war Maler und Illustrator; im Sommer malte er einsame Winterlandschaften, und im Winter verdiente er seinen Lebensunterhalt hauptsächlich mit Animationen für die Wettervorhersagen eines privaten Fernsehsenders. Ich liebte seine Bilder; ihre Beschwörung der winterlichen Stille und Farben – ich hatte ihm das Gemälde einer mitten im Wald stehenden Skisprungschanze abgekauft und in Kaisas Arbeitszimmer aufgehängt.

«In Finnland überwintern, freiwillig», hörte ich Heikki den anderen sagen, feixend, als wäre es der Witz des Tages.

Nach unserer Rückkehr aus Lappland hatte ich mich in Kaisas Wohnung eingenistet und ließ mich durch die Stadt treiben, zu Fuß oder auf dem Fahrrad, allein oder mit Kaisa, häufig auch mit Jyrki.

Ich bewunderte die bourgeoisen Jugendstilhäuser in den Vierteln, die an den Kaivopuisto grenzten, ich bestaunte die fabrikähnlichen Backsteinfassaden in Töölö, die tristen Wohnkasernen im Arbeiterquartier Kallio, das romantische, zwischen den Hauptverkehrsadern Mäkelänkatu und Hämeentie eingeklemmte Holzhausviertel. War mir nach touristischem Glamour, schlenderte ich auf der parkähnlichen Flaniermeile Esplanadi zum Hafen, kaufte auf dem Marktplatz etwas zu essen, das ich am Hafen selber oder auf der weiten Treppe vor dem kitschig weißen Dom mit den graugrünen Kuppeln verdrückte.

Am tiefsten aber berührte mich die Schönheit im Hässlichen, die öden Orte, an denen Helsinki so reich ist. Jyrki schien sie alle zu kennen, viele hatte er offenbar gemalt und fotografiert, und er entpuppte sich als kenntnisreicher und höchst unterhaltsamer Stadtführer. Gemeinsam wanderten wir endlos aneinandergereihte, ausdruckslose Fassaden ohne Balkone ab, picknickten in vor Langeweile gähnenden Innenhöfen, latschten vorbei an den gesichtslosen Supermarktfilialen und den allgegenwärtigen Kioski mit ihren schreierischen Zeitungsaushängen, die alle Straßenecken verunstalteten. Dazwischen blickten wir durch verstaubte Schaufenster in Buchantiquariate und Trödelläden, die so aussahen, als seien sie seit den siebziger Jahren nicht mehr betreten worden. Ebenso alt wirkten die ausgebleichten Fotos in den Friseurläden, noch antiquierter die Typographie der Neoninsignien vieler Restaurants, Quartierkneipen und kleinen Läden.

Regnete es, betraten wir eine der immer seltener werdenden Dünnbierkneipen. Das sind Trinkhallen, in denen nur Bier mit einem geringen Alkoholgehalt, 4,5 Prozent, sogenanntes Dünn- oder Mittelbier, ausgeschenkt werden darf. Auch da entpuppte sich Jyrki als Kenner. Unsere Lieblingskneipe, eine kleine Bierschwemme in Kallio, war ein Ausbund an Tristesse. Eine braune Kunstholzverschalung sollte Heimeligkeit suggerieren, doch diesem Eindruck widersprachen das zweckmäßige Kunststoffmobiliar und der leicht abwaschbare Boden aus Keramikplatten. Auf dem Bildschirm liefen in der Regel Rallye-Wiederholungen oder die schönsten Sprünge Matti Nykänens in einer Endlosschlaufe, aus den Lautsprechern troffen sentimentale finnische Schlager und Rockballaden, und vor den Biergläsern saßen traurige Männer und Frauen, die in das blasse Gelb ihres niedrigprozentigen Gebräus stierten.

Je mehr ich von Helsinki sah, desto mehr gefiel mir diese Stadt. Die Schönheit Helsinkis ist apart und eigenwillig, sein Charme spröde und zurückhaltend. Helsinki prahlt und protzt nicht und biedert sich nicht an – Helsinki hat Charakter.

Und: Helsinki vibrierte. Nach den Sommermonaten, in denen das kulturelle und gesellschaftliche Leben in den Städten zum Erliegen kommt und in Form von Festivals aller Art in die Provinz ausgelagert wird, war mächtig was los, Konzerte und Ausstellungseröffnungen, Film-, Comic- und andere Festivals, begierig aufgesogen von Menschen, die unter dem sommerlichen Kulturentzug gelitten hatten.

Es fiel mir zwar auf, dass je länger, je mehr vom Winter geredet wurde, und ich hatte den Eindruck, dass nicht wenige bereits Überlebensstrategien und Flucht- und andere Pläne ausheckten – aber nichts lag mir ferner als das; ich genoss den Moment, ich genoss das Leben mit Kaisa und fühlte mich in Helsinki pudelwohl.

Heute hatten wir uns am späten Nachmittag im Kaivopuisto-Park zum Picknick eingefunden – im selben Park, in dem wir fünf Monate zuvor Vappu gefeiert hatten.

Es war der 22. September, ein herrlicher Herbsttag. Ich hatte Kaisa und Kirsi im Atelier abgeholt, wo sie Kirsis erste retrospektive Ausstellung in einem Museum in Tampere vorbereiteten, für die Kaisa die Gestaltung entwickelte.

«Dieses Picknick mit anschließender Sauna ist in unserem Freundeskreis eine Tradition», erklärte Kaisa auf dem Weg zum Park. «Wir nehmen endgültig Abschied vom Sommer und den hellen Monaten.»

«Ab morgen», seufzte Kirsi, die wie immer ganz in Schwarz gekleidet war, ihre Fotokamera aber ausnahmsweise im Atelier gelassen hatte, «sind die Nächte länger als die Tage; wir verlieren ganze sechs Minuten Sonnenlicht pro Tag. Drei Minuten am Morgen, drei Minuten am Abend. Einfach weg! Verschluckt!»

Die nahende Dunkelheit zu verdrängen fiel uns leicht. Die frühen Abendstunden waren hell, heller noch als im Sommer, weil das Sonnenlicht herbstlich bleich blendete. Auch der Himmel erstrahlte in einem heiteren Blau, und die Wolken leuchteten weiß. Der Wind jedoch, der sie vom tiefblauen Meer über die Stadt trieb, war kühl.

Trotzdem trugen die meisten leichte Stoffe und kurze Ärmel, Jyrki war sogar in Bermudas mit Hawaiimuster und Sandalen aufgekreuzt, und die Frauen stellten noch einmal ihre reizendsten Sommerkleider zur Schau. Kaisa war besonders entzückend, ihre rötlich gefärbten Haare glühten wie das Laub in den Bäumen, ihre Augen funkelten wie der Herbsthimmel, ihre Gesten wirkten schwerelos wie die Wolken – und sie trug das Kleid, das sie schon an Vappu geziert hatte.

Damals hatten wir mit unsaisonal leichter Kleidung den Sommer angelockt – nun klammerten wir uns in unsaisonal leichter Kleidung, aber nicht ganz ohne Wehmut an unseren Erinnerungen fest und ignorierten hartnäckig unsere Gänsehaut. Bis uns ein plötzlicher Regenschauer kurz vor 19 Uhr in die Sauna trieb.

«Frank, gibt's bei euch eigentlich auch Saunen?»

Jyrkis Frage verwunderte mich, sind doch die Finnen stolz

auf ihren wichtigsten, wenn nicht einzigen zivilisatorischen Beitrag zur Weltkultur und mittlerweile weitgereist genug, um sachkundig über die fremdländischen Saunasitten spotten zu können.

«Selbstverständlich», nickte ich, «heutzutage kann man in jedem Baumarkt Saunen zum Selberbauen kaufen, sie passen garantiert in jedes Kellerabteil und jeden Schrebergarten, und es gibt keine Wellnessoase ohne Sauna.»

Die anderen schauten aufmerksam auf. Sauna – ein Thema, das alle Finnen etwas angeht, über das jeder etwas zu erzählen hat und über das sie besonders gerne mit einem Ausländer fachsimpeln, debattieren und philosophieren, bis der Ofen kalt und die Flaschen leer sind.

«Und wie sind die so», mischte sich Heikki mit einem süffisanten Grinsen ein, «die Saunen in der Schweiz?»

«Ich weiß nicht. Ich gehe zu Hause so gut wie nie in die Sauna.»

«Nein? Magst du die Sauna etwa nicht?»

«Doch, sehr, aber ...»

«Aber?»

«Das ist eine lange Geschichte.»

Sie schauten mich erwartungsvoll an. Keine Saunageschichte ist zu lang.

«Nun», hob ich an, «zum ersten Mal habe ich eine Sauna im Sexheft der Eltern eines Schulkameraden gesehen: Bänke voller Männlein und Weiblein, alle splitterfasernackt und verschwitzt glänzend. So war auch der Ruf der Sauna: schmuddelig und anrüchig. Schließlich waren freie Liebe und Partnertausch modern, und in der Sauna am Rande unseres Wohnviertels wurden, so munkelten meine Eltern, an gewissen Abenden nur Männer eingelassen. Die Sauna, so viel war mir klar, war eine verruchte Stätte für hemmungslose Paarungen und viehische Sexorgien, und das war nichts für mich.»

Verdutzte Gesichter. Das hatte ich beabsichtigt. Ich verlängerte meine Kunstpause, indem ich die letzten Barschreste aus den Gräten pulte und von der Haut kratzte.

«Ja, ja, Sex und Sauna waren geradezu synonym», fuhr ich fort. «Deshalb fand ich diese Fotos in Zeitschriften und Reiseprospekten, die das moderne nordische Familienleben propagierten, suspekt, geradezu abartig. Die Kleinfamilie in der Sauna, Vater, Mutter, Tochter und Sohn, alle blond, glücklich, nackt und in der Hitze glänzend. Meine Eltern habe ich nicht mehr nackt gesehen, seit ich ein Bewusstsein für solcherlei Dinge entwickelt habe. Aber bei euch scheint das normal gewesen zu sein, die ganze Familie nackt in der Sauna?»

Eine rhetorische Frage, die sie mit Nicken und Schulterzucken beantworteten, nur Heikki warf ein «Was soll denn daran falsch sein?» ein, während ich die Haut und die Gräten des Barsches in die Alufolie einwickelte und im Müllbeutel entsorgte.

«Nichts ist falsch daran, aber diese trauten Saunafamilien … – nun, damals waren Kindsmissbrauch und Inzest noch kein öffentliches Thema, aber die Frage, was in diesen schummrigen und heißen Höhlen im hohen Norden getrieben wurde, drängte sich natürlich auf. Was ging wirklich ab in Bullerbü? Ein abgelegener Weiler, drei Familien, viele Kinder. Was für schlüpfrige Spiele wurden hinter der Fassade der Landidylle gespielt? Ich wäre nicht überrascht, gäbe es nordische Softpornostreifen mit Titeln wie: *Mittsommersexsaunanacht im Mumintal*, oder *Reisigschläge auf Pippis Popo!* Und, bis heute Kult in Swingerclubs, *Sodom und Bullerbü*.»

«Kimmo!», unterbrach uns Eero. Eero war der große

Schweiger, manchmal verbrachte er einen ganzen Abend in unserer Gesellschaft, ohne ein Wort zu sagen. Deshalb erschrak man, wenn er den Mund öffnete und eine oder zwei Silben ausstieß, zumal er eine tief dröhnende Stimme hatte – es wirkte wie ein Notfall oder die Ankündigung einer Katastrophe. «Im Fernsehen!»

Tatsächlich. Ein privater Sender strahlte eine Reportage über Kimmos Verschwinden aus.

Ein paar Tage nach unserer Rückkehr in Helsinki waren Kirsi und Jyrki nach Kokkola gefahren, hatten allen und jedem Fotos von Kimmo unter die Nase gehalten, Plakate aufgehängt und in der Regionalzeitung zwei Wochen lang Vermisstenanzeigen geschaltet. Ohne Resultat.

Familie, fanden wir bald heraus, hatte Kimmo kaum; seine Eltern waren kurz vor seinem fünften Geburtstag bei einem Autounfall ums Leben gekommen, und er war zusammen mit seiner Schwester bei seiner Großmutter in Joensuu aufgewachsen. Diese war vor einem halben Jahr gestorben; seine Schwester lebte in Dänemark.

Dafür hatte Kimmo umso mehr Bekannte, und alle schienen nach ihm zu suchen – aber niemand hatte ihn gesehen. Zwei reißerische Artikel in den nationalen Abendblättern hatten kein Ergebnis gebracht. Würde dieser Fernsehbeitrag etwas ändern? Gerade flimmerte Kimmo in seiner Lieblingsrolle als Luftgitarrenzertrümmerer über den Bildschirm, dann kam Tuula ins Bild, sie starrte direkt in die Kamera und pries Kimmos sportliche Erfolge und sein musikalisches Talent.

«Und dann ist er einfach verschwunden.»

Es war keine eigentliche Frage, die Jyrki an mich richtete, sondern eine hilflose Feststellung.

Ich nickte und zeigte auf den Fernseher: Ich war kurz im

Bild, vor dem Tankstellenshop und wies auf die Tür, hinter der Kimmo sich verflüchtigt hatte.

«Kimmo ist in Russland», behauptete Axa, «hatte er letztes Jahr nicht eine Affäre mit einer Russin, Olga, und war die nicht beim Fernsehen? – Er ist bestimmt in Russland und plant eine neue Karriere.»

«Hardrockstar in Russisch-Karelien?», spottete Heikki. «Ach was, nicht Russland – in den USA ist er, in Florida.»

«Was soll er denn in Florida?»

Mutmaßungen über Kimmos Verbleib anzustellen, war ein beliebter Zeitvertreib.

«Er trainiert in einem Wrestling-Club, um professioneller Wrestler zu werden, *The Son of Ukko* – auf einen bösen Finnen hat die Wrestling-Welt schon lange gewartet …»

Eine hübsche Vorstellung.

«Wie soll er nach Florida gekommen sein? Kimmo war doch immer abgebrannt.»

«Seine Oma», vermutete Heikki, «eine alte Frau auf dem Land, sie hat ihr Geld bestimmt in ihrer Matratze gebunkert und Kimmo ein paar hunderttausend Euro Schwarzgeld vermacht.»

Eine oft gehörte Theorie.

Kimmo war zur Kultfigur geworden. Die Medien nannten ihn eine «Legende der Undergroundszene», eine «Ikone der autochthonen Körperkultur» und schmückten sein sportliches Palmarès phantasievoll aus. Prominente Sportler und Musiker betonten seine Bedeutung, selbst der estnische Frauenträger nannte ihn ein Vorbild und eine Inspiration. Alle hatten plötzlich etwas über Kimmo zu sagen, wir erkannten unseren Freund kaum wieder.

Eine Facebook-Seite über Kimmos Leben und ein Blog, der die ausgefallensten Theorien über seinen Verbleib sammelte, wurden rege besucht – beide Seiten wurden von Leuten betrieben, die nicht zu Kimmos engeren Bekanntenkreis gehörten. Täglich wurden neue Bilder und Filme auf YouTube gestellt – seine legendären Auftritte bei früheren Luftgitarrenweltmeisterschaften waren in den letzten Wochen mehrere hunderttausend Mal angeklickt worden, weit öfter als die Performance des aktuellen Weltmeisters, eine für Finnland phänomenale Zahl.

Ähnliches galt auch für seine Musikvideos, die so trashig waren wie seine Musik, und sehr beliebt war auch der knapp zweistündige Film, der ihn mit nacktem Hintern auf einem gigantischen Ameisenhaufen sitzend zeigte, abwechselnd aus einem *X-Men*-Comic und aus Boethius' *Trost der Philosophie* rezitierend – ein Film von tiefer meditativer Intensität.

Der Fernsehbeitrag endete mit einem wirren Alten, der behauptete, am Tag des Verschwindens habe er über Kokkola ein UFO gesichtet, und da hätte Kimmo bestimmt dringesessen. Und nun, fügte ich in Gedanken an, singt er Tango, Blues und Rock 'n' Roll mit Olavi und Elvis.

«Ein Mord», sagte Eero unvermittelt. Wir erschraken.

«Wie?»

«Kimmo. Eine seiner Affären. Ehemann, Nebenbuhler, so was.»

Aus Eeros Mund klang das sehr bestimmt.

«Du glaubst», versuchte Heikki zu verstehen, «Kimmo hat jemanden umgebracht?»

Eero nickte. «Dann: Nach Kanada. Dort: Holzfäller.»

«Das würde mich nicht überraschen», merkte Axa trocken an. Zwischen Kimmo und ihm hatte es immer große Spannungen gegeben, und ehrlicherweise machte er auch jetzt noch aus seiner Abneigung keinen Hehl.

«Kimmo, ein Mörder?», widersprach Jyrki. «Er war der sanftmütigste Mensch der Welt!»

«Besoffen war er unberechenbar», entgegnete Axa.

«Ein Mord aus Leidenschaft?», wandte ich ein. «In Finnland?»

«Männerrunde!», rief Kirsi, als sie zusammen mit den anderen Frauen, frisch geduscht und in schmucke Badetücher und Bademäntel gehüllt, aus der Sauna kam.

«Kimmo war im Fernsehen», rief ihnen Jyrki zu. «Frank auch!»

«Und, wie fandest du dich?», fragte mich Kaisa.

Ich zuckte mit den Schultern.

Es gab keine Erklärung für Kimmos Verschwinden. Er hatte viele Freunde, keine echten Feinde und nicht einmal Schulden – neben der Matratzengeschichte hatte ihm seine Großmutter tatsächlich ein kleines Erbe hinterlassen, mit dem er seine Studiendarlehen vollständig abbezahlt hatte.

Es falle auf, hatte Kaisa vor ein paar Tagen gesagt, wie wenig sie Kimmo kenne, obschon sie schon so lange in denselben Kreisen verkehre wie er. Es ging vielen so. Alle kannten ihn, aber niemand schien ihm wirklich nahe zu sein. Manchmal legte die Vermutung, Kimmo habe sich umgebracht, ihren Schatten auf unsere Mutmaßungen – aber nicht lange. Auch dafür gab es keinen offensichtlichen Grund, oder hatte Kimmo ein Doppelleben mit vielen Geheimnissen gehabt? Warum hatte er niemanden in seine Pläne eingeweiht? Wie viel wusste Tuula, die ihm in den letzten Jahren am nächsten gewesen war? Tuula war mit Cranky Crayfish auf Europatournee und hüllte sich in Schweigen.

«Wollt ihr meine Lieblingstheorie hören?», warf Kaisa in die Runde: «Kimmo ist in Lappland und lässt sich zum Schamanen ausbilden.»

Die meisten prusteten los – ich fand dies allerdings nicht abwegiger als die Vorstellung von Kimmo im Ring gegen Hulk Hogan.

Axa goss ein paar Schöpfkellen Wasser auf die Steine, es zischte, schweigend ließen wir die Hitze auf uns einwirken.

«*Sodom und Bullerbü*», sagte Jyrki dann. «Du bist uns noch den Rest deiner Saunaerfahrungen schuldig.»

«Stimmt», entgegnete ich. «Sex und Sauna. Sauna und Sex.» Ich grinste. «Der Grund, warum ich nie eine Sauna betreten habe. Bis zu meiner ersten Reise durch Finnland – Interrail mit 17 –, zusammen mit meiner Freundin Daniela und zwei Freunden.»

Ich hielt inne und erinnerte mich.

In Savonlinna waren wir aus dem Zug gestiegen, wanderten eine Woche lang durch die Wälder und genossen die Gastfreundschaft der Landbevölkerung. Die Menschen überließen uns ihre Hütten am See, die Kinder brachten uns am Abend süße Erdbeeren und Milch und weckten uns mit Kaffee und frischem Hefegebäck – und natürlich war die Sauna inbegriffen, ja obligatorisch, und wurde von den einheimischen Saunameistern, die unseren Kenntnissen misstrauten, fachgerecht eingeheizt.

«War die Sauna heiß genug», fuhr ich fort, «hüpften wir in die Hitze, Daniela, Arthur, Sandro und ich. Wir hatten Badetücher um die Lenden geschwungen, zumindest hoffe ich, dass wir taktvoll genug waren, es zu tun. Von Daniela erwarteten wir allerdings, dass sie wenigstens oben nichts trug. Das heißt, Arthur und Sandro erwarteten dies, mir war das nicht wirklich recht, warum sollten auch Arthur und Sandro sich am Anblick ihrer kleinen, festen Brüste weiden dürfen?»

Ich kam langsam in Fahrt.

«Es fiel weder mir noch ihr ein, dass sie ihr Bikini-Oberteil hätte anziehen können, und ich wollte ja nicht verklemmt erscheinen, ich war schließlich modern. Immerhin saßen wir in einer Sauna im hohen Norden, im finnischen Äquivalent von Bullerbü, und dank der nordischen Sexwelle wussten wir, dass die Menschen hier oben viel aufgeschlossener und toleranter waren und demnach wohl auch sexlustiger. Unsere verdorbensten Phantasien hätten nicht ausgereicht, uns vorzustellen, dass diese anmutigen Walküren und ihre strammen Kalevala-Recken ihre natürliche Schönheit mit unbequemen Stoffhüllen einschnüren könnten, in der Sauna, aber auch beim sogenannten nordischen Schlafen: Einfach Bettdecke weg, und schon liegt die ganze Pracht liebesbereit da, ohne das Gestrampel zwischen Leintüchern und Decken. Deshalb war es ausgeschlossen, Daniela mit verhülltem Busen in die Sauna Einlass zu gewähren. Viel zu spießig und vor allem zu respektlos der einheimischen Kultur und ihren Sitten gegenüber!»

Axa wollte mich unterbrechen, ich schüttelte den Kopf und redete weiter.

«Das Nacktheitsobligatorium blieb auch später der eigentliche Grund meiner seltenen und interessanterweise zumeist vom Arbeitgeber aufgezwungenen Saunabesuche. Teambildung war der Trend im modernen Arbeitsverhältnis, und so wurden wir einmal im Jahr in abgelegene Tagungszentren verfrachtet. Tagsüber wurde in kleinen und großen Gruppen diskutiert und animiert, thematisiert und problematisiert, mit Rollen und Spielen gruppendynamische Prozesse angeregt undsoweiter, und abends wurde erwartet, dass wir in der Sauna näher rückten und uns zu einer verschworenen Gemeinschaft zusammenschwitzten. In der Sauna sind alle gleich, nur haben manche schlaffere Brüste oder schrumpligere Schwänze. Diese Saunabesuche zeitigten durchaus gruppendynamische Nachwirkungen, waren sie doch eine willkommene Gelegenheit, seine Vorzüge ins beste Halbdunkel zu rücken und andererseits die gewöhnlich verdeckten Qualitäten potenzieller PaarungspartnerInnen unverbindlich zu beurteilen. Wer sich drückte, galt – das hatte sich nicht geändert – als spießig und verklemmt und wurde in der nächsten Qualifikation mit einem Abzug bestraft. Manchmal fragte ich mich allerdings, ob die Zwangsnacktheit auf die Frauen denselben Reiz ausübte wie auf uns Männer – und ob sich der Anblick einer Meute erwartungsfroh in Reih und Glied ausgestellter Schwänze wirklich so lustfördernd auswirkte, wie wir uns das vorstellten.»

«Aber in Finnland …», hob Jyrki an.

«Ich weiß, ich weiß», beschwichtigte ich ihn. «Das war auch der größte Kulturschock, den ich dieses Jahr hier erlebt habe. Es geschah Anfang Mai bei deiner Party, Heikki, in Espoo. Beiläufig äußerte jemand, es war etwa zwei Uhr morgens, eine kleine Sauna käme ihm jetzt gerade recht. Als guter Gastgeber hast du diesen Wunsch umgehend erfüllt. Ich war natürlich aufgeregt – ich freute mich auf die erste Sauna mit meiner Begleiterin.»

«Kaisa?»

Ich nickte.

«Wir waren noch kein Paar, und gerade deshalb wäre es eine schöne Gelegenheit gewesen, uns besser, nun ja, kennenzulernen. Deshalb ließ ich die den Saunareigen eröffnende Männerrunde an mir vorbeiziehen. Zu meiner Enttäuschung bestand Kaisa aber darauf, mit den anderen Frauen zu schwitzen, sodass ich im Anschluss an die Frauengruppe allein in der Sauna saß. Kimmo wiederum witterte eine Chance, den ignoranten Ausländer, der sich mit finnischen

Frauen herumtrieb, bloßzustellen. Ohne das Ende meiner Saunazeit abzuwarten, drang er in die Stille meines einsamen Schwitzens ein und brachte – rücksichtsloserweise, wie er glaubte – seine damals gerade aktuelle Flamme mit.»

«War das die Russin, Olga?»

«Nein, es war eine Finnin, ich glaube, sie hatte es kurz zuvor bis ins Halbfinale der Talentshow *Idols* geschafft ...»

«Dieser Kimmo», sagte Jyrki kopfschüttelnd, «immer schleppte er die unglaublichsten Frauen an. Wo gabelte er sie bloß auf?»

«Die Situation», fuhr ich fort, «war mir keineswegs peinlich, ganz im Gegenteil, ich habe mich am Anblick seiner Gespielin ergötzt, und der angestrebte Skandal blieb aus: Ich hielt es ja für normal, dass Männchen und Weibchen sich nackt in der Sauna zur Schau stellen, und wunderte mich vielmehr über die Züchtigkeit meiner heimlichen Flamme, auf die ich nur zu gerne einen innigeren Blick geworfen hätte.»

Eine Dampfwelle durchflutete die Sauna und brachte mich zum Verstummen.

«Ich frage mich», sagte Jyrki nach ein paar Minuten, «ob Kimmo von seiner plötzlichen Berühmtheit weiß. Vielleicht sitzt er in einem gottverlassenen Nest in Lappland oder an einem Strand in Südspanien und amüsiert sich über den Trubel, den sein Verschwinden ausgelöst hat.»

«Etwas hat er auf jeden Fall geschafft», sagte Heikki. «Er ist berühmter, als er es je zuvor gewesen ist – und es vermutlich je hätte werden können.»

Das traf zweifellos zu, endlich hatte Kimmo den Ruhm, von dem er immer geträumt hatte – und Heikki arbeitete bereits an seiner Biographie.

Eero goss mehr Wasser auf die *Kiuas*.

«Wir trennen halt nach Geschlechtern, nach Paaren, nach

Familienzugehörigkeit», kehrte Jyrki nach erneutem Schweigen zum Thema Sauna zurück, «sonst tragen wir Badebekleidung oder zumindest ein Badetuch.»

«Ja, das wurde mir spätestens in der nächsten Sauna klar: keine aufdringlich schwengelnden Schwänze, keine stolz schwingenden Busen! Kein Schaubaumeln haariger Säcke! Keine Präsentation der neusten Schamhaarfrisurentrends! Und keine geifernden Spanner. Der Mythos Saunasex brach zusammen. Aber noch wehrte ich mich gegen diese Einsicht: Ein paar Monate später, in Kaisas Mökki, fiel die Saunatür zum ersten Mal hinter uns beiden zu. Hitze, Stille und Kerzenlicht umschlossen unsere Zweisamkeit, mein glühender Blick liebkoste die auf ihrer zarten Haut perlenden Schweißtropfen, die straffen Brüste und hitzegehärteten Nippel, die dunkel schimmernde Scham … – das löste in mir eine unwiderstehliche Hitzewallung aus.»

«Und?»

«Ihr fragt noch? Ihr könnt euch ja denken, was geschah: Kaisa reagierte etwas verwundert auf meine zudringlichen Bemühungen, dann lachte sie und ließ mich gewähren, nachsichtig und, wie mir schien, neugierig. Sehr weit kam ich nicht. Seither frage ich mich: Sexorgien in der Sauna? Waren die Swingersaunen nur lauwarm, um heißen Sex zu erlauben? Oder war damals alles nur Gerücht und Propaganda und mein kindliches Saunatrauma die Folge eines Missverständnisses? Überprüfen kann ich das nicht mehr. Die Sexwelle ist lange verebbt, und ihre berüchtigten Saunen sind abgerissen oder im Sog der Wellnesswelle zu topmodernen Fitnesszentren aufgerüstet worden. Da sauniert der Mitteleuropäer heute. In der Wellnessoase.»

«Wellnessoase», schnaubte Eero und goss Wasser auf die Kiuas.

«Stimmt es, dass ihr ätherische Öle auf die Kiuas tröpfelt?»

«Ich nicht», stöhnte ich, als der Dampf mich liebkoste, «aber andere schon, leider.»

«In Deutschland habe ich erlebt», warf Axa ein, «dass mit den Badetüchern gefächelt wird.»

«Wacheltücher», erklärte ich.

«Wozu soll das denn gut sein?»

«Um die Hitze gleichmäßig zu verteilen.»

«Die Hitze gleichmäßig verteilen?»

«Ich war einmal in einer Sauna in Hamburg», sagte Jyrki, «da war es strengstens verboten, Wasser auf die Kiuas zu werfen, das sei extrem gefährlich!»

Die anderen lachten. Solche Geschichten liebten sie.

«In München erhielt ich Saunaverbot, weil ich zwischen den Saunagängen ein Bier trank.»

Ein ganzer Satz von Eero, komplett mit Haupt- und Nebensatz! Diese Erfahrung musste ihn tief geprägt haben.

«Und *Saunamakkara*? Kennt ihr das?»

Die leckerste Wurst der Welt, gegrillt auf den glühenden Kiuassteinen, die Sauna mit den Düften von garendem Fleisch und Fett erfüllend.

«Wurst und Bier in mitteleuropäischen Saunen?» Ich schüttelte den Kopf. «Auch das ist strengstens verboten! Sauna war mal ein Synonym für Sex, heute ist sie ein Synonym für Wellness, Gesundheit und Wohlbefinden, für die Pflege von Körper und Geist. Die Sauna ist zum Vorzimmer der Wellnesshölle verkommen.»

Sie grinsten glücklich. Die Sauna mochte außerhalb Finnlands beliebt sein, doch der echte Saunagang fand immer noch hier statt.

«Aber sagt mal …» Jetzt war es an mir, eine Frage zu stellen. «… stimmt es, dass finnische Männer in der Sauna über ihre Gefühle reden?»

«Über unsere Gefühle … was?», fragte Axa.

«Nein.» Eero war kategorisch.

«Es gibt Leute, die das behaupten. Gewisse Leute behaupten sogar, dass finnische Männer in der Sauna weinen. Das ist eine Lüge!» Jyrki war aufrichtig entrüstet.

«Wir reden nie über unsere Gefühle, und schon gar nicht in der Sauna!»

Sie lachten sich schief, und einmal mehr war ich nicht sicher, ob sie ernst waren oder mir gegenüber ein Klischee über das Wesen des finnischen Manns bestätigen wollten.

«Eine Wohlfühlsauna», sagte ich, «klingt das nicht wie ein Missverständnis, ja wie ein Schimpfwort? Schmuddelsauna, Wellnesssauna und nichts dazwischen – versteht ihr nun, warum ich außerhalb Finnlands nur unter Zwang eine Sauna aufsuche? Nun aber, Eero, sei kein schlapper Wohlfühl- oder Sex-Saunierer und mach mehr Löyly. Höllischen Löyly! Sechs Schöpflöffel, mindestens!»

Der glühende Dampf brannte sich durch unsere Poren tief in uns ein; unsere Haut brannte, unser Blut kochte, es tat höllisch weh, und wir genossen es.

12

Murkkumyrkky

(finnisch: Ameisengift)

Die Tür krachte auf, ein eisiger Windstoß heulte in die Hütte, wirbelte mir Schneeflocken ins Gesicht und blies die Kerze aus. Im Türrahmen stand ein riesenhafter Schatten. Mein Retter? Instinktiv griff ich zum Brotmesser, mit dem ich mir soeben ein Stück steinhartes Schwarzbrot abgesäbelt hatte.

Der Schatten machte einen Schritt in die Hütte und zur Seite, hinter ihm tauchte ein zweiter, kleinerer Schatten auf. Die Tür knallte zu, die beiden Gestalten klopften sich den Schnee von den Kleidern. Erinnerungen an Horrorfilme gingen mir durch den Kopf; einsame Hütten, keine Fluchtmöglichkeit, Psychopathen mit Äxten, Paranoia, Panik. Allerdings hielt *ich* das Messer in der Hand. War also *ich* der Mörder? Die tödliche Bedrohung für zwei harmlose Schutzsuchende?

Ein Jagdmesser fiel auf den Tisch, es schepperte, mir fröstelte; die Frage war beantwortet, ich legte das Brotmesser unauffällig neben den Brotlaib zurück.

Die Ankömmlinge ließen sich auf die Bank mir gegenüber fallen, ein Streichholz flammte auf, der Kerzenschein warf ein trübes Licht auf ihre Gesichter. Wüste Visagen, von Furchen und Narben durchzogen, zwischen denen harschige Bartstoppeln wucherten. Der Große steckte sich an der Kerze eine Zigarette an, ich erblickte eine Träne, unter dem Auge eintätowiert, neben einer Narbe. Der Kleine goss Tee in eine Tasse, die auf dem Tisch stand, spuckte ihn angeekelt aus und starrte mich vorwurfsvoll an.

Ich verstand.

Ich erhob mich und setzte Wasser für Kaffee auf. Ein Messer wurde in das Brot gerammt, ich zuckte zusammen und stellte mich so hin, dass ich die beiden im Auge behielt. Der flackernde Kerzenschein verstärkte ihren furchterregenden Eindruck, und ich schaffte es nicht, den Horrorfilm zu verlassen. Wer war in einem derart mörderischen Sturm bloß unterwegs?

Der Große stand auf, verließ die Hütte, vermutlich suchte er die Sauna. Erneut blies der Wind die Kerze aus, und einen Moment lang schien es, er wolle sie aus dem Schnee reißen. Im Dunkeln pfiff der Kleine eine Melodie, mehrmals, sie bestand aus drei Noten und kam mir vertraut vor.

Waren sie entlaufene Sträflinge aus einem lappländischen Hochsicherheitskerker? Politische Flüchtlinge aus Schwedens Sozialdemokratie? Gemeingefährliche Irre auf der Walze? Russische Schmuggler, die sich zu weit in den Westen verirrt hatten?

Der Kleine zündete die Kerze wieder an. Das Wasser kochte, ich goss es in den großzügig mit Kaffeepulver gefüllten Filter, der Kaffee tröpfelte in die Kanne. Meinen Vermutungen widersprach die Kleidung der beiden Gesellen: hochwertige Winterausrüstung, teure Hightech-Outdoor-Klamotten, schnittig, zweckmäßig, nicht unmodisch. Wer sie auch waren, sie wussten, wo sie waren und was sie taten. Besser als ich jedenfalls.

Ich stellte den Pott und zwei saubere Tassen auf den Tisch, außerdem eine angebrochene Packung Kekse als Willkommensgruß, und setzte mich wieder. Der Kleine leerte eine Tasse brühheißen Kaffee in wenigen Zügen und stopfte sich ein paar Kekse in den Mund.

«Hyvää yötä», sagte ich, guten Abend, und brach mein

Schweigegelübde, doch das war in dieser Notlage legitim, Notwehr sozusagen: «Seid ihr gut gereist?» Der Kleine blickte nur kurz auf und strafte mich mit einem schwarzen Blick, eisiger als der Wind.

Nachdem die zwei knorrigen Käuze in der Sauna verschwunden waren, suchte ich ein besseres Versteck für meinen Notvorrat an Keksen und Schokolade und verstaute das Brotmesser unter meinem Kopfkissen. Da ich mich weder zu den Unbekannten in die Sauna gesellen noch am Tisch auf sie warten mochte, legte ich mich auf meine Pritsche. Die flackernde Kerze warf unheimliche Schatten an die Wände, und mein Herz, mein Sydän, schlug bis zum Hals; ich lauschte dem Heulen des Sturms, dem *ulvoa* des *myrsky*, und versuchte, mich mit Finnisch-Übungen abzulenken. Das ist nicht schwierig, die finnische Sprache ist dermaßen strapaziös, dass sie das Gehirn innerhalb von Sekunden in ein semantisches Schlachtfeld verwandelt, auf dem kaum etwas anderes mehr Platz hat. Nicht einmal die Todesangst.

Die finnische Sprache. War sie nicht mitschuldig an meinem Schlamassel? Ahnungslose siebzehn war ich, als ich zum ersten Mal mit ihr in Berührung kam. Der Zug zuckelte gemächlich durch die grünen, blauen und goldenen Landschaften Finnlands, und wir unterhielten uns mit anderen Interrail-Reisenden:

«... *seitsemän, kahdeksan, yhdeksän* ...», ratterte einer herunter, ein Deutscher, wir waren beeindruckt, bis zehn konnte er zählen, «kymmenen», während wir nicht über «yksi, kaksi, kolme» hinauskamen.

Die Sprache war das Thema von 81 Prozent aller Diskussionen unter jugendlichen Rucksackreisenden (je sieben Prozent der Diskussionen umkreisten Mücken und Alkohol, fünf Prozent reichten für alles andere). Die kuriosesten Gerüchte und Mutmaßungen wurden über das Finnische ausgetauscht und aufgebauscht, in dessen Wortschatz uns nur eine einzige Vokabel nachvollziehbar dünkte: *Kippis* – die Finnen prosten sich zu, «kipp es!», wie sie saufen, grinsten wir, als wüssten wir dank des Blicks aus dem Zugfenster über das Wesen des Finnen Bescheid. Auch ich grinste und beteiligte mich munter an diesen Fachsimpeleien, ohne zu ahnen, dass sich die Sprache bereits wie ein Virus in mir eingenistet hatte.

Eigentlich hätte ein Blick in das Fotoalbum meiner damaligen Reise gereicht, um das Ausmaß meiner Faszination zu erkennen. Daniela, immerhin meine erste große Liebe, und ich: kein einziges Foto. Daniela ohne mich: zwei Fotos (davon eines künstlerisch bis zur Unkenntlichkeit verwackelt). Öde Stadtbilder Helsinkis, Oulus und Kuopios: sieben Fotos. Seen und Wälder, sowie poetische Sonnenuntergänge rund um Savonlinna: neun Fotos. Finnische Wörter in Schaufenstern und auf Plakaten (*Terveydenhoitotuotteita*), sowie kuriose Ortsnamen (Punkaharju): vierzehn Fotos.

Womöglich wurde der schlummernde Virus an Vappu von Kaisas Stimme geweckt und schaltete sich in den Prozess des Verliebens ein, sodass die Sprache, zusammen mit dem Tango, die Schuld daran trug, dass ich heute unter fünf Decken in dieser Hütte lag und von zwei gemeingefährlichen Schwerverbrechern bedroht wurde. Und womöglich, dieser unangenehme Verdacht drängte sich auf, war selbst die Liebe nur die Frucht der Paarung von Sprache und Tango. Rakkaus! – ich hatte Corinnes Spott noch im Ohr.

Die Tür krachte auf, die Kerze erlosch, die beiden Kerle waren zurück. Sie zündeten die Kerze wieder an, schlürften

Kaffee und köpften eine Flasche Schnaps. Ein paar Zigaretten später warfen sie sich auf die unteren Pritschen, und bald mischte sich ihr Schnarchen in das *myrskyn ulvonta.* Ich atmete auf, aber an Schlaf war nicht zu denken. Oder hieß es *myrsyn ulvonta*?

Finnisch sei eine klare und logische Sprache, hatte Kiira, die Leiterin des Sprachkurses, in der ersten Lektion behauptet. Sie war um die vierzig, sehr lang und sehr schlank, nicht unattraktiv, aber schrecklich blass. Blassblaue Augen, blassblondes Haar, blassbleiche Haut, fast durchsichtig. Diese Blässe wurde durch die eng anliegenden, dunklen Kleider, die sie meistens trug, noch verstärkt.

«Unsere Vorfahren haben klugerweise eine Handvoll überflüssige Buchstaben entsorgt: C, q, w, x und z kommen nur in Fremdwörtern, b und f nur in Lehnwörtern vor. Die Grammatik ist weniger komplex als beispielsweise die deutsche. Es gibt keine Artikel, keine Geschlechter, keine Präpositionen, und die Konjugationen folgen klaren Regeln. Ausnahmen sind selten.»

Sie lächelte uns, einer heterogenen Gruppe integrationswilliger Wahlfinnen, die den vom Staat verschriebenen obligatorischen Sprachkurs besuchten, aufmunternd zu.

«Das Lernen erfordert lediglich regelmäßige Arbeit, doch gibt es, Sie werden es selber feststellen, keine entmutigenden Schwierigkeiten zu bewältigen.»

Das war wohl die erste von vielen ironischen Spitzen unserer strengen Lehrerin, denn ich war beim sommerlichen Selbststudium bereits über einige durchaus entmutigende Eigenheiten des Finnischen gestolpert.

Kiira hatte nicht wirklich gelogen, aber sie hatte ein paar wesentliche Details unterschlagen. Keine Artikel? Kein Geschlecht? Dafür fünfzehn Fälle. Keine Präpositionen? Dafür werden alle präpositionalen, viele pronominale und etliche weitere grammatikalische Angaben und Funktionen mehr an den Wortstamm angehängt.

Natürlich schwärmte Kiira begeistert von der Logik ihrer «agglutinierenden» Muttersprache und verglich sie mit einem Legobaukasten: Man könne die einzelnen Bausteine zu geradezu beliebig langen Wörtern zusammensetzen. Weil diese Buchstabenungetüme in ihren Endungen so viele Informationen verdichteten, sei Finnisch eine vergleichsweise ökonomische Sprache. Als Beweis führte sie gerne den *Ausschuss zur Durchführung von Verhandlungen über die Einstellung von bewaffneten Feindseligkeiten* an, für dessen Einberufung die Finnen gerade einmal 27 Buchstaben benötigen: *Aseleponeuvottelutoimikunta*. Während auf Deutsch noch elf Wörter und 98 Buchstaben lang scharf geschossen werden kann, rettet die finnische Sprache dank ihrer Prägnanz Leben. Deshalb seien finnische Politiker als Vermittler in Krisengebieten wohlgelitten.

Agglutination. Wie ich dieses Unwort hasste! Sie macht finnische Wörter nicht nur lang – Buchstabenungetüme von zwanzig und mehr Buchstaben sind eher die Norm als Ausnahmen –, sondern vor allem sperrig und kompliziert. Ein Beispiel: *Talo* (Haus). Vier Buchstaben, wohlklingend, nüchtern und einprägsam wie nordisches Design, man richtet sich gerne wohnlich in ihnen ein. Doch eines Abends, beim Nachhausekommen, steht man vor der Konstruktion *taloissanikinko?*. Aus dem hübschen Haus ist eine finstere, von einem feuerspeienden Drachen bewachte Burg geworden. Hat man den Drachen endlich außer Gefecht gesetzt und den Burggraben überwunden, gerät man in ein Labyrinth aus Folterkammern, in denen man mit Suffixen und anderen

Wortbrocken traktiert wird, bis man auch den letzten Baustein aufgedröselt hat – und das kann dauern. Taloissanikinko? heißt: *Auch in meinen Häusern?*

Am liebsten würde man umgehend ausziehen.

Die agglutinierten, also angeklebten Endungen entstellen nicht selten auch den Wortstamm – dank des, wie Kiira in unsere Hefte diktiert hatte, «qualitativen und quantitativen Konsonantenwechsels im Flexionsparadigma». Mit anderen Worten: Ich musste mir einprägen, wann ein *kk* zu einem einfachen *k* abgeschwächt wird, und wann sich *k* in *g* verwandelt oder in nichts auflöst. Ich musste mir einprägen, wie das Wort *käsi* (Hand) je nach Fall *käden, kätenä, kättä, kädessä, kädestä, kädettä, kädeltä* oder *kädelle* lauten kann. Entsetzt entdecke ich, dass derartige über-, ja widernatürliche Phänomene auch vor Eigennamen nicht haltmachen: Der legendäre Skispringer Matti Nykänen hieß im Artikel über seine jüngsten Abstürze und Skandale, den ich heute überflogen hatte, je nach Situation *Matti Nykästäkin, Matti Nykäsettäkö, Matti Nykäseltä* oder *Matti Nykäsellekään.* Logisch wie Lego? Das ist, als würde ein weißer Legostein, nachdem man ihn mit einem grünen und einem roten zusammengesteckt hat, plötzlich lila und von vier auf sieben oder elf Noppen verlängert. Logisch? Finnisch!

Die größte Herausforderung: Man kann, weil Finnisch eine finno-ugrische Sprache ist, mithin keiner zivilisierten Sprachgruppe angehört, nicht auf andere Sprachen zurückgreifen, um es zu erlernen. Es gibt kaum gemeinsame Wurzeln, man muss alles neu und auswendig lernen, jedes Wort, jede Form, jede Abweichung. Und immer, wenn man glaubt, etwas begriffen zu haben, gerät man vor einen noch größeren Legostein, der sich kaum beiseiteschieben oder überklettern lässt.

Es gibt keinen besseren Grund zum Erlernen einer Sprache als die Liebe – und im Fall von Finnisch ist die Liebe der einzige vernünftige Grund. Manchmal fragte ich mich dennoch, ob es nicht eine Vergeudung von Zeit und Gehirnzellen ist, eine Sprache zu erlernen, die von fünf Komma fünf Millionen Menschen gesprochen wird, von denen schätzungsweise fünf Komma vier Millionen auch eine normale Sprache beherrschen.

Im Oktober hatte ich viel Zeit für diesen Liebesbeweis: Kaisa war sehr beschäftigt. Während ich mich vormittags mit der Sprache herumschlug, nachmittags durch Helsinki stromerte und abends meine Tangorecherchen auswertete, schien Kaisa Tag und Nacht zu arbeiten.

Nach der finnischen Sommerflaute sei der Herbst immer besonders anstrengend, hatte sie mich vorgewarnt: Sie hatte viele Aufträge, und die freien Projekte der Ateliergemeinschaft waren erfolgreicher als erwartet. Am aufwendigsten war jedoch Kirsis Ausstellung in Tampere – Kaisa fuhr oft dorthin, kam mit dem letzten Zug nach Hause, erschöpft, manchmal auch gereizt, wenn sich Sponsoren oder Museumsbeamte zu sehr in die Ausstellungsgestaltung einmischen wollten.

In solchen Momenten schloss ich sie in meine Arme und entlockte ihr mit meinen neusten sprachlichen Entdeckungen ein Lächeln. Besonders erfolgreich war ich mit mühsam auswendig gelernten Zungenbrechern wie *Ääliö, älä lyö! Ööliä läikkyy!* (Hau mich nicht, du Idiot, ich verschütte sonst das Bier!) oder *Hämärä mäkärä kämisi mähässä*, was offenbar so viel heißt wie: Eine seltsame Mücke streitet auf einem Mooshaufen mit sich selber.

Dass ich viel allein war, störte mich nicht. Mir fiel zwar auf, wie rapide das Tageslicht abnahm. Sechs Minuten Licht pro Tag ist ein herber Verlust. Solange die Tage aber so sonnendurchflutet waren und die Wolken dank des Meerwindes nicht über der Stadt hängen blieben, durften die Nächte ruhig ein bisschen länger werden. Schließlich hatte ich, wie ich glaubte, im Sommer genügend Licht getankt.

Oft stand Kiira an ihr Pult gelehnt, die Arme verschränkt, und ihr Blick schweifte über unsere Köpfe, die zu rauchen begannen. Adessiv, Innessiv, Illativ, Allativ, Prolativ und Komitativ. Keine Medikamente gegen Verdauungsstörungen oder Kopfschmerzen, sondern sechs Fälle, die die räumliche Lage eines Gegenstands oder die Richtung einer Bewegung deutlich machen. Dann lächelte sie, und je länger der Kurs dauerte, desto spöttischer und kühler fühlte sich ihr ursprünglich ermutigendes Lächeln an.

Wahrscheinlich verbargen sich unter Kiiras unscheinbarem Äußeren sadistische Neigungen. Ich hatte keine Mühe, sie mir in einem schwarzen Lederdress vorzustellen, als Domina, in der Linken ein Finnischlehrbuch, in der Rechten eine Peitsche. Ein gewisser Sadismus ist für die befriedigende Ausübung dieses undankbaren Berufs vermutlich unabdingbar – eine Finnischeinpeitscherin erlebt nicht viele Erfolgserlebnisse.

Womöglich gehörten diese kostenlosen Sprachkurse zu einer cleveren Strategie gegen die Überfremdung. Während früher die finnische Regierung selbst zweifelhafte Flüchtlinge mit Blumensträußen willkommen geheißen hatte, weil ja niemand sonst freiwillig in Finnland eine Aufenthaltsgenehmigung beantragte, hatte sich der Wind auf Druck populistischer Parteien gedreht. Vermutlich sollten die Finnischkurse Arbeits- und Asylsuchende entmutigen und zu einer freiwilligen Rückkehr in ihre Heimatländer bewegen.

«Matti Nykäsellekään, Taloissanikinko?», dachte ich noch

einmal. «Ääliö, älä lyö! Was für eine Sprache! Was für eine Peitsche!»

Dann vergewisserte ich mich, dass das Brotmesser unter dem Kissen lag, und trudelte in einen unruhigen, traumlosen Schlaf, aus dem ich am nächsten Morgen wie gerädert aufwachte.

Draußen stürmte und drinnen schnarchte es noch immer. Ich stand auf, feuerte den Ofen an, setzte Wasser für Kaffee und Tee auf. Und wartete.

Es wurde ein langer Tag. Zuerst erwachte der Kleine, er erhob sich, zog sich, ohne mich auch nur eines Blicks zu würdigen, aus und ging nach draußen. Als er in die Hütte zurückkehrte, war seine Haut krebsrot – er hatte sich offenbar im Schnee erfrischt –, und die Narbe, die sich vom Bauchnabel bis zur linken Brustwarze zog, glühte. Unübersehbar waren aber auch seine zähen Muskeln. Er kleidete sich an, und noch ehe er sich Kaffee einschenkte, zog er sein Messer aus der Scheide und prüfte mit dem Daumen seine Schärfe. Nach einer Tasse Kaffee wählte er zwei besonders schöne Scheite aus dem Stapel neben dem Ofen und begann zu schnitzen. Dabei pfiff er. Dieselben drei Töne wie gestern, wieder und wieder.

Auch der Große ging nach draußen – allerdings nur, um ein Paket tiefgefrorene Speckscheiben und Eier zu holen. Er goss großzügig Öl in die Pfanne, briet zunächst den Speck an, verrührte dann die Eier und verteilte alles auf drei Teller. Einen knallte er auf die Zeitschrift, in der ich gerade blätterte.

«Kiitos», murmelte ich etwas überrascht, aber wieder brachte mich der finstere Blick des Kleinen zum Schweigen.

Ich hatte gehofft, die beiden Gesellen würden sich tagsüber als weniger furchteinflößend entpuppen. Ich wurde enttäuscht: Sie entsprachen allen Klischees von Kreaturen, denen man auch tagsüber vor der Polizeiwache eines belebten Stadtviertels nicht begegnen möchte. Der Kleine – auch das entsprach dem Klischee – schien der Schlaue und Fiese zu sein, der Chef. Halb verborgen unter dichten Augenbrauen funkelten seine Augen kalt und wachsam. Der Große, dem ein halbes Ohr fehlte, wirkte plump und langsam, und sein Blick belebte sich nur, wenn er in den Zeitschriften Geschichten und vor allem Fotos von Verbrechern und Busenwundern erblickte. Die studierte er so ausgiebig, dass ich mich bisweilen fragte, ob er seine Sprache vielleicht noch schlechter beherrschte als ich.

Sie rauchten. Sie baten mich nicht um Erlaubnis, und ich traute mich nicht, sie auf die strengen finnischen Gesetze zum Schutz vor dem Passivrauchen aufmerksam zu machen. Eine Zigarette um die andere vergiftete die Atemluft, der Raum füllte sich mit Rauch und fühlte sich immer enger an.

Der Kleine schnitzte – Rentiere. Sie waren etwa zehn Zentimeter lang und vorne, dank des Geweihs, sechs Zentimeter hoch. Hübsche, stilisierte Rentiere, eins wie das andere, Fließbandhandwerk, bis auf die Geweihe, die sich voneinander unterschieden. Vermutlich rissen sich die Touristen in den Souvenirläden von Lappland darum. Eine Kippe im Mundwinkel, die Augen wegen des Rauchs zugekniffen, immerzu pfeifend, schnitt er mit mechanischer Präzision ein Rentier um das andere aus dem Holz und legte besonderen Wert auf die Gestaltung der Geweihe. Es wirkte manisch. Also doch der Psychiatrie entlaufen? Oder hatte er das im Knast gelernt? Vor allem aber fiel mir auf, wie scharf sein Messer war. Mit diesem Messer hätte ich mich rasieren können. Ich strich mit einer Hand über meine Bartstoppeln.

Das Schweigen wurde immer belastender. Allein in der

Hütte war es mir verhältnismäßig leichtgefallen, nichts zu sagen, doch nun sah ich ein, wie recht die Schweige-WM-Therapeutin Kati hatte: Es war eine echte Herausforderung, auf engstem Raum mit Unbekannten zu schweigen. Ich begann zu ahnen, wie viel Training notwendig sein würde, um fit für die WM zu sein. Ich tat mein Bestes – und meine Sparring-Partner unterstützten mich, indem sie mich, sobald ich auch nur laut Atem holte, mit eisigen Blicken durchbohrten. *Jäätävä*, eisig, auch so ein Wort, das sich genauso anhört, wie es sich anfühlt.

Ich blätterte in einer Zeitschrift und versuchte mich auf der Witzseite abzulenken: Sitzen zwei Männer in einer Bar. Prostet der eine dem anderen zu: «Kippis.» Zwanzig Minuten später entgegnet der andere: «Sind wir zum Saufen hier oder zum Quasseln?»

Das erinnerte mich an einen weiteren Witz, den Kimmo auf der Fahrt nach Oulu mehrmals erzählt hatte, um Tuula zu ärgern: Pekka und Rikku fischen. Sie trinken Bier und starren während Stunden schweigend aufs Wasser. Auf einmal sagt Pekka leise, um die Fische nicht zu erschrecken: «Ich glaube, ich lasse mich von meiner Alten scheiden. Sie hat seit zwei Monaten nicht mehr mit mir gesprochen.» Rikku nippt an seinem Bier und erwidert nachdenklich: «Das würde ich mir aber gut überlegen – solche Frauen findet man nicht so leicht.»

Zum Lachen war mir aber nicht zumute.

Ich blätterte weiter und stieß auf den reich illustrierten Erlebnisbericht einer Familie, deren Sommerhaus von Ameisen zerstört worden war. Die Ameisen hatten in dem mit Schaumstoff isolierten Hohlraum der Saunawand ihr Nest gebaut und sich von da aus in immer weiter führenden Raubzügen am feuchten und morschen Holz gütlich getan, bis die Sauna zusammenbrach. *Muurahainen.* So nennen die Finnen die Ameisen. Ausgerechnet ein so liebevoller Name für einen niederträchtigen Winzling.

Kiiras Stimme wurde weich, wenn sie solche Worte über ihre Lippen perlen ließ. Samten und dunkel, schon fast erotisch girrend.

«*Linnut laulavat*», flötete und zwitscherte sie gerne, «Die Vögel singen», und dann verwandelte sich ihre Peitsche in Zuckerbrot.

«Viele Ausländer halten die finnische Sprache für ein ruppiges Staccato explosiver Laute. Das ist nur eine Seite des Finnischen. Auch im Finnischen stecken Schönheit, Harmonie und Sinnlichkeit. *Aja hiljaa sillalla.* Perlt das nicht wie honigsüßer Morgentau über Zunge und Lippen?»

Kiira hatte nicht unrecht. Es gibt im Deutschen keine vergleichbar wohlklingende Buchstabenkette wie aja hiljaa sillalla. Ich verstand aber nicht, warum die Finnen diese Schönheit an eine so profane Aussage wie *«Fahre vorsichtig über die Brücke»* verschwendeten, warum sie die Ameise zur muurahainen adelten und dafür ihren Nationalvogel, den stolzen Schwan, als *joutsen* verunstalteten und die Liebe Rakkaus schimpften. Wäre es nicht klüger gewesen, aus aja hiljaa sillalla eine Liebeserklärung zu machen und dafür minä rakastan sinua für zweifelhafte Fahrkünste über vereiste Brücken einzusetzen?

Wären die Finnen damit nicht glücklicher geworden?

«Viele Sprachforscher», ereiferte ich mich einmal, als mir der Komitativ besonders schwer im Magen lag, «fragen sich, woher das Finnische kommt. Ich frage mich vielmehr, warum diese Sprache während der jahrhundertelangen schwedischen und russischen Besetzungen nicht einfach verschwunden ist.»

Ein Raunen der Übereinstimmung ging durch die Klasse. Kiiras Lächeln fühlte sich an wie ein Peitschenhieb mit Zuckerbrotgeschmack.

«Das ist sicher eine berechtigte Frage», entgegnete sie, «aber wir fragen uns vielmehr, warum unsere Vorfahren hier steckengeblieben sind, statt weiterzuziehen, in südlichere Gefilde.» Sie machte eine Pause und lächelte noch verführerischer. «Sie wissen nicht, was Sie noch erwartet …»

Ich wandte mich wieder dem Ameisenthriller zu und kam zur Moral der Geschichte: Auch die Tiere mit den himmlischsten Namen sind vor schrecklichen Todeskrämpfen nicht gefeit. Die Familie rächte sich an den *muurahaiset* (oder war da der Partitiv korrekt, *muurahaisia*?) mit hochprozentigem *murkkumyrkky*, Ameisengift. Überlebende gab es keine, verkündete der Familienvater stolz. Und die Nation applaudierte.

Eine halbe oder mehrere Stunden mochten vergangen sein, als der Große die Hütte verließ. Der Kleine schnitzte weiter, schon lag ein knappes Dutzend Rentiere vor ihm. Ich war zu unruhig zum Weiterlesen und tigerte in der Hütte hin und her. Ein missbilligender Blick des Kleinen zwang mich, mich mimisch zu entschuldigen und mich wieder zu setzen. Aber nur ein paar Minuten lang, dann hielt ich es nicht mehr aus.

«Ich gehe mal Holz hacken», platzte es aus mir heraus, und ich verließ die Hütte, noch ehe der schwarze Blick mich durchdrang. Im Nu war ich weiß und durchgefroren. Auf dem Weg zum Holzspeicher erblickte ich trotz meiner schneeverklebten Augen Folgendes. Erstens: Auf den Anhängern ihrer Motorschlitten stapelten sich, nachlässig zugedeckt, Tierfelle und Tierkadaver: Hasen, Füchse, Marder, mindestens ein Luchs, ein paar Hermeline und weitere Tiere, die ich auf die Schnelle nicht erkannte, vermutlich Nerze und Vielfraße. Zweitens: Die Schlitten waren mit schweren

Ketten gesichert. Dieses Misstrauen unter solchen Extrembedingungen war nicht gerade vertrauensbildend. Drittens: Der Große hackte ein Loch ins Eis des Weihers.

Wilderer also, dachte ich, als ich die Axt ergriff. Keine entlaufenen Psychopathen oder Schwerverbrecher auf der Flucht. Das hätte mich beruhigen sollen, tat es aber nicht – wozu das Eisloch, wenn nicht, um einen lästigen Zeugen verschwinden zu lassen?

Anderthalb Kubikmeter Holzscheite später saß ich wieder in der Hütte. Der Kleine trieb mich in den Wahnsinn. Diese Rentiere! Diese Dreitonmelodie, die ich noch immer nicht erkannt hatte. Einmal mehr fragte ich mich, ob ich nicht schon tot war und nun im Fegeeis meiner Verurteilung harrte. War eine Verwechslung vorgefallen, wurde ich fälschlicherweise mit den Ver- statt den Ehebrechern eingeschlossen? Wie lange würde ich es mit den beiden Schurken aushalten müssen? Wie viele Rentiere kann man in dieser Zeit schnitzen? Und wie oft müsste ich jede einzelne dieser bunten Zeitschriften lesen?

Ich schlug den Artikel über Matti Nykänen auf. Da stand er, trunken grinsend. Was hatte er diesmal wieder angestellt? Wohin war er diesmal abgestürzt? Mein Gehirn verweigerte jedoch die Aufnahme von weiteren Agglutinationen.

Finnisch ist eine Mentalmassage. Kraft und Geschicklichkeit der Gehirnzellen werden in einem Höchstleistungsausdauerorientierungslanglauftraining (52 Buchstaben) mit akrobatischen Einlagen wie dreifachen Axels und Vorwärtssalti trainiert. Es ist wie in einer Sauna für den Geist: Von semantischen Reisigschlägen wundgepeitscht schuftet das Gehirn, mal in glühende Euphorie, dann wieder in eisige Verzweiflung getaucht; man spürt sämtliche Synapsen, entdeckt ungeahnte Abkürzungen, löst funkensprühende Kurzschlüsse aus – und immer wieder verliert man die Orientierung in diesem Labyrinth der Gehirnloipen.

Die Finnen meistern ihre Sprache nicht nur bei minus 30 Grad, sondern sogar in der Sauna, bei 95 Grad. In der Sauna sind die Finnen, auch die Männer, sogar besonders gesprächig, die Hitze löst ihre Zungen. Der Alkohol auch. Sie meistern ihre Sprache auch im Suff. Eigentlich ist das widernatürlich. Wie schaffen sie das bloß? Räumen sie dank dieser paranormalen Fähigkeit in sämtlichen Pisa-Tests die Spitzenplätze ab? Sollte Finnisch zur Förderung der allgemeinen Intelligenz die Amtssprache Europas werden?

Oder ist die Sprache im Gegenteil mitverantwortlich für die hiesige Neigung zum Alkoholmissbrauch? Muss man sie nicht dann und wann einfach vergessen, indem man säuft und schweigt? Ist das Recht auf Schweigen deshalb in der finnischen Verfassung verbrieft? Schärft die Sprache den schwarzen Humor und den Eigensinn der Finnen? Ihre depressiven, ja suizidalen Neigungen?

Das ist eine *kynnyskysymys*, eine Schlüsselfrage.

Vielleicht müsste Finnisch verboten werden, zum Schutz der geistigen und seelischen Gesundheit Europas. Die finnische Sprache weiß um die Bedrohungen, die von ihr ausgehen: *Sanaton* bedeutet «sprachlos» und klingt wie Sanatorium.

Ich stellte mir schon die schwarz umrandeten Warnungen auf allen Finnischlehrbüchern vor: «Diese Sprache bewirkt eine qualvolle Verdüsterung Ihres Gemüts.» – «Diese Sprache ist Murkkumyrkky für Ihre Gehirnzellen!»

Dazu ekelerregende Bilder meines Gehirns vor und nach Kiiras Finnischkurs. Und die ultimative Drohung: «Finnisch macht stumm!»

Ich musste eingedöst sein, denn plötzlich prasselten riesige Legosteine in allen Regenbogenfarben auf mich ein. Sie setzten sich zu Buchstaben und Wörtern und Sätzen zusammen, die sich fortwährend verfärbten und veränderten wie Discoleuchten. «Reden ist Silber, Finnisch ist Gold» las ich, in silbernes, hellblaues und goldenes Licht getaucht. Ich versuchte, auf das *F* zu klettern, doch kaum streckte ich meine Hand nach dem unteren Querstrich aus, fiel mir ein *kk* auf den Kopf, und während ich auf den Boden segelte, verwandelte es sich erst in ein einzelnes *k*, dann in ein *g* und löste sich schließlich mit einem leisen Zischen auf.

Benommen erhob ich mich und wollte mich orientieren, doch da krachte ein mächtiges Ungetüm auf den Boden und versperrte mir den Blick. *Tulevaisuudensuunitelmia* (Zukunftspläne).

Genau!, rief ich, das brauche ich!

Ich hatte aber keine Zeit zum Nachdenken, schon bröckelten die massiven Buchstaben, das Monster zersplitterte in zahlreiche neue Wörter und anagrammatische Bruchstücke, die ein unübersichtliches Labyrinth bildeten: *Tulisuudelmat* (feurige Küsse) las ich, aber auch *vaisu tuli* (schwaches Feuer) – glimmte es im *uuni* (Ofen) des *uuden suden* (des neuen Wolfs), der im kalten *tuuli* (Wind) fror und zu *telmiä* (toben) begann? War das alles nur ein *unelma* (Traum), ein Traum von *suudelmia* und *tuli* und einer besseren Zukunft? *Tule!* (Komm!) las ich und suchte überfordert nach dem Ausgang aus diesem Buchstabenwirrwarr, eine Peitsche knallte, der Irrgarten zerbröselte. Dafür schmissen sich ein *-kin* und ein *-kaan* an mich heran, von rechts und von links, beide suchten Anschluss an ein Wort, um es umzubauen, aber damit wollte ich nichts zu tun haben, und beim nächsten Knall drehte ich mich um.

Mir gegenüber stand Kiira breitbeinig auf dem übrig gebliebenen, tiefrot glühenden *uu* von *suudelma*, sie trug einen engen Minirock mit Legomustern, schüttelte die blassblonde Mähne, hielt die Peitsche hoch erhoben. Die Peitsche knallte, ein neuer Sinnspruch erschien grell blinkend: «Reden ist Silber, Schweigen ist Finnisch.»

Sehr wahr, rief ich Kiira zu und stellte mich unter den Bogen des ersten *n* von «Finnisch», um mich vor dem Niederschlag von Suffixen und Peitschenhieben zu schützen. Majestätisch donnernd zersplitterte ein *kohtalo* (Schicksal) hinter mir in tausend Splitter, lange hallte das scharf wie ein schweizerisches -ch- gekrächzte -h-, «kochtalo» und ließ mich erzittern.

Die Peitsche knallte, Musik erklang; aus den nun in düsteren Farbtönen blinkenden Doppelvokalen rumpelten Staccatobeats, der kleine Wilderer preschte auf einem hölzernen Rentier aus dem herumrollenden *o* von Kohtalo, er trug ein Nikolauskostüm und reihte furios explosive Vokabeln aneinander: «Kuka kakku kukkakaali kokko kokka koko kaakki koppa kopsu kana muna kuokka kukko kyttä kytätä kikkeli kiikku kukkokiekuu kukkokiekuu hiprakassa kippis kipsi kukkaruukku kukkaruukku.» Laut- oder konkrete Poesie? Rap? Eine schamanistische Beschwörung?

Darüber agglutinierten sich die Vokale, die sich farblich und klanglich fließend aneinander anpassten, sphärische Vokalharmonien in Pastelltönen. Ein unsichtbarer Chor mischte sich ein, von Kiiras Peitsche dirigiert brüllten die männlichen Stimmen «rak», die weiblichen kreischten «kaus». Meine Glieder zuckten, mein Gehirn öffnete sich, ich verließ den Schutz des *n*, um Teil zu werden von diesem rauschhaften *hullunmylly* (Chaos). Statt Kiira stand plötzlich Kaisa vor mir, die Staccatobeats mutierten zu wehmütigen Tangoharmonien, Kaisa nahm mich in ihre Arme, wir tanzten – Vögel umschwirrten uns, *lennä laulu sinne lailla linnun liitävän,* zwitscherten sie zart und lieblich, *loma lumi naali nalle ilma hulina.*

Die Tanzfläche zerbarst, ein schwefelgelbes *Tulevaisuudensuunitelmiako?* wuchs, von übelriechendem Staub umweht, aus dem Boden und drängte sich, diesmal als Frage, zwischen Kaisa und mich.

«Wo ist Kaisa?», brüllten die Männer, «missä on Kaisa?», und die Frauen kreischten: «Missä on Frank?», und nun hielt Kaisa die Peitsche, sie knallte, die Schmitze streifte meine Wange, und ich las: «Finnisch ist Silber, Schweigen ist Gold.»

Wie lange ich eingenickt war, weiß ich nicht. Ich schreckte erst auf, als etwas vor mir auf den Tisch plumpste. Die Kerzen waren ausgelöscht, offenbar war der Große in die Hütte zurückgekehrt. Der Kleine zündete die Kerzen wieder an. Vor mir lag ein Hase. Winterlich mager, aber doch: ein Hase.

Der Befehl war klar; ich ergriff den tiefgekühlten Kadaver und schlich schlaftrunken zum Herd.

13

Elävien kuolleiden yö

(finnisch: Die Nacht der lebenden Toten)

Ende November. Die Mächte der Finsternis hatten gesiegt, Finnland war unterworfen und lag unter einer schweren, grauen Wolkendecke.

«Gewöhne dich daran, Frank, sie bleibt bis Januar hängen.»

Ich wusste nicht mehr, wer mir das gesagt hatte, aber mittlerweile begann ich an den Wahrheitsgehalt dieser Drohung zu glauben.

Kaisa und ich saßen am einzigen Ort, in dem die Finnen Widerstand gegen den Winter leisten, in der Sauna. Uns gegenüber hockten dürre Körper und feiste Wänste; in wilden Bächen strömte der Schweiß durch die Furchen der schrumpligen und vom Saunadampf gegerbten Haut und staute sich in den Runzeln zu Tümpeln, ehe er in schweren Tropfen auf den Boden platschte.

Ich seufzte.

Wohin waren bloß all die jungen Frauen verschwunden, die im Sommer nicht genug Haut zeigen konnten? Entfleucht wie die Vögel in ein sonnendurchflutetes Märchenland? Oder hielten sie Winterschlaf? Einen monatelangen Schönheitsschlaf, damit ihre Haut im nächsten Sommer noch samtener schimmerte?

Ich suchte Kaisas Hand und drückte sie. Wenigstens sie war noch da, in Fleisch und Blut. Zum Glück. Manchmal aber bezweifelte ich sogar das. Saß tatsächlich Kaisa neben mir? Die richtige Kaisa?

Die Sauna war angenehm temperiert, sie war sehr heiß, und die Hitze bildete eine Brandmauer zwischen uns und der Außenwelt. Mir graute schon jetzt vor dem Ende des Saunagangs.

Helsinki wirkte wie der Schauplatz für einen Zombiefilm. Teilnahmslos wie lebende Tote schlichen die Bewohnerinnen und Bewohner durch die Winterdunkelheit, und die geringste Berührung mit einem dieser Zombies steckte die noch Lebenden mit Kaamos an und verwandelte sie ebenfalls in Untote. Ich fragte mich, zu welchen ich wohl gehörte, zu den noch Lebenden oder den bereits Untoten. Eine dumme Frage. Ich büßte nun für den Leichtsinn, mit dem ich alle Warnungen vor dem Winter in den Wind geschlagen hatte.

November in Finnland, das ist November verdichtet auf seine Essenz. So kompromisslos, dass die Finnen den Nebelmond als eine eigene Jahreszeit betrachten, den Winterherbst.

Marraskuu, so nennen die Finnen den November, ein archaisches Wort, in dem sich Bedeutungen wie «gefrorene Erde» und «Tod» aufs sinnreichste verbinden. Sehr passend.

Nacht und Nebel hatten sich in jeder Pore von Körper und Seele eingenistet, zäh, nass und kalt, seit mehreren Wochen, die sich wie Monate anfühlten. Oder wie Jahre. Manchmal kam es mir vor, als wäre schon immer November gewesen, als wäre der Sommer nur ein Traum, eine Täuschung, von den Mächten der Finsternis als Kulisse vorgeschoben, gerade lang genug (aber keinen Tag länger), um in den Finninnen und Finnen auch im garstigsten Novembergrau eine Resthoffnung auf einen nächsten Sommer glimmen zu lassen.

An Vappu hatte ich noch davon geträumt, mit Kaisa bis ans Ende der Nacht zu gehen. Die vierstündige Frühlingsnacht war jedoch zu einem viermonatigen Albtraum mutiert, und immer stärker wurden die Zweifel, ob ich es als Nicht-Finne bis ans Ende dieser Nacht schaffen würde. Und wenn doch: In welchem Zustand würde ich im nächsten Frühjahr Vappu feiern?

Die Überlebensfrage stellte ich mir einige Monate später erneut, aber aus anderen Gründen. Ich saß auf der Bank vor der Hütte und aalte mich in der Sonne und fragte mich, ob ich je von hier wegkommen würde und wenn ja, in welchem Zustand. «Aalen» war ein vermutlich zu bildhafter Begriff für das, was ich bei minus 20 Grad tat, aber es fühlte sich so an: Der Sturm war endlich abgeflaut, die Wolken hatten sich aufgelöst, und die Sonne spiegelte sich selbstverliebt im Schnee.

Ich hätte mir vorkommen können wie vor einer Schweizer Skihütte – wenige Meter von der Seilbahn und einem Fondue entfernt. Aber statt des lieblichen Ratterns einer Gondel hörte ich nur das Heulen und Röhren der Schneemobile. Die Wilderer gingen ihrer Arbeit nach; ich wusste nicht, ob sie Fallen leerten oder neue Fallen stellten. Aber ich wusste, dass sie zurückkommen würden – vor dem Holzschuppen lag aufgestapelt ihre bisherige Ausbeute an Fellen und Tieren.

Ich blinzelte in die Sonne. Wärmte sie? Nein. Aber allein das Wissen, dass ihr Licht meine Haut liebkoste, schenkte mir die Illusion von Wärme. Nach mehreren nachtdunklen Sturmtagen ist man dankbar für diese Art von Selbsttäuschung.

Selbsttäuschung war im November ausgeschlossen. Der November heuchelte nicht, er täuschte nichts vor, er war einfach – novemberhaft.

Nicht die Kürze der Tage war das Übel. Nein, zermürbend

war die graue Wolkenmasse über unseren Köpfen, gleichförmig und unbeweglich. Unmöglich zu sagen, wie tief oder wie hoch sie hing – sie war einfach da, erdrückend, sie löschte das Licht, sie dämpfte die Farben, sie erstickte die Geräusche und schuf ein graues Vakuum, in welchem nur dunkelgraue bis schwarze Gedanken sprossen. Wie ein Gefangener die Tage bis zu seiner Freilassung zählt, zählte ich die Tage, an denen ich die Sonne erblickte. Im November reichte eine Hand.

Wegen des Gewölks war jeder Tag identisch. Ich verlor das Raum- und Zeitgefühl. Dachte ich an den November zurück, erinnerte ich mich nur an zusammenhangslose Fragmente von Ereignissen. Die immer gleichen Grautage raubten dem Leben alle Dramaturgie und führten zu einem Realitätsverlust. Real, beklemmend real war nur der Eindruck, dass ich immer tiefer in einen bodenlosen Abgrund rutschte. Es war kein jäher Absturz, sondern ein langsames Abgleiten, ein bewusst wahrgenommener, aber nicht zu vermeidender Schrecken ohne Ende.

Ich betrat den Winterherbst mit dem Schwung aus dem Oktober, noch voller Tatendrang. Das war ein Fehler. Vor der Eröffnung von Kirsis Ausstellung verbrachte ich ein paar Tage in Tampere. Ich besichtigte die Stadt, schlenderte bis zum Vorort Nokia, wo ich ein Paar Gummistiefel dieses Namens kaufte und verkroch mich anschließend im Muminmuseum. Die Ausstellung war ein Erfolg, und Kaisa war danach viel entspannter. Statt nach Helsinki zurückzufahren, schlug ich einen Abstecher nach Kuopio vor. Dort hatte sie Freunde, von denen sie oft erzählte. Sie schaute mich verwundert an, weil ich, wie sie mir später vorwarf, eigentlich hätte wissen müssen, dass einer dieser Freunde ein eifersüchtiger Ex war, aber sie wandte nichts ein, und so tuckerten wir im Zug quer durch Finnland.

In Jyväskylä freuten wir uns über die ersten Schneeflocken, kurz nach Suomenjoki wurden wir von den ersten Schneewehen gebremst, und bald steckte der Zug im Schnee fest. Der Strom fiel aus, es wurde bitterkalt, und da auch das Bordrestaurant keine warmen Getränke reichen konnte, kümmerte sich die Zugbegleiterin um unser Wohlbefinden. Über die überforderten Waggonlautsprecher spielte sie flotte Humppa-Hits und forderte uns zum Hüpfen, Hopsen, Dehnen und Schütteln aus. Es sah gespenstisch aus: Ein Waggon voller Menschen, die im Gang und auf den Sitzen dem Nordic Aerobic huldigten. Kaisa und ich zogen es vor, aneinandergekuschelt sitzen zu bleiben.

In Kuopio waren die Tage schon deutlich kürzer als in Tampere. Wir waren erkältet, saßen in engen und überhitzten Wohnungen, und ich stritt mich mit ihrem Ex-Freund – keine Ahnung mehr, warum, bestimmt grundlos und einfach aus Prinzip.

Dann wollte ich weiter, nach Kajaani, ein fiebriger Bewegungsdrang hatte mich ergriffen, vermutlich dachte ich, wenn ich in Bewegung bleibe, kann mich der November nicht packen. Kaisa widersprach mir, es gäbe keinen Grund, ein Kaff wie Kajaani im November aufzusuchen.

«Kajaani ein Kaff?!», entrüstete ich mich. «Wie kannst du nur so etwas sagen! Kajaani ist eure heimliche Hauptstadt, mythologisch und kulturell betrachtet! Hat Elias Lönnrot nicht von dort aus die Kalevala-Gesänge zusammengetragen?»

Wir stritten, Kaisas Freunde schauten betreten zur Seite, schließlich gab ich nach, und wir bestiegen den nächsten Zug nach Helsinki. Beim Starren in die schwarzen Wälder, die an uns vorbeizogen, und den grauen Nebel, der mit uns zu fahren schien, wurde mir die Absurdität meines Aufstands bewusst: Der November hatte sich schon überall ausgebreitet, und je stärker ich mich dagegen wehrte, desto stärker wurde der Sog in die Tiefe.

Mein Tätigkeitsdrang verpuffte.

Während ich zunehmend untätig zu Hause herumsaß, häuften sich Kaisas Ausflüge in Design- und Einrichtungsläden. Während ich in der Wohnung herumtigerte, nähte sie Kissenbezüge und Vorhänge mit warm leuchtenden Marimekko-Mustern. Während ich im Internet die Live-Cams Schweizer Bergstationen anklickte, um mich zu erinnern, wie das Nebelmeer von oben aussah, stellte sie bunten Krimskrams auf die Fensterbänke und ins Bücherregal. Als sie mich bat, einen neuen Lampenschirm mit hellem Blumenmotiv aufzuhängen, schimpfte ich über das unnütze Zeug, mit dem sie ihre kleine Wohnung zustopfte. Was ich noch vor kurzem süß gefunden hatte, störte mich nun.

Sie schaute mich traurig an – und ein paar Tage später verstand ich den Sinn ihres Treibens: Sie richtete unser Winternest ein, und wir fanden zu einer Intimität zurück, die mir, vorübergehend, die Illusion schenkte, nicht von einer grauen Wolke plattgemacht zu werden, sondern in einem zartrosa schimmernden Wölkchen zu schweben.

Dem widersprach aber, eindeutig und unmissverständlich, der finnische Tango.

Vielleicht hätte ich im November meine Beschäftigung mit ihm aussetzen sollen, denn er verführt nicht gerade zu überbordender Fröhlichkeit. Außerdem bringt jeder zweite Tango die zentrale finnische Erfahrung auf den Punkt: Der lange Winter nimmt zurück, was der kurze Sommer geschenkt hat.

In *Tuulikannel* (Windharfe) beschwört Olavi Virta nicht nur das Ende des Sommers, sondern lässt selbst der Erinnerung an die schönen Monate keine Chance:

Die Blätter sind gefallen
Vom Winde verweht
Und so ist der schönste Sommer verschwunden.
Die Zugvögel sind weggeflogen
Und nun verblassen auch die Erinnerungen an den Sommer.
Auf der Straße zwischen den fliegenden Blättern
Stehe ich nun allein und verlassen
(...) Und alles verschwindet im Wind.

Auch in Satumaa fliegen die Zugvögel bekanntlich weg und lassen nur Dummköpfe wie mich zurück. Wo aber liegt dieses Märchenland? Meine Theorie, Satumaa liege in Finnland, geriet ins Wanken. War Satumaa doch ein fernes Land? Oder beschrieb das Lied unsere Sehnsucht nach etwas Unerreichbarem? Oder drückte es die Suche nach dem inneren Frieden in uns aus?

In der letzten Strophe weilt die Geliebte bereits in Satumaa, und der Sänger schickt sein Lied wie einen Vogel an das ferne Gestade – es soll ihr versichern, dass er ständig nur an sie denkt:

Lennä laulu sinne lailla linnun liitävän
Kerro, että aatoksissain on vain yksin hän.

Umschrieb das eine der vielen Fernbeziehungen im Tango? Oder stand Satumaa tatsächlich für das Jenseits, wie mir jemand gesagt hatte, beschwörte es die Sehnsucht nach dem Tod?

Luzern sei nicht gerade für sein lichtes Klima berühmt, schrieb Corinne zurück, als ich ihr mein Leid klagte, sondern eher für zähen Nebel.

Das traf zu.

Aber, entgegnete ich, rund um Luzern gäbe es Berge, den Pilatus, die Rigi, das Stanserhorn, den Brisen und Dutzende, ja Hunderte weiterer Gipfel, die jeweils hoch über das Nebelmeer hinaus in das herbst- und wintersonnenlichtdurchflutete Firmament ragen. Und es sei doch etwas anderes, tatsächlich über die Nebelgrenze emporzuflüchten und Licht, Sonne und Weitsicht zu genießen. Live-Cams böten einen ungenügenden Ersatz, zumal das Wichtigste fehlte: Die Schadenfreude denen gegenüber, die in der grauen Suppe hockten.

Gibt es denn, erkundigte sich Corinne auf einer Postkarte, die das um den Pilatus herum wallende Nebelmeer zeigte, keine Firma, die Hubschrauberflüge über die Nebeldecke anbietet?

Ich stellte die Frage Jyrki, als ich das nächste Mal mit ihm in unserer Lieblingskneipe in Kallio Trübsal blasen ging.

Er schwieg.

Ich wiederholte die Frage.

«Ich habe dich schon gehört», entgegnete er unwirsch.

«Nicht dass ich wüsste», sagte er dann.

«Wäre das nicht eine Marktlücke?»

«Hubschrauberflüge?»

«Ja, hätte ein Flug über den Nebel für die Finnen nicht den Stellenwert, den für Normalsterbliche ein Flug in die Stratosphäre hätte?»

Er wiegte seinen Kopf bedächtig hin und her und sagte lange nichts.

«Wölkchen, Wölkchen, Wölkchen», brummte er dann plötzlich.

Ich blickte ihn fragend an.

«Morgen scheint in der Schweiz die Sonne.»

Ich verstand. Er redete von der Wettervorhersage von morgen.

«Wie viele Wölkchen hast du heute kopiert und gepastet?»

«Zu viele. Immer nur Wölkchen, über ganz Finnland, es ist zum Wahnsinnigwerden.»

Zwei Tage später wurde Jyrki gefeuert. Er hatte auf der Wetterkarte über ganz Finnland Dutzende fröhlich grinsende Sonnen animiert, die sämtliche Wölkchen auffraßen. Die Fernsehzuschauer waren begeistert, die Direktion nicht. In derselben Woche verließ ihn seine Freundin Liisa, und dann endete seine Ausstellung in der Galerie der Ateliergemeinschaft. Er hatte kein einziges seiner Winterbilder verkauft. Er nahm diese Schicksalsschläge mit erstaunlichem Gleichmut hin. Ich verschwieg ihm, dass ich sein Bild von der einsamen Sprungschanze abgehängt hatte; es war zu winterlich, zu naturalistisch, kaum erträglich.

«Der Kaamos, du verstehst», sagte er bloß.

«Warum malst du im Winter nicht? Du könntest ja Sommerbilder malen.»

Er schüttelte den Kopf.

«Unmöglich.»

Und nach ein paar Minuten: «Was machst du eigentlich noch hier, Frank?»

Nicht nur Kaisa und mir ging es nicht gut; der November setzte auch unserem Umfeld zu. Tuula kehrte enttäuscht nach Helsinki zurück: Die Tournee von Cranky Crayfish war weniger erfolgreich gewesen als erhofft, und die Plattenaufnahmen in Berlin hatten nicht zum ersehnten Vertrag mit einem deutschen Label geführt. Heikkis Eltern rammten auf der Fahrt von Porvoo zum Flughafen einen Elch – der Flieger hob ohne sie ab. Eero wankte sturzbetrunken durch eine zu wenig gesicherte Baustelle, stürzte in eine Grube und brach sich beide Beine. Zehn Tage nach der Eröffnung ihrer Ausstellung wurde in Kirsis Gehirn ein Tumor entdeckt, von dem die Ärzte zunächst nicht sagen konnten, ob er gut- oder böswillig war. Und Kimmo blieb verschwunden.

«Wie schrecklich», sagte ich erschüttert, «so viele Schicksalsschläge in so kurzer Zeit.»

«Es ist November», entgegnete Kaisa schulterzuckend, «da passieren solche Dinge, das ist normal. Wir können nur hoffen», seufzte sie dann, «dass es bald schneit.»

«Schneien?»

«Ja», nickte sie. «Die Schneedecke hellt die Winternacht auf.»

Dann nahm sie mich in den Arm, und wir hielten uns ganz fest.

Was noch funktionierte, funktionierte langsam. Überall. Im Verhalten der meisten Finnen ließ sich der Wunsch nach Winterruhe erkennen. Sie drosselten ihren Aktivismus und traten in eine Art Ruhezustand. Sie sperrten die Tastatur ihres Lebens, schalteten die Anrufunterdrückung ein und den Klingelton stumm und schmissen das Passwort in ein Eisloch. «Der Teilnehmer kann im Moment leider nicht erreicht werden.»

Mittlerweile verstand ich das Konzept Winterschlaf und beneidete die Tiere, die sich ein paar Monate lang in einer Höhle zurückziehen und auf die Rückkehr besserer Zeiten warten. Dieser gleichgültige Dämmerzustand der Einheimischen war vermutlich das Geheimnis, um den finnischen Winter schadlos zu überstehen.

Für mehr als zum Schweigen und zum Kuscheln reichte unsere Kraft immer seltener. Dabei waren die Nächte endlos, und wir hätten viel Zeit für erotische Feuerwerke gehabt, die die Wolkendecke in und zwischen uns bestimmt weiter aufgerissen hätten als alles andere, selbst als Hubschrauberfluchten über die Nebelgrenze.

Von außen betrachtet, kann das finnische Sexualverhalten paradoxal wirken. Bekanntlich sind Sommer und Herbst keineswegs so geburtenreich, wie man annehmen könnte. Die Libido schwillt in der monatelangen Winternacht ab. Standby statt Beischlaf, allenfalls deprosexuelles Kuscheln. Dann und wann ein Fluchtversuch in unfrohes alkosexuelles Treiben. Ansonsten, in Momenten eines unerwarteten Aufzuckens der Triebe oder beim Starren in die Therapieleuchte ist man kurz solo- oder autosexuell, finnisch: *yksiseksi*.

Genau, die Therapieleuchte. Eines Tages stieg Kaisa in den Keller und kehrte mit einer verstaubten Lampe zurück. Das sei eine spezielle Leuchte, erklärte sie, sie simuliere Tageslicht und werde für die Lichttherapie verwendet. Wenn ich mich besonders schlecht fühle, dürfe ich ruhig auch mal eine Stunde lang einfach ins Licht starren.

«Ich bin doch nicht krank!», rief ich aus.

Dann ging Kaisa arbeiten, die Wohnung versank in einem trüben Grau, und ich setzte mich vor die Leuchte.

«Gibt es eigentlich Saunen, die mit Therapieleuchten ausgestattet sind?», fragte ich Jyrki bei unserem nächsten Saunabesuch.

Er schüttelte den Kopf so langsam, dass kein einziger Schweißtropfen aus seinen Haaren purzelte.

«Wäre die Kombination von Sauna und Lichttherapie nicht eine Marktlücke?»

Jyrki nickte ebenso langsam und strich über seine Haarstoppel.

«Hmm.»

Ich nickte und schwieg. Jyrki auch. Wir dachten an die

Umsetzbarkeit dieses Vorhabens und an die Umsätze, die es in unsere Taschen spülen würde. Auf dem Weg zur Arbeit, während der Mittagspause, als After-Work-Sauna mit Happy Hour könnten die dunkelheitsgeplagten Menschen sich auf diese Weise mit Hitze und Licht aufpäppeln lassen.

Doch wir ahnten: Sobald wir die Sauna verließen, würde der notwendige Tatendrang ebenso verdampfen wie unser Schweiß.

Die Idee war aber da, sie existierte. Vermutlich gärten im November Tausende solcher Ideen in kaamosverseuchten Gehirnen, entstanden in einem Dämmerzustand, in dem auch die skurrilsten Einfälle geäußert werden durften – schließlich wusste man, dass niemand auf ihre Verwirklichung pochen würde. Vermutlich war der November die Keimzelle der vielen exzentrischen und eigensinnigen finnischen Errungenschaften und kulturellen Leistungen, die die Welt bereicherten. Höchstwahrscheinlich wurde auch die Schnapsidee eines schnurlosen Telefons, mit welchem man auch und vor allem schreibend kommunizieren konnte, erstmals in einer Novembersauna geäußert, von einem Hausmeister des Gummistiefelfabrikanten Nokia.

Gegen Therapieleuchten in der Sauna gab es jedoch ein triftiges Argument:

«Schau dir die Leute an, Frank», sagte Jyrki zwei Wasseraufgüsse später, «diese welken Hautfetzen, die formlos über brüchigen Skeletten hängen oder sich über Bier- und Wurst-Notvorräte spannen – möchtest du sie wirklich in hellem Licht betrachten müssen?»

Ende November war nicht nur das Konzept Winterschlaf nachvollziehbar geworden, sondern auch das Konzept Suizid. Beim Aufwachen fragt man sich, warum man überhaupt aufsteht, wo doch jeder Tag identisch ist, geloopt. Beim Aufstehen fragt man sich, warum man überhaupt aus dem Haus soll – und beim Einschlafen: Warum morgen überhaupt wieder aufwachen?

Auch im Selbstmord sind die Finnen Weltklasse. Sie haben die Schweden und die Schweizer von den Spitzenrängen verdrängt und werden höchstens von gewissen osteuropäischen und südostasiatischen Ländern sowie den Grönländern überflügelt. Ich gönnte den Finnen diese Pole Position auf der Sprungschanze ins Jenseits von Herzen; es stärkt ihr Selbstwertgefühl, wenn sie die Nummer eins sind, egal in welcher Disziplin. Aber das löste meine Probleme nicht.

«Selbstmord?», knurrte Jyrki. «Was faselst du von Selbstmord?»

«Nun, November, der Kaamos …»

Er schüttelte den Kopf.

«Im Winter bringt sich in Finnland niemand um. Wenn sich ein Finne umbringt, dann im Sommer.»

Ich schaute ihn ungläubig an.

«Im Winter ist der Kaamos Normalzustand. Für die meisten. Wenn es allen schlecht geht, erträgt man sein Los besser. Im Sommer hingegen – wenn es dir im Sommer schlechtgeht, dann greifst du nach der Knarre.»

Denn, so führte Jyrki aus, der finnische Mann betrete das Jenseits am liebsten mit einem großen Knall.

Die anderen Saunierer nickten.

So viele blutige Details wollte ich gar nicht erfahren.

«Und wenn wir einfach in der Sauna sitzen blieben», unterbrach ich Jyrki, «bis der Frühling dämmert oder das Herz nachgibt?»

Nicht nur in Kaffeetrinken, Saunieren und Selbstmord sind die Finnen Weltspitze – auch in Herzinfarkt.

So verging der November. Langsam.

Während die Erinnerungen verblassten, beobachtete ich, wie die Sonne sich den Baumwipfeln näherte. Bald würde es noch weiter abkühlen. Das Sonnenlicht hatte aber für ein paar Stunden die Dunkelheit aus meinem Organismus gestrahlt. Die Klarheit des Tages führte zu einer leicht erhöhten Klarheit der Gedanken. Zum ersten Mal war mir bewusst geworden, dass ich im November weit weniger einsam gewesen war, als ich immer gedacht hatte; im Gegenteil, Kaisa hatte sich um mich gekümmert, ich erinnerte mich an die vielen kleinen Gesten, die mitfühlenden Blicke, die Aufmerksamkeiten. Damals steckte ich aber zu tief in meinem Tango-Kaamos-Trip, um ihre Fürsorglichkeit wahrzunehmen und zu verstehen, dass der finnische Stoizismus die einzige vernünftige Überlebensstrategie war.

Und nun stellte ich mir endlich auch die Frage, was ich tun würde, sollte ich diese Hütte je verlassen.

Kaisa? Natürlich!

Wie schlimm stand es tatsächlich um unsere Beziehung? Den Kaamos-Test, der in Liebesdingen dem Elchtest für Autos entspricht, hatte unsere Beziehung ganz offensichtlich nicht bestanden. Irgendwann im Herbst war sie aus der Spur geraten und gekippt und lag nun in einem Straßengraben. Das Scheitern des Elchtests bedeutet aber nicht, dass ein Automodell vom Markt genommen wird – es wird überarbeitet, verbessert, verfeinert.

Das wollte ich tun. Ich war plötzlich ganz aufgeregt, ging unruhig auf dem Pfad zwischen Hütte und Sauna hin und her. Am liebsten wäre ich auf die Skier und los. Zu Kaisa. Wo auch immer sie war. Und hätte ihr das alles und noch viel mehr erzählt. All das, worüber wir in den letzten Monaten geschwiegen hatten. Jetzt! Sofort! Ein neues Leben! Zusammen! Bereitet sich unter der Schneedecke nicht der nächste

Frühling vor? Schenkt uns der weise Reijo Taipale in *Kaukainen Ystäväni* (Meine ferne Freundin) nicht eine neue Hoffnung?

Meine ferne Freundin,
wenn wir uns nach dem Winter wieder sehen,
wird es der schönste Frühling sein!

Genau, Kaisa, so wird es sein und nicht anders! Aber wo bist du? Was denkst und fühlst du? Wie komme ich zu dir? Wann?

Ich seufzte und ging in die Hütte. Auch heute gab's Hasenragout. Ein gehäutetes Tier hing aufgetaut über dem Ofen. Ich weidete den Hasen aus, trennte Kopf und Beine vom Rumpf und schmiss das Fleisch ins kochende Wasser. Draußen kratzte ich ein bisschen Rinde von einer Birke und streifte einer Fichte ein paar Nadeln ab. Wer weiß, vielleicht würde dies dem Gericht eine besondere geschmackliche Note geben.

Kurz nach Einbruch der Dunkelheit kehrten die Wilderer zurück, zunächst der Große, dann der Kleine. Lag es am klaren Tag, dass sie mir weniger furchterregend vorkamen? Begann ich mich an sie zu gewöhnen? Wurde ich leichtsinnig? Seit wie vielen Tagen teilten wir nun die Hütte? Dennoch bewegte ich mich weiterhin so, dass ich immer beide im Blick behielt.

Der Große starrte selbstvergessen auf einen Hochglanzpapierbusen, der Kleine schnitzte ein Rentier. Dann begann er wieder zu pfeifen. Die drei Töne in Moll. Schwermütig oder bedrohlich? Eine Toten- oder eine Tötungsklage? Mein Herz schlug schneller. Paranoia?

Ich wandte mich wieder dem Hasen zu. Ich erinnerte mich an die schmackhafte Weinsoße meiner Mutter und fragte mich, ob eine Tasse Koskenkorva meinem Gericht einen ähnlich aparten Geschmack verleihen würde. Dann streute ich die restlichen Rosinen in den Topf und vier gehäufte Löffel Mehl, um die Soße zu verdicken.

Der Hase schmeckte gut. Nicht nur mir – auch die Wilderer schlangen das Essen nicht einfach so herunter, sondern schmatzten genießerisch. Als der Kleine seine dritte Portion vertilgt hatte, schob er seinen Teller von sich und pulte mit seinem Messer in den Zähnen herum. Seine Goldzähne schimmerten matt im Kerzenlicht. Dann starrte er mich an und kläffte: «Sauna?!»

Hatte ich richtig gehört? Oder war's ein Rülpser gewesen, ein Versehen?

Er starrte mich an.

War das ein Befehl? Sollte ich die Sauna einheizen? Oder war es die Einladung, die Sauna mit ihnen zu teilen? Beides schien gleichermaßen unrealistisch.

Er starrte mich an.

War dieses «Sauna?!» nicht das erste Wort gewesen, das ich von den beiden Käuzen gehört hatte?

Ich begann zu zittern wie Espenlaub.

14

Kaamos-Kooma

(finnisch: Kaamos-Koma)

«Du erzählst *hölynpöly*, Jyrki», sagte ich. Ich hatte das Wort zwei Tage zuvor aufgeschnappt, und es hatte *kuulakärkikynä* (Kugelschreiber) als mein derzeitiges Lieblingswort abgelöst. Hölynpöly. Welche andere Sprache bringt «Unsinn» so akkurat zum Klingen?

«Oh nein.» Jyrki schüttelte den Kopf. «Die anderen werden es bestätigen. Am Nationalfeiertag empfängt die Präsidentin Hunderte von Gästen im Präsidentschaftspalast und schüttelt allen die Hand.»

Ich lachte zum ersten Mal seit zwei Wochen, aber die anderen nickten. Wir standen vor einer Bar in Kallio. Der erste Schnee war gefallen, eine dünne Pulverschicht, es herrschten Minustemperaturen, die garstigen Böen brachten die Zigarettenspitzen zum Knistern und Glühen.

«Vertreter aus Politik, Wirtschaft, Wissenschaft, Sport und Kultur, die sich im vergangenen Jahr um die Nation verdient gemacht haben.»

«Und Veteranen.»

«Davon gibt's aber Jahr für Jahr weniger.»

«Auch Lordi wurde eingeladen, nachdem er die Eurovision gewonnen hatte.»

«Gab's da nicht einen Skandal?», fragte Kaisa.

«Ja», bestätigte Heikki. «Lordi wollte in Monsterkluft samt Maske kommen, doch das Protokoll untersagte ihm das. Deshalb schlug er die Einladung aus.»

«Was war aber mit seiner Freundin? Stolzierte sie nicht an der Präsidentin und den Kameras vorbei?»

«Das wurde ihr übelgenommen, mit diesem Empfang spaßt man nicht.»

«Als Lordis Partnerin hatte sie eine gültige Einladungskarte, aber keinen eigenen Leistungsausweis.»

Ein paar Windstöße später waren die Zigaretten verglüht, aber keiner machte Anstalten, in die Bar zurückzukehren. Ich war offensichtlich der Einzige, der fror.

«Warum wisst ihr das?», fragte ich.

«Dieser Empfang ist eine tolle Sache, Finnlands bedeutendste Mode- und Klatschparade», sagte Kaisa. «Man sieht alles, was Rang und Namen hat, erfährt alles, was man im vergangenen Jahr verpasst hat.»

«In den Wochen zuvor reißen sich die Damen um die auffälligsten Abendkleider und die extravagantesten Frisuren.»

«Und die Herren?», fragte ich.

«Die sind natürlich konservativ gekleidet, du kennst ja die Finnen», sagte Kirsi. «Viele kompensieren ihre langweiligen Anzüge durch einen möglichst auffälligen Anhang.»

Sie steckte gerade zwischen zwei Chemotherapien und versteckte ihre Glatze unter einer Wollmütze, auf der ein niedliches Koalagesicht aufgestickt war. Nicht nur wegen der Mütze fiel sie auf – seit ihrer Erkrankung hatte sie der schwarzen Farbe abgeschworen und trug nur noch bunte Kleider. Die hellgrünen Cordhosen und der kanarienvogelgelbe Pullover ließ unsere Kleider noch farbloser und deprimierender erscheinen.

Die Kamera hing wieder vor ihrer Brust. Trotz ihrer Krankheit hatte sie neue Projekte angerissen und wirkte unternehmungslustiger und zuversichtlicher als die meisten von uns. Ich fragte mich, woher sie diese Kraft nahm – und vor allem fragte ich mich in ihrer Gegenwart immer wieder, warum ich mich so miserabel fühlte. Eigentlich hatte ich keinen Grund dazu.

«Diese Parade ist auch die beste Gelegenheit», sagte Kaisa, «sein Liebesleben oder sein neustes Gerücht zur Schau zu stellen.»

«Alles wird anschließend wochenlang in den Abendzeitungen bestätigt, von allen Seiten abgelichtet oder geleugnet.»

«Das mag sein», gab ich mich geschlagen. «Aber dieser Empfang soll ein Quotenknüller sein?»

«Er hat mehr Zuschauer als ein Eishockey-WM-Finale gegen Schweden», behauptete Heikki.

«Es ist», sagte Jyrki ernsthaft, «die populärste Fernsehsendung Finnlands. Mehr als die halbe Bevölkerung sitzt vor dem Flimmerkasten.»

«Der Empfang ist aber lustiger als Eishockey», sagte Kaisa.

Veralberten sie mich?

«Und er dauert länger.»

Sie lachten.

Ich lachte auch.

Zwei Wochen später lachte ich nicht mehr. Ich saß zu Hause, vor mir lag eine aufgerissene Tüte Lakritz neben einer Salatschüssel voll Chips, und ich war dermaßen in das Geschehen auf dem Bildschirm vertieft, dass ich überhörte, wie Kaisa die Wohnung betrat.

«Hei!»

Ich zuckte zusammen.

«Wie war dein Tag?»

«Psst!», machte ich.

«Was?», rief sie aus. «Was schaust du da, Frank?»

Das Händeschütteln war vorbei, gut zwei Stunden hatte

es gedauert, nun wurde gespeist und getanzt, und besonders auffällige Prominente wurden von Fernsehreportern interviewt und gaben sich höflich, bescheiden, humorvoll und in vielen Fällen leicht ironisch.

«Nein, Kaisa, das ist doch Kimi Räikkönen!», rief ich, als der Bildschirm schwarz wurde.

Ich griff zur Fernbedienung, das Bild erschien wieder.

«Du stehst vor dem Bild, Kaisa.»

Sie blickte mich bestürzt an.

«Warum reagierst du so? Du hast doch selbst gesagt, dieser Empfang sei lehrreich. Du stellst dir nicht vor, was ich alles …»

«Aber nicht so, Frank. Nicht allein. Gerade jemand in deinem Zustand. Wärst du in einer Bar, hättest du Jyrki und Kirsi eingeladen – aber das hier, Frank, das ist, als würdest du dich allein zu Hause betrinken. Das ist … – geht's dir wirklich so schlecht, Liebster?»

«Lass mich weiterschauen, Kaisa.»

Sie seufzte und ging in die Küche. Wenig später hörte ich sie telefonieren, sie klang ernst, aber ich belauschte sie nicht – ich vertiefte mich in das illustre Treiben im Präsidentenpalast.

«Ich habe dich bei KOLD angemeldet», sagte Kaisa, als sie zwei Teller mit Kartoffeln und eingemachtem Hering in Senfsoße vor uns hinstellte und sich neben mich setzte. Die finnischen Koryphäen und ihre Anhängsel glitten mit vornehmer Zurückhaltung zu zahmer Popmusik über das Parkett.

«Wo?», fragte ich.

«KOLD. *Kaamos-Opfer – Licht ins Dunkel*, eine Selbsthilfegruppe.»

Kaisa legte den Arm um mich.

«Mir war nicht bewusst, dass der Kaamos dich so schlimm erwischt hat. Hätte ich mich besser um dich kümmern sollen?»

«Schon gut, Kaisa», erwiderte ich, ohne nachzufragen, wohin genau sie mich schicken wollte. «Lass uns den Empfang zu Ende schauen.»

Alles andere interessierte mich nicht, nicht einmal der Hering.

Am nächsten Abend saß ich mit zwei Dutzend anderen Menschen in einem mit grellem Neonlicht und einem Dutzend Therapielampen ausgeleuchteten Mehrzweckraum einer unscheinbaren Kirche in Toukola, im Nordosten Helsinkis. Wir hatten die Tische an die Wände geschoben und bildeten einen Kreis. An der Wand hing ein Transparent, auf welchem in schwungvollen Lettern der Sinnspruch des Abends prangte: «In jedem von uns steckt genügend Licht, um die Finsternis zum Leuchten zu bringen.»

«Damian hat uns vorübergehend verlassen», sagte eine ältliche Dame mit einem faltenreichen und gütig lächelnden Gesicht. Mechthild hieß sie, sie war eine deutsche Pastorin und die Leiterin von KOLD. Sie hatte braune Augen, deren Blick man sich kaum entziehen konnte, trug ihre langen grauen Haare offen und war in weit geschnittene, helle Leinenkleider gehüllt.

«Er ist in der Nacht auf Sonntag mit einer Schlafmittelvergiftung im Spital von Espoo eingeliefert worden.»

Ein betroffenes Murmeln ging durch die Gruppe.

«Heike ist mit ihrem Sohn nach Nürnberg zurückgekehrt. Für die nächsten drei oder vier Monate, sagt sie. Dafür haben wir einen neuen Freund, Frank aus der Schweiz. Seit wann bist du in Finnland, Frank?»

«Seit Mai», erwiderte ich, «oder genauer, seit Juhannus.»

«Ein Mittsommerfinne. Sind wir das nicht alle?», fragte Mechthild und blickte in die Runde. Die meisten nickten. «Aber ist es nicht unmöglich, das Licht zu würdigen, ohne das Dunkel zu kennen?»

«Oh ja», murmelte mein Sitznachbar, «oh ja.»

Mechthild wandte sich einem dicklichen Mann mit rotem Haar und rötlicher Haut zu.

«Möchtest du unser Treffen heute eröffnen, Joshua?»

Der Mann nickte und erhob sich.

«Ich bin Joshua aus Brighton», sagte er auf Englisch, «und leide am Kaamos. Das ist mein dritter Winter in Finnland, und ich weiß nicht, ob mich die Erfahrung im Umgang mit dem Kaamos widerstandsfähiger macht – oder ob ich im Gegenteil Jahr für Jahr stärker darunter leide.»

Einige Teilnehmer nickten bestätigend, doch als Joshua Atem holte, ging die Tür auf, eine Frau, Typ sinnliche Südländerin, betrat den Raum, sie warf ein kurzes Lächeln in die Runde und stolzierte zum freien Stuhl, der neben einem Mann in einem modisch geschnittenen, marineblauen Anzug stand. Er beeilte sich, seinen Aktenkoffer von der Sitzfläche zu entfernen.

«In den letzten Wochen», fuhr Joshua fort, «ging es auf und ab, vor allem weil Nokia meinem dritten Antrag auf Versetzung in ein anderes Land nicht stattgegeben hat. Ich flüchtete mich in Arbeit und hoffte, mich damit abzulenken. Aber meine Arbeitsunlust wirft mich immer wieder auf mich zurück.»

Auch ich nickte, ich kannte das.

«Vorgestern blieb ich, statt mit meinen Kolleginnen und Kollegen in unserer After-Work-Bar den Empfang anzuschauen, vor meinem Computer sitzen und starrte drei Stunden lang auf den Bildschirmschoner – ein Palmenstrand in der Südsee, weißer Sand, türkises Meer, blauer …»

Ein entsetztes Tuscheln unterbrach Joshua, er begann am ganzen Leib zu zittern. «Wenn die Putzfrau nicht gekommen wäre …», sagte er noch, dann versagte seine Stimme, und er setzte sich.

Mechthild stand auf, reichte Joshua eine Kerze und ein Streichholz.

«Wer sich nach Licht sehnt, mein lieber Joshua, ist nicht lichtlos», sagte sie, während er die Kerze mit zitternden Händen anzündete, «denn Sehnsucht ist schon Licht.»

«Denn Sehnsucht ist schon Licht», wiederholte mein Sitznachbar flüsternd und lehnte sich zu mir. «Ist das nicht wunderschön?»

Wunderschön? Ich wand mich innerlich. In was für einem Sonnentempel war ich bloß gelandet?

Joshua starrte in das Kerzenlicht und seufzte erleichtert.

Dann blickte Mechthild zu einem Mann mit Schnauzbart.

«Hassan, du hast dich seit einigen Wochen nicht zu Wort gemeldet.»

«Es gibt auch keine großen Veränd…»

Mit einem strengen Blick wies Mechthild ihn zurecht; er erhob sich und begann, in nahezu akzentfreiem Finnisch:

«Ich bin Hassan aus Meledi und leide am Kaamos. Ich habe in den letzten Monaten zwei neue Kebap-Restaurants eröffnet, in Espoo und Tampere, und eines in Lappeenranta übernommen, aber meine Albträume werden schlimmer. Nacht für Nacht irre ich durch einen leeren, weißen Raum, ich weiß nicht, wo oben und wo unten ist, und ich sehe keine Wände, keine Decke, keinen Boden. Eine eisige Fläche, ein eisiges Nichts, blendend weißes Licht.»

«Hassan ist Kurde», flüsterte mein Sitznachbar mir zu.

«Einer der ersten Asylbewerber in Finnland und heute der Kebap-König.»

«Dabei umgebe ich mich in meinen Restaurants mit den Gerüchen und den Farben meiner Heimat, mit ihren Möbeln, ihrer Musik und ihren Fernsehprogrammen, und mit Skype kann ich jederzeit einen Blick in mein Elternhaus werfen und mit meinen alten Eltern reden. Müsste ich nicht glücklich sein?», sagte Hassan und schluchzte auf. «Ich müsste doch glücklich sein!»

Auch ihm reichte Mechthild eine Kerze und ein Streichholz.

«Alle Dunkelheit der Welt kann das Licht einer einzigen Kerze nicht auslöschen», sagte Mechthild und klang wie die lutherische Pfarrerin, die sie war. Als Hassans Kerze lohte, nickte sie der verspäteten Südländerin zu.

«Ich bin Miranda aus Barcelona und leide am Kaamos», sagte diese in einer Mischung aus Englisch, Spanisch und Finnisch. «Seit vier Jahren bin ich in Finnland, und ich frage mich, porqué. Dumme Frage. Die Liebe ist schuld, el amor, Rakkaus. Mein Ehemann. Minun niños.»

Sie machte eine Pause und warf einen Blick in die Runde. Trog mich der Eindruck, dass ihr Blick länger auf Hassan verharrte als auf den anderen?

«Unsere finnischen Partner verstehen nicht, was im Winter in uns vorgeht. Vermutlich verstehen sie nicht einmal, was in ihnen selbst vorgeht. Sie reden nicht darüber. Sie sprechen nicht mit uns. Sie vernachlässigen uns. Mi marido – er …»

Wieder dieser prüfende Blick. Hassan erwiderte ihn mit einem kaum merklichen Augenzwinkern.

«Mi marido ist seit einer Woche auf Geschäftsreise, in Spanien; ich bringe unsere Kinder in die Schule, in tiefster Dunkelheit, und hole sie wieder ab, wenn es Nacht ist, und tagsüber schaffe ich es nicht, die Dunkelheit zu vertreiben. Nichts wirkt, nada. Und wenn er da ist, mein Mann, interessieren ihn nur Eishockey, Sauna und Saufen mit seinen amigos. Ich … Wer hilft mir?»

Der Mann im blauen Anzug ergriff Mirandas Hand, sie ließ ihn gewähren. Auch Joshua schaute hilfsbereit zu Miranda. Hassan grinste.

Ich fühlte mich fehl am Platz, die Situation war mir unangenehm. Ich blickte auf den Boden.

«Besser ist es, Licht anzuzünden, Miranda, als auf die Dunkelheit zu schimpfen», sagte Mechthild mit sanfter Ernsthaftigkeit, als sie Miranda Kerze und Streichholz reichte.

«Ein Licht anzünden? Womit? In wem?» Miranda wurde plötzlich laut: «Ich versuche es doch ständig, aber diese verdammte Dunkelheit und mein Mann pusten es immer gleich aus! Eine Kerze, pah! Einen Flammenwerfer brauche ich, por lo menos. Deine frommen Sprüche bringen mir nichts, nada!», schimpfte sie, und dann schluchzte auch sie kurz auf. «Desculpe, Mechthild, ich wollte nicht …» Mechthild blickte sie streng an. «Entschuldige, Mechthild, *anteeksi* …» Auch Miranda griff, ohne sich die Tränen vom Gesicht zu wischen, nach der Kerze wie nach einem rettenden Strohhalm, Mechthild hielt sie jedoch außerhalb ihrer Reichweite.

«Wie schon Laotse sagte: Wo viel Schatten ist, muss viel Licht verborgen sein. Miranda, wiederhol diesen Satz.»

«Wo viel Schatten ist, muss viel Licht verborgen sein.»

«Drei Mal», befahl sie.

Miranda wiederholte den Satz dreimal, von Schluchzern unterbrochen. Jedes Mal wirkte sie kleiner und eingeschüchterter.

Mechthild gab ihr die Kerze, Miranda benötigte drei Streichhölzer, um sie anzuzünden.

«Gracias, Mechthild, kiitos.»

Mechthild lächelte mild und zufrieden.

«Machen wir Pause? Zwanzig Minuten. Dann wollen wir unseren neuen Freund Frank besser kennenlernen.»

Mein Sitznachbar folgte mir auf den Gang und strahlte mich mit einem verklärten Blick an.

«Ich bezweifle, dass ich diesen Winter ohne Mechthild überleben würde, meinen ersten Winter in Finnland nach vielen Jahren. Sie ist eine Prophetin, eine vom Licht durchleuchtete Prophetin. Ich bin übrigens Teemu.»

«Frank.»

Teemu war knapp fünfzig, eher kleingewachsen und trug einen dunkelgrauen Anzug und Krawatte. Sein braunes Haar war kurz geschnitten, und ein dünner Oberlippenbart zierte seine Mundpartie.

«Ich war lange im diplomatischen Dienst», erzählte er, «vor allem in Brüssel, bei der EU. Zum Glück hat mich das Ministerium gleich nach meiner Rückkehr bei KOLD eingeschrieben, bereits Ende August. Ich fand das übertrieben, eine Geldverschwendung, wieso sollte ich als Finne den Winter nicht ertragen. Untersuchungen beweisen jedoch, dass Rückkehrer doppelt unter dem Kaamos leiden. Auch meine Frau und meine Kinder. Wie gesagt, ich weiß nicht, wie wir es ohne Mechthild schaffen würden.»

Wir blickten aus dem Fenster. Ich wusste nicht, was ich sagen sollte. Ich war verunsichert. Eigentlich hätte ich ja alles getan, um die Winterdunkelheit aus meinem Gemüt zu vertreiben – aber das hier? Wollte ich das wirklich?

«Wenn es bloß schneien würde», seufzte Teemu.

Dieser Stoßseufzer gehörte seit einigen Wochen in jedes Gespräch. Der erste Schneefall vor zwei Wochen war eine nicht eingelöste Verheißung gewesen; statt sich in Schnee und Eis zu spiegeln, wurde das Licht der Straßenlampen und Autos vom feuchten Asphalt verschluckt. Es war ein besonders dunkler Winter.

«Mechthild bringt Jahr für Jahr Dutzende Ausländer und Rückkehrer durch die Nacht, was wären wir ohne sie, hilflos dem Kaamos ausgeliefert …»

Sie sei, hatte mir Mechthild vor dem Treffen gesagt, nach einer langjährigen Missionstätigkeit in verschiedenen afrikanischen Ländern nach Finnland gezogen, um Wärme in die Kälte zu bringen und das Licht in der Dunkelheit zu finden. Jesaia habe sie zu diesem Schritt inspiriert:

«Das Volk, das im Dunkel lebt», hatte sie den Propheten rezitiert, «sieht ein helles Licht; über denen, die im Land der Finsternis wohnen, strahlt ein Licht auf.»

Als sie festgestellt habe, wie schwer es den ausländischen Mitbürgerinnen und Mitbürgern falle, dieses Licht zu erkennen, habe sie KOLD gegründet. Siebzehn Jahre sei das nun her. Das Bedürfnis sei von Anfang an groß gewesen, und mittlerweile sei KOLD eine vom finnischen Staat und vielen Firmen unterstützte Stiftung mit Zweigstellen in Tampere, Turku und Oulu. Keine internationale Firma könne es sich leisten, ihre ausländischen Mitarbeiter im Winter sich selbst zu überlassen, das habe natürlich auch ökonomische Gründe.

«Eine Kaamos-Therapie gehört seit einigen Jahren in jeden Arbeitsvertrag», sagte sie stolz, als sie mir die Rechnung für den Kurs reichte. «Die Stiftung ist im Begriff, ihre Idee zu exportieren – in Tallin sei KOLD bereits gut integriert, Schweden und Norwegen werden folgen.» Billig war die Therapie nicht.

«Bist du bereit, Frank?», fragte mich Mechthild, als wir wieder im Kreis saßen. Ihr Lächeln und vor allem ihr Blick machten deutlich, dass kein Ausweichen möglich war. Ich erhob mich.

«Ich bin Frank aus der Schweiz und leide am Kaamos. Die Liebe hat mich nach Finnland gebracht. Rakkaus. Und der finnische Tango.»

Ich stockte, zögerte. Was machte ich hier eigentlich, was sollte ich diesen Unbekannten bloß erzählen? Doch Mechthilds milde Strenge wischte die Zweifel beiseite – und plötzlich brach alles aus mir heraus, ich redete und redete, ich erzählte selbst Dinge, die ich Kaisa, Jyrki oder Corinne nie anvertraut hatte, und sobald ich stockte, blickte ich zu Mechthild, und ihr Lächeln ermunterte, ja zwang mich fortzufahren; ich fühlte mich verstanden, und nachdem ich meine Bekenntnisse mit der Fernsehübertragung des Empfangs abgeschlossen hatte, fühlte ich mich ausgepumpt und ließ mich erschöpft auf den Stuhl fallen.

«Lieb ist wohl allen das Licht; aber am liebsten denen, die lange in finsterer Nacht wandelten», lächelte Mechthild mit leiser Autorität, als ich meine Kerze anzündete.

Ich war so leer und mit mir selbst beschäftigt, dass ich den folgenden Geschichten nur unaufmerksam folgte, mit einer Mischung aus Verständnis, Mitgefühl und Schadenfreude. Ich litt nicht als Einziger, das war eine Erleichterung. Das Kerzenwachs tropfte auf meine Finger, doch ich nahm die Hitze weniger wahr als den aromatisierten Kerzenduft, eine Art süßlichen Weihrauch, der in meine Nase stieg und sich mit einer geradezu benebelnden Wirkung in mir entfaltete.

Nachdem Teemu die Leiden des Rückkehrers und die Ungarin Enikö die Ferne der sonnendurchfluteten Puszta beklagt hatte, zauberte Mechthild eine kleine, vielfarbige Discokugel aus der Tasche und löschte das Licht – bis auf eine

Therapieleuchte, mit der sie die kreisende Kugel bestrahlte. Aus ihrem portablen CD-Player säuselten sphärische Klänge, es seien, hatte Mechthild die Musik umschrieben, die Schwingungen von Feenflügeln, verzaubert in eine kleine Lichtmusik.

Ein paar Augenblicke lang blieben wir inmitten der über Wände, Decke und Boden wirbelnden und tanzenden Lichtflecken sitzen.

Dann sprach Mechthild: «Machet euch auf und werdet Licht!» – und also machten wir uns auf und wurden Licht.

Wir tanzten, glitten und hüpften durch den Raum, wir versuchten, Lichtstrahlen und Lichtkristalle, Lichtkleckse und Lichtfunken zu erhaschen, wir schwebten durch den Lichtregen, wir tauchten in das Lichtflockengestöber ein, wir tauschten unser Licht mit dem Licht der anderen, ich klaubte einen Lichtstern von Mirandas Wange und drückte ihn auf Hassans Nasenspitze, Teemu schlang eine Lichtgirlande um meinen Hals, die ich wenig später um Enikös Taille wand; wir schenkten den anderen unser Licht und ließen uns mit Licht beschenken, und immer wieder sangen wir im Chor: «Wir machen uns auf und werden Licht! Wir machen uns auf und werden Licht!», und es fiel mir keinen Augenblick lang ein, dass ich mir eigentlich dämlich hätte vorkommen müssen – ich ließ mich einfach fallen, in diese von schwingenden Feenflügeln rhythmisierte Lichtstrudel; es war wohltuend, ich fühlte mich wunderbar aufgehoben, und der Kaamos war bloß eine ferne Erinnerung.

In den folgenden Wochen besuchte ich regelmäßig KOLD-Veranstaltungen; manchmal trafen wir uns auch außerhalb der Kirche. Wir setzten uns in einen Kinosaal und schauten uns Google Beach View an, die schönsten Karibik-Strände, dazu wehten ätherische Sommerklänge durch den Saal, durchwirkt von Möwenkreischen und Wellenrauschen. Ein anderes Mal setzten wir uns eine Stunde lang dem vollen Bühnenlicht eines Theaters aus und diskutierten über das Licht, seine Wirkung, seine Göttlichkeit, bis wir nassgeschwitzt waren. An gewissen Abenden besuchten uns erfolgreich in Finnland assimilierte Ausländer, die ihre Erfahrungen mit uns teilten. Hein zum Beispiel, ein deutscher Landwirt Mitte fünfzig, der seit zwanzig Jahren im westfinnischen Häme Kümmel anbaute.

«Loslassen müsst ihr», empfahl er uns, «die Nacht annehmen und euch von ihrem Rhythmus durch den Winter treiben lassen. Je mehr ihr euch wehrt, desto härter schlägt der Kaamos zurück.»

Wir musterten Hein skeptisch. Aber er machte durchaus einen munteren Eindruck.

«Auch ich habe ein paar Jahre benötigt, um zu verstehen, wie ich hier leben kann. Irgendwann spürte ich, nicht zuletzt dank Mechthild, dass das für den finnischen Winter notwendige Licht in mir selbst brennt.»

Teemu war mein persönlicher Betreuer. Eine Aufgabe, die er mit großem Ernst erfüllte. Er hoffte, sagte er mir einmal, einen Schritt nach oben auf der Lichtleiter von KOLD zu machen und sich so der Durchleuchtung zu nähern.

«Eine Lichtwas? Hat KOLD eine hierarchische Struktur?»

Kaisa blickte mich entgeistert an.

Wir saßen am Küchentisch, es gab, wie so oft in letzter Zeit, wenn ich kochte, Hering an Senfsoße und Salzkartoffeln.

«So hat es Teemu beschrieben.»

«Ich dachte, KOLD ist eine Selbsthilfeorganisation; was du da erzählst, klingt wie eine Sekte.»

«Mechthild …»

«Mechthild, immer diese Mechthild, Frank, und dieser schwärmerische Gesichtsausdruck, wenn du ihren Namen nennst. Wüsste ich nicht, dass Mechthild eine alte Pastorin ist, mir käme ein unangenehmer Verdacht.»

«Du übertreibst.»

«Ich übertreibe nicht. Du verhältst dich merkwürdig. Du gehst jeden zweiten Abend weg, und wenn wir zusammen sind, wirkst du abwesend. Ich bin bereit, vieles zu akzeptieren, wenn es dir hilft, den Kaamos zu ertragen, aber das geht zu weit.»

«Komm doch mit, Kaisa, es würde auch dir guttun. Heute gehen wir in die Sauna.»

«In die Sauna? Was wollt ihr in der Sauna?»

«Das war mein Vorschlag: eine mit Therapielampen ausgeleuchtete Sauna; Hitze und Licht in einem.»

«Vergiss es, Frank, mit diesen komischen Leuten setze ich mich in keine Sauna und sage fromme Lichtsprüche auf!»

Die Sauna lag in der Nähe von Mechthilds Kirche. Wie die meisten öffentlichen Saunen hatte sie mehrere Schwitzräume; Mechthild hatte einen, der rund zwanzig Menschen Platz bot, für uns gemietet und mit hitzeresistenten Therapieleuchten ausgestattet.

«Und Gott sprach: Es werde Licht», sagte Mechthild, als wir uns auf die Bänke gesetzt hatten.

«Und es ward Licht», wiederholten wir.

«Das gilt auch für uns», sagte Mechthild, «auch wir können Licht werden.»

Sie machte eine Pause. Dann hieß sie uns mit sanfter Autorität: «Reicht euch die Hände.»

Wir reichten einander die Hände.

«Entspannt euch und zeigt den anderen euer inneres Licht.»

Wir entspannten uns und zeigten den anderen unser inneres Licht.

Mechthild goss Wasser auf die Kiuas. Nicht zu viel. Die Sauna war weniger heiß, als öffentliche Saunen gewöhnlich sind. Es ging nicht um Hitze, sondern um die Verknüpfung von Wärme und Licht.

Eine Sauna, aus der gleißendes Licht jegliche Schummrigkeit wegstrahlte – das war, Jyrki hatte recht gehabt, gewöhnungsbedürftig. Jeder Blick zeigte uns mehr, als in einer finnischen Sauna erlaubt ist; jeder Schweißtropfen auf der Haut des Gegenübers glänzte riesengroß, jede Falte, jedes Haar, jede Vene, jede Hautunreinheit, jeder abgebrochene Zehennagel – alles war von hyperrealistischer Sichtbarkeit. Deshalb starrten wir auf den Boden.

«Die Hitze dehnt unsere Poren aus, damit das Licht in uns eindringen kann», sagte Mechthild. Immer wieder sagte sie etwas, meistens einen ihrer uns wohlbekannten Weisheiten zu Licht und Dunkelheit.

«Schaut euch an, seht nur, wie ihr leuchtet.»

So nahm sie der ungewohnten Situation das bedrängende Gewicht.

«Die Hitze treibt den Schweiß aus uns heraus, um mehr Raum für das Licht zu schaffen.»

Mir war warm und licht zumute, ich fühlte mich durchleuchtet und durchsichtig. Verstohlen musterte ich meine Leidensgenossen. Auch aus ihnen leuchtete es. Sogar Miranda in ihrem purpurroten Badeanzug wirkte entspannt; sie ließ Hassans Hand keinen Augenblick los.

Als wir nach der Sauna noch zur Kirche gingen, um mit alkoholfreiem *Glögi*, finnischem Glühwein, auf die Feiertage anzustoßen, erwartete uns ein durchgefrorenes Paar.

«Mechthild Müller?», fragte der Mann.

Mechthild stellte sich vor.

«Wir sind Harri Hänninen und Jenni Näkäläjärvi von der Stadtpolizei Helsinki. Sie sind der Steuerhinterziehung und der Erpressung angeklagt.»

«Wie bitte?»

Instinktiv machten wir einen Schritt vorwärts, um Mechthild notfalls zu beschützen.

«Sie können jegliche Aussage verweigern, bis Ihr Anwalt kommt. Aber wir müssen Sie bitten, mit uns zu kommen.»

«Das ist doch nicht …» Mechthild brauste auf, ihr Gesicht zerfiel zu einer wuterfüllten Fratze, eine Sekunde lang, doch sie beherrschte sich sofort wieder.

«Das ist ein Irrtum», lächelte sie uns zu. «Hier ist der Schlüssel, Teemu, geht ruhig hinein. Wir treffen uns wie vereinbart übermorgen, vor Weihnachten, zum letzten Mal in diesem Jahr.»

Zwei Tage später warteten wir vergeblich auf Mechthild.

Sie blieb in Untersuchungshaft.

Der Verdacht erhärtete sich; KOLD war eine Fassade gewesen für eine sektenähnliche Organisation, mit der Mechthild die Subventionen des Staates veruntreute und Steuern hinterzog.

Wir waren bestürzt, sprachen kein Wort und gingen alle allein nach Hause. Außer Miranda und Hassan, die gemeinsam ein Taxi bestiegen.

Kaisa nahm mich in die Arme, als ich ihr erzählte, was geschehen war. Zum ersten Mal seit langem liebten wir uns.

Als ich am nächsten Morgen, es war der 24. Dezember, erwachte, fühlte ich mich viel besser, irgendwie erleichtert. Plötzlich war es mir unverständlich und vor allem schrecklich peinlich, ausdrucksvolle Lichttänze getanzt und fromme Lichtsprüche rezitiert zu haben, egal wie wohltuend das gewesen sein mochte.

Ich setzte mich leise auf, um Kaisa nicht zu wecken – und mein Blick fiel auf den Kaamos, er lauerte in einer dunklen Ecke des Zimmers und grinste mich grimmig an.

15

Taivas ja helvetti

(finnisch: Himmel und Hölle)

Die Luft glühte, die Luft zitterte, sie dehnte und wölbte sich aus, sie ließ mir kaum Platz zum Atmen, und unter ihrem Druck bogen sich die Holzbalken, sie knackten und ächzten, als wollten sie der Hitze nachgeben und auseinanderbrechen. Der Kleine schüttete jedoch eine weitere Kelle Wasser auf die Kiuassteine, und erneut wallte eine glühende Wolke lüstern über meinen Rücken. Waren es meine Haare, die so angesengt rochen? Bloß nicht die Miene verziehen, keine Schwäche zeigen, stoisch bleiben wie ein Finne. Der Große seufzte, nicht vor Schmerz allerdings, sein Gesicht strahlte vor Wonne. Ich beugte mich nach vorne, um meinen Kopf aus der allerheißesten Zone gleich unter der Saunadecke zu bringen, doch die Erleichterung war minim.

Vielleicht, dachte ich, wäre es an der Zeit, aus der Hitze zu flüchten und ins Eisloch … – 0,5 Grad, entgegnete ich mir selber, 0,5 Grad. Was ist infernalischer, 95 Grad Wasserdampfhitze oder 0,5 Grad Eiswasserkälte?

Warum fällt mir in der Sauna immer Dantes *Göttliche Komödie* ein, schoss mir durch den Kopf. In welchem Kreis der Hölle … – nein: Fegefeuer. Die Sauna ist das Purgatorium. Da sitze ich nun und fege die Unreinheiten aus meinem Organismus. Ich sitze und schwitze, schwitze und sitze und purgiere mich, schwitze nicht nur Pickel weg, nicht nur Fette und Gifte – auch meine Schuld und meine Sünden quellen durch die Poren, ich spüre sie, zunächst zögerlich und tröpfchenweise, der Anfang jeder Beichte ist schwer, um schließlich in Sturzbächen auf den Holzboden zu platschen und sich in tiefen Tümpeln zu sammeln. Da liegt es nun, das salzige Meer meiner Sünden, und verdampft in der Hitze, und wenn der Grund unter mir wieder trocken ist, habe ich der Sühne Genüge getan.

In der Pfütze spiegelt sich Kaisas Gesicht. Und Aamu. Andeutungsweise nur, denn das Kerzenflämmchen schwächelt. Auch mein Gesicht erahne ich, vertrottelt und schmerzverzerrt. Und nun? Wie weiter? Zum Denken ist es zu heiß. Auch im Gehirn ist die Wirkung des feurigen Fegens spürbar, des Loderns und Lohens, es wird geschrubbt, mein Gehirn, es köchelt und brodelt, es brutzelt und brät, knusprig am Rand und innen weich, gar gedämpft – und jeder Gedanke verflüchtigt sich, kaum habe ich ihn gedacht.

Nicht anders die Gefühle. Ich möchte mich ihnen stellen. Aber sie schmerzen nur und verdampfen sogleich. Bin ich noch nicht bereit? Ich starre in den See zwischen meinen Füßen, ich blicke in Kaisas traurige Augen, ich drohe zu ersaufen in meinen Irrtümern, Fehltritten und Vergehen der letzten Monate. Muss ich zunächst einfach Buße tun, weil ich ein Idiot war? Muss ich schwitzen und schweigen? Schwitzen und leiden?

Nun greift der Große nach der Schöpfkelle und wirft Wasser auf die Steine, nicht die üblichen rituellen zwei Kellen voll, nein, gleich drei, oh Gott, steh mir auch in dieser Prüfung bei, vier, habe ich wirklich gar so arg gesündiget, dass –. Fünf. Ist er von Sinnen? Sechs. Ein Sadist? Ein Mörder? Will er mich totsaunieren? Sieben. Flächenbrand, Brandherd, Herdplatten, Plätteisen, Eisenerz glühend geschmolzen, es schmiegt sich innig an meinen Rücken, dringt durch jede Pore ein.

Ich schließe die Augen und sehe. Wald. See. Sauna. Missionare werden zu Tode sauniert, ich sehe, wie sie mit Kiuassteinen an den Füßen durch Eislöcher flutschen. Nahrung für die Fische. Umso fetter die Barsche im nächsten Sommer. Missionarsfleisch an den Gräten.

Nein, Finnland ist nicht christlich, wie behauptet wird, das Christentum erreichte diese Breitengrade zu spät, um sie mit seiner Kultur der Vergebung zu durchdringen; christlich ist Finnland nur an der Oberfläche. Dreist tauften die alten Finnen den Christengott auf den Namen eines eigenen, uralten und quasi vergessenen Obergotts, Jumala (der Himmlische), um ihn schon wenig später vor allem als Inspiration für göttlich donnernde Kraftausdrücke zu missbrauchen: *Jumalauta!*.

In Wahrheit huldigen die Eingeborenen der großen heißen Sauna, ihrer Urmutter. Bis heute.

Die Sauna ist der Anfang und das Ende. In der Sauna wurden die Kinder geboren und die Toten aufgebahrt, weil sie sauber ist und kühl, und dazwischen, auf dem steinigen Pfad des irdischen Daseins, war und ist die Sauna die Stätte von Buße, Reinigung und Genuss, von Meditation und Rausch, Askese und Exzess, von Einsamkeit, Sippe und Dorfgemeinschaft, und manch ein junges Paar zieht sich für die ersten Annäherungen in den schummrigen, gut isolierten Raum zurück. Finnland beginnt und endet in der Sauna.

Als weiland der Popen, Priester, Pastoren und Mönche zu viele wurden und nicht alle unauffällig erschlagen und totsauniert werden konnten, legten die Eingeborenen ihr wöchentliches Saunaritual auf den Samstagabend, vor den sonntäglichen Kirchgang also, und beraubten die Messe, ob katholisch, lutherisch oder orthodox, ihrer läuternden Wirkung und den Prediger seiner Macht über ihre Seelen.

Wären sie schlau gewesen, die Popen, Priester und Pastoren, sie hätten ihre Messen in der Sauna zelebriert oder besser noch ihre Kultstätten gebaut und eingerichtet wie große Saunen. Die in mystisches Dämmerlicht getauchte Sauna ist der Tempel, der Ofen ist der Altar, die Bank der Beichtstuhl, das Birkenreisigbündel das Kreuz, statt mit Weihrauch gewürzt wird der Hort des Glaubens mit Weihwasserdampf purgiert, das Bier ist Ihr Blut, oh Herrin, und die Wurst ist Ihr Fleisch, eine fetttriefende Hostie, wie man sich den Körper einer anständigen Gottheit vorstellt, nicht verhärmt und ausgemergelt. Nahrung für den Geist. Nahrung aber auch für das Fleisch.

Die Läuterung durch die Kraft des Feuers. Das ist etwas anderes, als seine Seele mit der Wiederholung auswendig gelernter Verslein zu pützeln. Was sind zwölf Gebenedeitejungfrauen und sieben Vaterunserderdubist gegen zwei Stunden im Wasserdampfus purgatorius und eine Saunamakkara? Welche Katharsis wirkt sofort, spürbar, in Körper und Geist?

Sieh an, der Kleine kommt zurück. Ich habe gar nicht mitgekriegt, dass er die Sauna verlassen hatte. Er dampft. Er grinst. Vermutlich saß er im Eisloch. Und – mehr Wasser, mehr Dampf, verdammt, dabei hat doch der Große eben … Heiß, heißer, noch heißer, am heißesten, am unerträglichsten heißesten, meine Haare stehen in Flammen! – – – Auch diese hunderttausend hitzespeienden Höllenhunde überlebt, knapp. Abkühlung? – Ich sage nur: 0,5 Grad. Hat Dante den innersten Höllenkreis nicht als ein Eisloch geschildert? Das Eisloch kann noch ein bisschen warten. Aber keine Schwäche zeigen. Nicht vor den Wilderern. Auf die Zähne beißen. Bis in den Tod.

Und dann die Glaubenskriege um die alleinseligmachende Sauna. Zerrissen im Ringen um die wahre Lehre der Sauna war Finnland außerstande, sich im Widerstand gegen äußere Gefahren und Besetzer zu einigen; Wikinger, Schweden und Russen schoben sich den unerwünschten Landstrich jahrhundertelang gegenseitig zu, und selbst der Bürgerkrieg von 1918 war nichts anderes als ein Saunakrieg; die konservativen Weißen fochten für die traditionelle Lehre des «einmal geheizten, dann nach und nach mit Wasser abgelöschten Ofens» und verfolgten die roten Umstürzler und Häretiker, die ihr Heil in der modernen Technik der «permanenten Flamme» sahen.

In der Sauna wird der besonnene Finne zum Fundamentalisten, die Sauna ist heilig, sie ist der einzige Ort, in den er sein Mobiltelefon nicht mitnimmt. Und bis heute streiten sich die Jünger der Holzfeuersekte mit den Adepten des elektrischen Ofens. Allen Glaubensrichtungen und Sekten indes ist gemein: Wer es länger aushält, hat gewonnen. Wer sich trocken schwitzt, ist der bessere Mensch.

Der Mitteleuropäer hat keine Ahnung vom Jenseits. Im Gegensatz zum Finnen. Die Finnen sind bestens gerüstet für das Jenseits. Sagt Gott nicht irgendwo, er liebe die Heißen und die Kalten und spucke die Lauen aus? Vermutlich sind Gottes Fegefeuermestari stämmige, von allen Dämpfen gegerbte Söhne und Töchter des Kalevala. Satans Höllenschergen sowieso, und womöglich auch des Paradieses Wärterinnen und Wärter. Für die Finnen ist die Sauna ein Stückchen Paradies im irdischen Jammertal, in der Sauna bereiten sie sich vor auf Hölle und Fegefeuer. Ein Leben lang. Deshalb droht den Finnen im Jenseits kein böses Erwachen. Nur das Bier und die Wurst werden ihnen fehlen. Vielleicht sind die Finnen das auserwählte Volk, und keiner hat's gemerkt. Schon gar nicht die Finnen.

Hitzeattacke Nummer sieben, sieben ist die heilige Zahl,

mir wird schwarz vor Augen, dann weiß, nun glüht es tiefrot, und das Rot verwandelt sich in ein strahlendes Gelb, die Sonne, die Sonne, die Sonne blendet mich mitten im Winter, ist dies das Licht, das Dante im Paradies schaute, ist es eine Offenbarung, eine Vision, ist dieses Licht etwa gar der Urmutter Sauna Antlitz …

Oder löst sich mein Gehirn endgültig auf?

Ich möchte mich eine Bank tiefer setzen oder raus – Aufgeben wäre jedoch das Eingeständnis meiner noch unbewältigten Sünden. Aber ich will mich meinen Fehlern stellen, meiner Schuld. Kaisa, oh Kaisa, ich liebe dich, *minä rakastan sinua*, und ich harre in dieser Sauna aus, so lange wie notwendig, um deiner wieder würdig zu sein. Steht in der Bibel nicht geschrieben: «Welche ich liebhabe, die strafe und züchtige ich. So sei nun fleißig und tue Buße!»

Ich greife nach dem Reisigbündel und kasteie mich; das Holz klatscht auf meine klaffenden Poren, Blut spritzt, und das ist gut so und tut gut, und ich genieße die Schmerzen; ich will meine Sünden als Blut ausschwitzen, das ist das Wunder der Transsubstantiation meiner Sünden – – –

Mittlerweile fühle ich mich befreit und leicht, nur noch das Wesentliche ist in mir, das Wahre, verdichtet und stark, und das Bild von Kaisa im Ozean zwischen meinen Füßen wird klar und immer klarer, nichts anderes zählt mehr, und ich spüre nichts anderes mehr, weder die blutigen Striemen auf dem Rücken, noch die Hitze. Rakkaus, so fühlt sich Rakkaus an.

Ein eisiger Schock durchzitterte mich, es war, als wäre ich in flüssiges Eis getaucht; ich japste nach Luft, zunächst atmete ich nichts, dann strömte eisiger Dampf in meine Lunge, sie verschloss sich, verkrampfte sich, bald jedoch beruhigte ich mich.

Wie ich es zum Eisloch geschafft hatte, wusste ich nicht, nun saß ich bis zum Hals im Eiswasser, die Poren hatten sich verschlossen, und die angestaute Hitze ließ die Kälte nicht durch. Verglichen mit der Hitze fühlte sich das Wasser angenehm an. Ich lachte, ich jauchzte, ich spritzte Wasser in die Luft und beobachtete, wie die Tropfen sich in Eiskristalle verwandelten.

Ein Schatten löste sich aus dem Wald auf der anderen Seite des Teichs. Kaisa? Alles war möglich.

«Hyvää yötä», grüßte die Gestalt schon von weitem, wie das in Finnland üblich ist, um unerwarteten Besuch anzukündigen, «guten Abend.»

«Hyvää yötä», rief ich dem Schatten munter zu. Sein Gang war leicht schwankend, als wäre das Eis uneben.

«So», ächzte er, als er am Eisloch stand und sich niederkniete. «Ich glaube, Frank, wir kennen uns schon.»

Ich schaute ihn genauer an.

«Natürlich kennen wir uns, du bist Olavi Virta.»

«Olavi Virta, ja», grinste der Schatten, «du kannst mich gern so nennen.»

Er lachte, seine Stimme klang teigig, vermutlich war er besoffen.

«Warum erscheinst du mir immer wieder, was willst du von mir?»

«Erscheinen? Hältst du mich nicht für echt?» Einen Moment lang wirkte er beleidigt. «Und willst nicht im Gegenteil du etwas von mir?»

Ich war verwirrt. Ich holte tief Atem und tauchte unter; das Wasser war noch schwärzer als der Himmel. Als ich wieder auftauchte, durchbohrte mich eine Ahnung wie ein spitziger Eiszapfen.

Gott. Natürlich. Am Eisloch stand Jumala. Oder Ukko.

Ich hatte Buße getan, ich fror im Eisloch, im innersten Höllen- oder Paradieskreis, und nun erschien mir Ukko – und sah aus wie Olavi Virta.

Passt alles, sagte ich mir.

«Gott», fragte ich, «Jumala, wenn du schon da bist, kannst du mir sagen, was ich mit meinem Leben anfangen soll, mit Kaisa und mir?»

«Warum stellt ihr mir immer nur die Fragen, auf die ihr die Antworten längst kennt? Das ist doch langweilig.»

«Sag's mir doch, Olavi. Sag mir alles über die Liebe.»

«Rakkaus», flüsterte Olavi, und es klang wie eine Beschwörung. Ein Zauberwort.

In diesem Moment teilte sich die große Wolke, die über uns hing, der Vollmond tauchte uns in sein schwermütiges Licht.

Gott summte. Drei Töne. Genau die Töne, die der kleine Wilderer immer gepfiffen hatte. Endlich erkannte ich die Melodie.

«Täysikuu!», rief ich.

Olavi sang. Den Refrain seiner Vollmondbeschwörung. Mit teigiger Stimme. Aber wunderschön.

Du, Vollmond, wenn Du sie siehst, die ich so vermisse;
Vollmond, bitte bedecke sie mit schimmernden Küssen;
und sag ihr, wie sehr ich sie liebe:
Vollmond, das sage ihr, oh Vollmond.

Mein Herz rumpelte und holperte immer unregelmäßiger, als wolle es im Takt der Musik schlagen.

Kräftige Hände rissen mich in die Höhe. Eine Himmelfahrt? War ich gestorben?

Dann: der Geruch von Alkohol. Ich öffnete kurz die Augen. Ich lag auf der Saunabank, hochprozentiger Alkoholdampf umwehte mich, die Wilderer massierten mich mit Koskenkorva.

«Nein», flüsterte ich, «lasst mich. Kaisa. Olavi Virta. Wusstet ihr, dass Olavi Virta Gott ist?»

Der Koskenkorva, eingenommen durch die Poren und die Lunge, wirkte.

«Lasst mich, lasst mich, ich will zurück ins Eisloch, Olavi Virta hat mir noch nicht alles gesagt!»

Mir schwindelte, alles drehte sich, über mir erblickte ich ein Eisloch, ich strudelte auf es zu, und ehe es mich einsaugte, verwandelte es sich in Kaisas Mund, sie spitzte ihn zu einem Kuss.

«Kaisa», sagte ich noch einmal, «Rakkaus.»

Als ich aufwachte, fühlte ich mich kalt. Es war eine andere Kälte als in den vergangenen Tagen. Eine steife Kälte, die bis tief unter die Haut drang und sich an die Knochen schmiegte. Ich konnte mich nicht bewegen. Wo war ich? Ein einsamer Lichtstrahl floss durch den Raum. Mehr sah ich nicht. Dämmerlicht. Stille. War ich tot? Sollte ich Olavi rufen? Ich blickte nach oben, mein Blick fiel auf Maija Rosberg. Hatte ich die tatsächlich ins Jenseits mitgenommen?

Wahrscheinlicher war, dass ich noch in der Wildnishütte lag. Das Denken fiel schwer, als wäre auch mein Gehirn gefroren. Wildnishütte, wiederholte ich. Allein. Das wusste ich sofort. Die Wilderer waren verschwunden. Ich versuchte, mich zu bewegen. Es gelang mir, und ich begriff, dass das Gefühl der Lähmung von den vielen Wolldecken rührte, die auf mir lagen. Ich zog eine um die andere weg. Als die letzte Decke auf den Boden glitt, stieg eine unangenehme Duftwolke auf. Alkohol. Ich setzte mich auf. Die Matratze stank. Meine Haut auch.

Was war geschehen?

Verzerrte Bilder: die Extremsauna, das Eisloch, Olavi Virta, die Massage.

Ich fachte Feuer an, setzte mich vor den Ofen und brühte Tee auf. Hatten mir die Wilderer das Leben gerettet? Ohne sie wäre ich im Eisloch erfroren. Ich schob den Schemel noch näher vor den Ofen, doch ich spürte seine Hitze kaum. Meine Haut und meine Knochen waren wie tiefgekühlt. Auch der Tee und die vielen Suppen, die ich an diesem Tag schlürfte, schenkten mir keine Wärme. Ebenso wenig die Bewegungen, die Knie- und Rumpfbeugen, das Umherhüpfen, das Armeschlagen. Nichts half. Nicht einmal eine Sauna. Ich war unterkühlt, und die Kälte steckte so tief in mir, dass ich befürchtete, mir würde nie wieder warm werden.

Vermutlich fühlte es sich so an, wenn man tot war.

Ich erinnerte mich an meine Begegnung mit Olavi Virta. Bestimmt hatte er mir Wichtiges mitgeteilt, die Antwort auf meine Fragen – aber ich hatte alles vergessen. Bis auf Täysikuu. Würde er mich noch einmal besuchen? Ich hoffte es.

Die Wilderer hatten die Pasta- und Zuckervorräte aufgefüllt und mir zwei gehäutete Hasen gelassen. Die größte Überraschung war aber das Rentier mit besonders schön geschwungenem Geweih, das auf dem Tisch stand. Hatte der kleine Wilderer es vergessen? Oder war es etwa ein Abschiedsgeschenk?

Mein Überleben war bis auf weiteres gesichert. Aber dieses Wissen reichte mir nicht. Ich wollte zu Kaisa. Jetzt. Wo war sie? Was machte sie? Dachte sie an mich?

Ich hatte keine Lust, länger hier zu warten.

Auch wenn ich wusste, dass mir nichts anderes übrigblieb.

16

Tomppeli

(finnisch: Trottel)

Das Heulen eines Motorschlittens kam näher. Oh nein, die Wilderer. Sollte ich mich irgendwo verstecken? Ich stand auf – und setzte mich wieder. Sinnlos. Außerdem spürte ich die Kälte des Eiswassers noch immer in meinen steifen Knochen.

Als die Tür aufkrachte, blickte ich resigniert auf.

«Poliisi», murmelte der Fremde und streckte mir einen Ausweis entgegen. Polizei? Der Fremde schmiss Helm und Winterjacke auf eine Pritsche und durchsuchte flüchtig die Hütte, dann ging er nach draußen, vermutlich zum Holzschuppen und in die Sauna. Wenig später kam er mit dem letzten gefrorenen Hasen zurück, warf ihn vor mich auf den Tisch und blickte mich bekümmert an. Woher ich den Hasen habe, fragte er, ob meine Fallen noch im Wald stünden.

Ich versuchte, ihm die Geschichte mit den Wilderern zu erzählen, ich wusste nicht, ob er mich verstand, denn er unterbrach mich schon bald mit einer weiteren Frage, doch ich hatte Mühe, seinen Akzent zu verstehen. Außerdem nuschelte er, als spräche er nur widerwillig. Ich zuckte mit den Schultern. Er setzte sich, schenkte sich eine Tasse Tee ein und musterte mich nachdenklich. Sein Gesicht war rund und hager zugleich, die hohen Wangenknochen traten deutlich hervor, und seine schmalen Augen waren von unendlicher Traurigkeit. Ein Same, dachte ich, ein lappländischer Sheriff im Wilden Norden.

Dann ging alles sehr schnell. Er bedeutete mir, meine Sachen zu packen und mich anzuziehen. Er startete seinen Motorschlitten, ich setzte mich hinter ihn, warf einen letzten Blick auf die Hütte, dann fuhren wir los, mehr laut als schnell. War ich gerettet? Oder drohte neues Ungemach?

Es dämmerte, als wir in Sodankylä eintrafen. Die Polizeiwache, ein niedriges Backsteingebäude, war ruhig. Im Empfangsbereich, hinter einer Theke, saß eine Beamtin an einem Computer und war offensichtlich im Begriff, das Facebook-Profil des Polizeicorps zu aktualisieren. Sie erhob sich unmutig und nahm meine Personalien auf.

Dann führte mich der Sheriff in sein Büro. Mobiliar und Farben erinnerten mich an alte Fernsehkrimis, an der Wand neben dem Pult hingen ein paar Fahndungsbilder und eine große Karte von Lappland, auf der die Gemeinde Sodankylä gelb eingefärbt war. Sie war groß und leer. Auf der gegenüberliegenden Wand waren Fotos von Langlaufrennen angebracht und von einem jungen Mann – er selbst vermutlich –, der mit kaum sichtbarem Lächeln Pokale in die Luft stemmte. Auf dem Pult stand keine mechanische Schreibmaschine, wie ich es fast erwartet hätte, sondern ein schlanker Computer. Daneben ein Namensschild, das den Sheriff als Henttu Vuolappa auswies. Er zeigte auf den Stuhl, ich setzte mich.

Meine Freunde in Helsinki hatten immer behauptet (und schienen es tatsächlich zu glauben), in Lappland gäbe es einen einzigen Polizisten, und die Strategie betrunkener Nordfinnen vor der Rückfahrt im eigenen Wagen sei es, diesen Polizisten mit einem falschen Alarm auf die andere Straße zu locken. Eine typische südfinnische Mär über den Norden – allein in Sodankylä gab es ja mindestens zwei Beamte, vermutlich sogar mehr: Durch das Fenster blickte ich auf den Parkplatz der Polizei, auf dem ein paar Schneemobile und gedrungene Geländewagen mit beeindruckenden Schneeketten standen.

Während der Computer aufstartete, goss Henttu Kaffee, der vermutlich seit heute früh auf der Herdplatte im Aktenregal gärte, in zwei Tassen mit gebrochenen Henkeln und kitschigen Rentieraufdrucken. Allein vom Geruch zog sich mein Magen zusammen; aus Höflichkeit tat ich aber so, als nippte ich daran.

Henttu Vuolappa zeigte mir mein Foto auf dem Bildschirm. Offenbar wurde ich gesucht. Ich nannte Kaisas Namen, kritzelte ihre Telefonnummer auf ein Blatt Papier, er zuckte mit den Schultern, ich erwähnte die Schweige-WM, ich beteuerte meine Unschuld, er reagierte nicht. Er zeigte mir ein Bild des kleinen Wilderers. Ich nickte. Er stellte eine Frage. Ich schüttelte den Kopf, auch wenn ich die Frage nicht wirklich verstanden hatte. Ich versuchte ihm klarzumachen, dass ich kein Komplize war. Er bot mir eine Zigarette an. Ich schüttelte wieder den Kopf. Er starrte mich trübselig, ja traurig an. Was wollte er von mir? Warum ließ er mich nicht gehen? Sollte ich nach einem Anwalt fragen? Oder die Aussage verweigern? Wie in den Fernsehserien?

Wir lauschten dem leisen Summen des Computers und schwiegen. Henttu Vuolappa trank eine weitere Tasse Kaffee. Er schien den Kaffee zu mögen.

Ein zweiter Polizist mit Goldtressen auf seinem Hemd setzte sich zu uns. Er war bullig, sein runder Kopf wurde von einem grauen Haarkranz eingerahmt, und er hielt eine erkaltete Pfeife in der Hand. Sein Englisch war gut, aber auch er schien keine Lust zum Sprechen zu haben. Deshalb schwiegen wir weiter. Ein finnisches Verhör. Genau so hatte ich mir das vorgestellt.

Irgendwann kam eine ältere Frau, die Henttu ähnlich sah,

vermutlich seine Mutter. Sie brachte Essen: eine Kartoffelbrühe mit Fleischstückchen und Brot, dazu ein Glas Wasser, zum Nachtisch ein Stück Pulla, selbst gebacken, aber vom Vortag.

Die Nacht verbrachte ich in einer Zelle, sie war sauber, roch jedoch säuerlich, nach Erbrochenem. Von einem Gefängnis ins andere, dachte ich.

Es war noch dunkel, als mich der Schlüssel in der Tür aufschreckte. Ich blickte auf: Kaisa.

Erleichtert stand ich auf und ging mit offenen Armen auf sie zu – und wurde mit einer schallenden Ohrfeige begrüßt.

«Du Idiot», sagte sie, *«tomppeli!»*

Ihre Stimme war eisig, ihr Gesichtsausdruck ebenfalls, und doch klang es in meinen Ohren wie ein Kosename.

Ich grinste.

Eine zweite Ohrfeige.

«Typerys!»

Ein weiteres Wort für Trottel. Meine Wangen glühten, ich grinste nicht mehr.

Sie schloss mich in ihre Arme.

«Hölmö! Tyhmyri! Tollo!»

Wenig später waren wir im Hotel, Kaisa zog sich aus, ich folgte ihrem Beispiel, etwas verunsichert, weil sie außer Tomppeli, Typerys und Hölmö noch kein einziges Wort gesagt hatte und immer noch wütend wirkte. Aber wir liebten uns, wir liebten uns, ohne ein Wort zu sagen, und endlich spürte ich das Eis, das sich um meine Knochen gebildet hatte, schmelzen.

«Du stinkst nach Kossu», sagte Kaisa, als wir nebeneinanderlagen. «Hast du gesoffen?»

Ich schnüffelte an meinem Arm. Kaisa hatte recht. Die

Koskenkorva-Massage der Wilderer dünstete in meinen Poren nach.

Sie erhob sich und ging ins Badezimmer. Die Tür ließ sie offen, die Dusche rauschte.

Ich ergriff die Fernbedienung und schaltete den Fernseher ein. Immer noch Schweige-WM. Es war, als wäre ich nie fort gewesen: Erkki Karjalainen und Tero Määttä saßen am Küchentisch, der Kaffee dampfte, Karjalainen verdrückte Rührei mit Speck, und Määttä strich Marmelade auf ein Stück Schwarzbrot.

«Nun beginnt der dritte Finaltag», sagte der Kommentator, Juhani. «Seit dem Ausscheiden von Risto Vuojala vor zwei Tagen schweigen der Titelverteidiger Erkki Karjalainen und sein ewiger Herausforderer Tero Määttä um den WM-Titel. Statistisch betrachtet ist der dritte Tag ein spannender Tag, nicht wahr, Jaakko?»

«Richtig, Juhani. In drei der fünf letzten Schweige-WMs fiel die Entscheidung im Lauf des dritten Finaltags.»

«Für wie wahrscheinlich hält unsere WM-Psychologin Kati, dass wir heute Abend einen Weltmeister feiern können?»

«Von mir kriegst du keine Prognose, Juhani. Zum dritten Mal stehen Erkki Karjalainen und Tero Määttä gemeinsam im Finale, sie kennen sich mittlerweile gut und haben sich immer noch voll unter Kontrolle.»

Tero erhob sich und stellte sein Geschirr in die Spüle. Dann setzte er sich wieder hin und beobachtete Erkki.

«Tero darf die Küche nicht verlassen», sagte Juhani, «solange Erkki nicht fertig gegessen hat.»

«Das ist eine der wichtigsten Regeln in der Finalphase», ergänzte Jaakko nach einer kurzen Pause. «Die Finalisten dürfen sich nicht zurückziehen, sondern müssen sich von acht

Uhr morgens bis zehn Uhr abends immer im gleichen Raum aufhalten.»

«Das erhöht den psychologischen Druck.»

Erkki wischte seinen Teller mit einem Stück Brot ab und spülte es mit einem Schluck Kaffee runter. Er rülpste, Tero blickte ihn vorwurfsvoll an, Erkki grinste.

«Clever!», rief Jaakko aus.

«Der Rülpser?»

«Ja! Ein simpler Trick, aber er funktioniert einwandfrei; Erkki hat den Lead übernommen und setzt Tero unter Druck!»

«Steht Tero nicht ohnehin unter größerem Druck, weil er Erkki bereits zweimal in Folge im Finale unterlag?»

Die beiden Top-Schweiger blieben sitzen; sie gaben sich entspannt, doch ihre Anspannung war spürbar. Sie ließen sich nicht aus den Augen, sie registrierten jede Bewegung des anderen und reagierten darauf, indem sie nicht reagierten.

Ich fühlte mich in die Hütte zurückversetzt. Meine Anspannung. Wie ich die Wilderer nie aus den Augen ließ, wie ich den Raum und meine Platzierung im Raum immer nach dem Dreieck definierte, das wir bildeten. Eine unangenehme Erinnerung.

«Ich war wütend auf dich», rief Kaisa aus dem Bad. «Unglaublich wütend.» Das Wasser rauschte nicht mehr, sie trocknete sich ab. «Mit deinem pubertären Flirt hast du mich ganz schön vorgeführt. Deshalb bin ich nach Enontekiö gefahren. Ich war wirklich drauf und dran, dich zu verlassen!»

Dann hatte sie mich also noch nicht verlassen, das war ja schon etwas.

Sie stand in der Tür, ein Badetuch unter den Armen festgebunden, ein anderes um die Haare gewickelt. Sie war wunderschön. Ich brachte kein Wort heraus.

«Bald hatte ich ein schlechtes Gewissen. Mir war klar, dass ich die Wirkung des finnischen Winters auf einen Neuling unterschätzt hatte.»

Wurde ihr Blick zärtlicher? Oder bildete ich mir das nur ein?

Nein, wollte ich ihr sagen, du hast mich wunderbar umsorgt – ich habe es einfach nicht verstanden.

«Dann hast du meine SMS nicht beantwortet. Auch im Hotelzimmer erreichte ich dich nicht. Ich rief den Hotelempfang an, doch du warst unauffindbar. Ich rief die WM-Veranstalter an, sogar Aamu rief ich an, aber niemand wusste, wo du warst, alle dachten, wir hätten Sodankylä zusammen verlassen. Da nahm ich den nächsten Bus zurück, und schon unterwegs rief ich die Polizei an und meldete dich vermisst.»

Kaisa verschwand wieder im Badezimmer. Der Haartrockner heulte auf.

«Ein kleiner Rückblick auf diese WM, Jaakko und Kati?»

«Es ist ein außergewöhnliches Jahr. Hochspannend, sehr emotional, mit taktischen Höchstleistungen – ich denke aber, der Höhepunkt steht uns noch bevor.»

«Ich möchte dir widersprechen, Jaakko, den Höhepunkt haben wir bereits erlebt: Das Ausscheiden Seppos, diese Liebeserklärung, das war das eigentliche Ereignis – es hat die WM auch taktisch geprägt. Die Teilnehmenden schwiegen danach anders als vorher, und ich denke, die Qualität des Schweigens erreichte nicht zuletzt deshalb ungeahnte Höhen.»

«Darüber werden wir später diskutieren können», sagte Juhani. «Seppo wird sich in wenigen Minuten für seinen täglichen Gastkommentar zu uns gesellen.»

Seppo war noch in Sodankylä? Wie viele Tage hatte ich eigentlich verpasst?

«Aber jetzt ist Zeit für die besten Momente dieser Weltmeisterschaft.»

Ich stellte den Fernseher leiser, als ein Zusammenschnitt von Patzern, Aussetzern, Triumphen und Abstürzen über den Bildschirm flimmerte: Anu Laines Brotmesserpanne, Teppo Ihalainens Zusammenbruch, Teros Pfannendeckeltrick und weitere Szenen, die ich nicht live erlebt hatte.

«Die letzte Spur», rief Kaisa, um den Haartrockner zu übertönen, «hast du mit deiner Kreditkarte in einem kleinen Laden etwa sechzig Kilometer nordöstlich von hier hinterlassen. Aber die Inhaberin wusste nicht, in welche Richtung du weitergelaufen bist, einen so schweigsamen Ausländer habe sie noch nie erlebt.»

Kaisa stellte den Föhn ab.

«Deine Einkaufsliste war beeindruckend. Sehr professionell, lobte der Polizist. Was hattest du eigentlich im Sinn? Wohin wolltest du? Nach Russland?»

Ich war von Anfang an in die falsche Richtung gelaufen. Und ganz offensichtlich im Kreis herum.

«Der Schneesturm verunmöglichte die Suche. Du weißt nicht, was ich ausgestanden habe, Frank. Ich sah dich grün und blau im Schnee oder von einem Wolf zerfetzt; ich stellte mir den Wanderer vor, der dich nach der Schneeschmelze entdecken würde. Welches Rentier hatte dir eigentlich ins Gehirn gepisst?»

Kaisa stand wieder im Zimmer und ließ das Badetuch auf den Boden gleiten. Sie sah meinen Blick und schüttelte den Kopf. Sie setzte sich auf das Bett und zog sich an.

Ein Liebesbeweis, das hätte dieser Trip auf Skiern sein sollen. Sollte ich es ihr sagen? Oder klang das zu albern?

Warum war ich ihr nicht einfach im Bus nach Enontekiö gefolgt?

Aus den Augenwinkeln sah ich Seppo und Pirjo und das Nordlicht. Die Liebeserklärung. Auch Kaisa blickte auf den Bildschirm.

«Dein Landsmann ist berühmt, er hat die Finninnen tief berührt. Aki Kaurismäki soll sich für Seppos Geschichte interessieren; er hat sich nach dem Telethon des Schweigens lange mit ihm unterhalten.»

In der Sauna und im Eisloch waren meine Gefühle so klar gewesen – warum schaffte ich es jetzt nicht, sie in Worte zu fassen?

«Gestern früh», fuhr Kaisa weiter, «erhielt die Polizei eine SMS. Ein Unbekannter verriet deinen Aufenthaltsort, eine völlig abgelegene Hütte, von der selbst die Polizei nicht genau wusste, wo sie liegt. Offiziell gibt es sie offenbar gar nicht mehr. Henttu ist mehrere Stunden lang durch die Wildnis geirrt, ehe er dich fand.»

Die Wilderer, dachte ich, die Wilderer haben die Polizei benachrichtigt. Deshalb hatte mir der Sheriff das Konterfei des Fiesen gezeigt. Die Polizei ist ihnen also auf der Spur.

«Die Polizei möchte dringend wissen, mit wem du in der Hütte warst.»

Kaisa saß nun angezogen auf dem Bett und legte ihre Hand auf mein Knie.

«Es war ein Liebesbeweis, Kaisa», brach es aus mir heraus.

«Ein Liebesbeweis?»

Ich räusperte mich.

«Ich wollte nach Enontekiö langlaufen und auf dem ganzen Weg kein Wort sagen, um dir zu beweisen, wie sehr ich dich liebe, nur dich.»

Sie schüttelte den Kopf.

«Du bist ja ein noch größerer Tomppeli, als ich gedacht hätte, Frank. Aber ich liebe dich trotzdem: Rakastan sinua.»

Das R-Wort traf mich wie ein wohltuender Peitschenhieb. Da war sie endlich wieder, die Liebe auf Finnisch.

Kaisa küsste mich, entzog sich aber meiner Umarmung.

«Später», lächelte sie. «Nun zieh dich an, wir gehen nach unten, WM-Luft schnuppern.»

Das hatte ich befürchtet. Meine Freude, das Finale nicht verpasst zu haben, war längst abgekühlt.

«Muss das sein? Können wir nicht …»

Ich brach ab und schaute Kaisa bittend an.

Spöttisch beendete sie meinen Satz: «… heimlich den nächsten Bus nach Rovaniemi nehmen?»

«So ungefähr.»

Mir war es peinlich, der WM-Crew unter die Augen zu treten, vor allem Aamu.

Auf Langlaufskiern allein in die Wildnis zu rutschen ist vermutlich die lappländische Entsprechung für die Matterhorn-Besteigung in Turnschuhen. Echt Hölmö.

Seppo nahm auf dem Sofa Platz, zwischen Kati und seiner Übersetzerin. Mittlerweile hatte er sich daran gewöhnt, vormittags und abends auf dem Podium zu sitzen, an das Licht und die Kameras hatte er sich gewöhnt, an die Fachleute und Gäste, an die Fragen und auch an seine Antworten. Kurze Antworten, das wurde von ihm erwartet, seine Einsilbigkeit kam gut an, diesen Eindruck hatte Pirjo bestätigt.

Ob er im Verhalten der beiden Finalisten eine Veränderung feststellen könne, fragte ihn Juhani, als vormaliger Konkurrent habe er sie ja aus privilegierter Warte beobachten können. Seppo wiegte den Kopf hin und her und schaute auf den Bildschirm.

Tero und Erkki hackten Holz. Sie standen nebeneinander und spalteten Scheit um Scheit – selbst große Holzstücke zersplitterten sie mit nur einem Hieb. Auch das war Teil des Wettkampfs, vermutete Seppo, dieses Ringen um Überlegenheit. Das hatte ihn ja gestört. Er ließ die anderen gerne in Ruhe und wäre am liebsten in Ruhe gelassen worden. Mit dieser Einstellung gibt's aber keinen Wettkampf, das war ihm klar. Holzscheite, sagte er dann anstelle einer Antwort, davon habe Sodankylä nach dieser WM genug, vermutlich für den ganzen nächsten Winter.

Das Publikum kicherte. Juhani, Jaakko und Kati warteten noch immer auf seine Antwort. Seppo wiegte den Kopf.

Nein, sagte er dann, eine Veränderung könne er nicht feststellen, beide seien sehr beherrscht, aber vielleicht sei Tero ein kleines Stück nervöser, angespannter?

Die Übersetzerin übersetzte, und wie immer brauchte sie etwa dreimal so lang wie er, es nahm Seppo wunder, was sie alles hinzudichtete. Oder lag es tatsächlich an der Sprache?

Er komme im Fernsehen gut weg, hatte ihm Pirjo versichert. Sie war leider vor zwei Tagen abgereist, am Sonntag, weil sie wieder arbeiten musste. Ihre Kolleginnen hätten sie mit einem Sträußchen Edelweiß aus Plastik empfangen, und auf ihrem Arbeitsplatz hätte eine kleine Schweizer Fahne gestanden.

Seppo wäre gerne mit Pirjo abgereist. Oder endlich in die Schweiz geflogen, um seine Auswanderung vorzubereiten. Ganz freiwillig war er nicht in Sodankylä geblieben. Da spielten materielle Gründe mit: Sein Sponsor Nokia wünschte, dass er bis zum Schluss der WM blieb und den finnischen Medien zur Verfügung stand – vor allem weil er als Anwärter auf den Stilpreis der Jury und den Publikumspreis gehandelt wurde. Das Geld von Nokia würde ihm helfen, sich hier niederzulassen und in Ruhe eine Stelle zu suchen – deshalb hatte er nachgegeben. Es konnte sich ja nur noch um wenige Tage handeln.

Es sei ein Kampf zwischen Kraft und Eleganz, behauptete

Jaakko. Erkki Karjalainen sei der Entspannte, während Tero Määttä kämpferischer sei, vielleicht auch verbissener. Er greife an, Erkki lasse ihn auflaufen, abprallen.

Selbst das Schweigen, ergänzte Kati, pralle am Goldgräber aus Lemmenjoki ab. Das mache ihn stark.

Seppo wiegte seinen Kopf hin und her. Vielleicht, brummte er dann, wobei er kein Fachmann sei und kein Psychologe. Aber Tero sei ein harter Hund.

Erkki und Tero waren nun wieder im Haus, Tero hatte die Führung übernommen und Erkki in die Küche gelotst. Heißer Kaffee nach dem Schwitzen in der Kälte. Erkki jedoch unterlief Teros Dominanz durch einen hinterlistigen Trick: Er ahmte jede Bewegung Teros nach. Er rührte den Zucker im Kaffee, wenn Tero es tat, er hörte damit auf, wenn Tero es tat, er leckte den Löffel genauso ab wie sein Kontrahent.

Das ist gemein, sagte sich Seppo, wie würde er in dieser Situation reagieren?

Er fand es interessant, den Zweikampf zu beobachten, lehrreich auch, im Hinblick auf die nächste WM in zwei Jahren. Nokia hatte ihn bereits angemeldet. Warum nicht, er hatte das Schweigen ja genossen, und überhaupt, Geld ist Geld, auch für einen Obwaldner Romantiker.

Auch wenn Tero vorgab, es nicht merken, spürte man förmlich, wie der gedrungene Panzeroberst a. D. zu glühen begann, zu kochen und vermutlich bald explo… – Nein, Tero zog sich auf die Toilette zurück. Das war erlaubt. Aber die Toilettengänge waren ab den Halbfinales – wenn noch vier Kandidaten im Rennen waren – minuziös geregelt: Jeder Teilnehmer hatte Anrecht auf maximal sechs Toilettenbesuche pro Tag und durfte sich nicht länger als jeweils fünf Minuten im stillen Örtchen aufhalten. Ausnahmen mussten schriftlich begründet und von der Jury bewilligt werden. Auf der Toilette gab's zwar keine Kamera, aber dank Mikrophonen konnte die Jury die Rechtmäßigkeit des Rückzugs beurteilen.

Erkki schabte sich die Fingernägel mit dem Brotmesser sauber. Er grinste. Er wirkte siegesgewiss.

Seppos Blick schweifte durch den vollen Saal. Die WM war ausgesprochen erfolgreich, hatte ihm Sinikka Metsäperä gestern noch versichert. Das Publikum wirkte aufmerksam.

Zu seiner Überraschung hatte er gelernt, die Sympathiebekundungen des Publikums zu genießen. Auch dass der «Blick» aus der Schweiz angerufen hatte, hatte ihn nicht gestört. Er nahm es der Zeitung nicht einmal übel, dass sie ihn ungenau zitiert und die Bedeutung der Schweige-WM falsch eingeschätzt hatte. Bei seinem letzten Anruf hatte Dölf jedenfalls behauptet, er sei nun auch in der Schweiz prominent, und er werde sicher ins Schweizer Farbfernsehen eingeladen, zu «Aeschbacher» oder in den «Samschtig-Jass».

Eine leise Unruhe beim Eingang weckte seine Aufmerksamkeit. Den kenne er doch, sagte sich Seppo, als ein junger Mann in Begleitung einer hübschen Frau den Raum betrat. Das war doch dieser nervöse Schweizer Journalist, der kurz nach seinem Ausscheiden mit ihm sprechen wollte. Der Journalist war aber plötzlich wie vom Erdboden verschluckt gewesen – und alle hatten sich große Sorgen um ihn gemacht. Nun war er also zurück.

Gerne war er aber nicht hier, fand Seppo, zu angespannt wirkte er, verloren auch, als wäre er am liebsten am anderen Ende der Welt. Sein Blick schwirrte herum und klammerte sich an der Pressedame fest. Seppo schmunzelte, genau, waren da nicht Gerüchte, dass die beiden …, nun, was ging ihn das an.

Aamus plötzliche Geschäftigkeit verriet, dass sie den Blick spürte, aber nicht erwidern wollte, blitzartig blickte auch der Journalist weg und lächelte seine Freundin an, etwas verkrampft, wie es Seppo schien. Diese erwiderte sein Lächeln – spöttisch, *aber liebevoll, sie war die Herrin der Lage und wusste, was sie wollte.*

Warum er lächle, fragte Juhani.

Lächeln? Seppo stutzte. Dann sagte er das Erste, das ihm durch den Kopf schoss: Dass Tero und Erkki ihm vorkamen wie ein altes Ehepaar.

Kati und Jaakko nickten begeistert.

Sie machen sich das Leben zur Hölle, aber sie brauchen einander, und keiner könne nachgeben.

Das Publikum lachte.

Im WM-Zentrum hatte sich kaum etwas verändert, außer dass deutlich mehr Leute anwesend waren. Mein Blick fiel zunächst auf die große Leinwand und das Podium, auf dem Juhani, Jaakko, Kati, Seppo und eine Übersetzerin im Licht der Fernsehscheinwerfer saßen und angeregt über die Taktiken und Chancen der verbleibenden zwei Teilnehmer diskutierten. Einige nutzten Tero Määttäs Klobesuch, um sich die Beine zu vertreten, in der Kälte eine Zigarette zu rauchen oder sich einen Kaffee zu holen. Ich nutzte die Unruhe, um mich unauffällig nach Aamu umzusehen. Sie war da, natürlich, geschäftig wie immer, sie half an der Bar aus, lachte mit einem WM-Besucher – und ich blickte weg, ehe Aamu mich und Kaisa meinen Blick wahrnehmen konnten. Ich lächelte Kaisa an, sie lächelte zurück.

«Du siehst», sagte sie, «es ist nicht so schlimm, wieder hier zu sein.»

Das hatte ich mir auch eben einzureden versucht – dennoch fühlte ich mich unwohl, und mein Lächeln war die Frucht einer großen Anstrengung.

«Mir kommen», hörte ich Seppo in seinem schweizerisch schlingernden Hochdeutsch sagen, «Määttä Tero und Karjalainen Erkki vor wie ein altes Ehepaar. Sie reden nicht mehr miteinander, machen sich das Leben zur Hölle, möchten sich gegenseitig loswerden, aber sie können nicht ohne einander sein.»

Das Publikum lachte, nicht wenige applaudierten.

Auch Kaisa lächelte, auch Aamu lächelte, und auch ich lächelte. Ich fühlte mich aber, ohne wirklich zu wissen, warum, unangenehm getroffen vom Spruch des Innerschweizers.

«Auf unserem Monitor sehe ich», sagte Juhani dann, «dass Tero Määttä die Toilette verlässt; wir schalten zurück in die Live-Übertragung. Das ist auch das Ende unseres Vormittags-Talks *Dem Schweigen eine Stimme geben*; ich bedanke mich bei meinen Gästen – wir sehen uns heute um 18:30 Uhr wieder.»

Die Gäste verließen das Podium, Juhani trank einen Schluck Wasser, kramte in seinen Notizen und bereitete sich auf die Fortsetzung des Zweikampfs vor.

Nach einem kurzen Erkennungssignet waren wir wieder live in der alten Schule. Auf der Leinwand waren zwei unterschiedliche, von zwei Kameras gefilmte Szenen zu sehen: Links stand Erkki Karjalainen, der sich, an die Spüle gelehnt, mit dem Brotmesser immer noch die Fingernägel sauber kratzte; rechts ging Tero Määttä strammen, ja militärisch selbstbewussten Schritts die Treppe hinunter und steuerte die Küche an.

Das Publikum setzte sich, im Saal wurde es ruhig, und als Määttä die Klinke drückte und die Küche betrat und die beiden Kontrahenten wieder im selben Raum standen, ging ein erwartungsvolles «Ahh» durch den Saal.

«Määttä bleibt im Türrahmen stehen», kommentierte Juhani. «Seine Miene, seine Körperhaltung drücken wilde Entschlossenheit aus. Es ist verblüffend, wie sich Määttä nach dem kurzen Time-out auf dem stillen Örtchen gefasst hat – er ist ein anderer Määttä als noch vor fünf Minuten. Ein Herausforderer. Karjalainen jedoch gibt vor, Määttäs Anwesenheit nicht wahrzunehmen. Damit versucht er, das frische Selbstvertrauen seines Kontrahenten zu unterlaufen.»

Schließlich blickte Karjalainen auf, Määttä bedeutete ihm mit einem Kopfnicken, dass sie die Küche verlassen sollten. Karjalainen legte das Brotmesser weg und folgte Määttä.

«Hei, Frank, wieder unter den Lebenden?»

Jaakko knuffte mich in die Seite.

Diese Frage hatte ich befürchtet.

«Ich … äh …»

Zum Glück schien Jaakko keine Antwort zu erwarten, so jedenfalls interpretierte ich sein kaum merkliches Augenzwinkern.

«Du hast einiges verpasst hier, dramatische Szenen – nach Seppos Ausscheiden ging einige Tage lang alles drunter und drüber. Dein Landsmann hat die WM wirklich geprägt, ein Preis ist ihm sicher, vielleicht sogar zwei.»

«Wirklich?»

«Bestimmt», versicherte Kati, die auch zu uns getreten war. «Der Publikumspreis ist so gut wie sicher, und ich kann mir nicht vorstellen, dass die Jury den Stilpreis jemand anderem verleihen kann. Dank Seppo wurde die WM zum nationalen Ereignis!»

«Ich liäbä dich», sagte Jaakko, Seppos Obwaldner Dialekt nachahmend. «So sagt ihr es in der Schweiz, nicht wahr?»

«Vielleicht ersetzt euer ‹Ich liäbä dich› bei uns im Norden eines Tages unser ‹minä rakastan sinua›», sagte Kati. «Es ist jedenfalls sehr populär, es gibt schon T-Shirts und Teetassen mit diesem Aufdruck.»

«Großartig, diese WM, einfach großartig», schwärmte Jaakko weiter. «Als Tero, Erkki und Risto – du erinnerst dich an Risto, Frank, den Dicken mit Schnauz?» – Ich erinnerte mich nicht, aber das war egal. «Als sie nur noch zu dritt waren, spürte man förmlich, wie Tero und Erkki die WM unter sich ausmachen wollten, die alten Kämpen, sie machten mit Risto kurzen Prozess, das war an der Grenze zur Fairness, wenn du mich fragst. Sie drängten ihn in die Ecken, starrten ihn an – es war schon die Rede davon, beide zu disqualifizieren. Risto hatte keine Chance, nach zwei Stunden kapitulierte er. Ein gebrochener Mann, Kati hatte größte Mühe, ihn wieder aufzupäppeln.»

«Vielleicht sollten wir Frank in Ruhe lassen», warf Kati ein. «Egal wie viel hier geschehen ist – Frank hat bestimmt mehr erlebt, als er bei uns verpasst hat.»

Ich zuckte mit den Schultern, spürte Kaisas Blick und errötete.

«Ich würde gern», nuschelte ich, «wenn es euch nichts ausmacht, ein bisschen schauen, wie Tero und Erkki …»

«Das alte Ehepaar …», fiel mir Jaakko ins Wort.

Auf dem Weg zur Leinwand stand ich plötzlich Sinikka Metsäperä gegenüber, der Philosophin und WM-Direktorin. Sie prüfte mich mit einem mitfühlenden Blick.

«Diese Tage in der Wildnis, Frank, das muss eine tiefe Erfahrung gewesen sein. Allein im weißen Schweigen …»

Sie klang schwärmerisch. Ich nickte gequält. Ich hatte keine Lust, die Angst zu erwähnen, die Kälte, die Schutzlosigkeit und die Einsamkeit, den Schneesturm, das Eisloch.

«Du warst im Herz des finnischen Winters – und damit ganz nah an der finnischen Seele. Und vermutlich auch an deiner.»

«Ja», sagte ich einfach, «zweifellos», und ließ sie stehen.

Ein Stuhl wurde frei, ich setzte mich. Tero und Erkki waren im Aufenthaltsraum. Zu meiner Überraschung spielten sie Karten.

«Tero scheint das bessere Blatt in der Hand zu halten», flüsterte Juhani, «aber eigentlich ist ja Erkki als Zocker bekannt.»

Die Kamera war zu weit entfernt, um uns einen Blick in die Karten zu erlauben – und ohnehin kannte ich dieses Spiel, allem Anschein nach eine finnische Poker-Variante, nicht.

«Eine Partie *Sökö* im Finale – Tero spielt mit dem Feuer.»

Die Spannung hatte sich auf das Publikum übertragen. Es war so still wie mitten in der Nacht in der Wildnis.

Ich fühlte mich gleich besser. Ich saß allein, starrte auf die beiden Schweiger, musste niemandem Auskunft geben.

Sinikka hatte recht. Ich war nahe an mir selber gewesen, und ich hatte Klarheit gefunden. Aber bisher nicht die Worte, um Kaisa diese Klarheit mitzuteilen.

«Nähern wir uns dem Ende der WM?», flüsterte Juhani.

Ich schaute mich um. In den Gesichtern des Publikums spiegelte sich dieselbe Anspannung wie beim Elfmeterschießen in einem Fußball-WM-Endspiel.

«Fällt bald die Entscheidung? Wer von den beiden gibt dem Druck als Erster nach?»

Kaisa kniete an meiner Seite nieder.

«Brigitte hat eine SMS geschrieben, willst du sie beantworten?»

Ich nahm ihr Mobiltelefon.

«Schön, dass du zurück bist», schrieb Brigitte. «Wie steht's mit der Reportage? Soviel ich weiß, ist die WM noch nicht zu Ende und der Schweizer noch vor Ort.»

«Brigitte hat sich Sorgen um dich gemacht.»

Ich nickte.

Ich drückte die Antwort-Taste.

Ich hatte eine einzigartige Geschichte in der Hand. Sie würde Beachtung finden und bestimmt Aufträge anderer Redaktionen auslösen. Und doch zögerte ich. Die Reportage abzuschließen bedeutete, in Sodankylä auszuharren, egal wie lange die WM noch dauerte.

Ich blickte Kaisa an.

Ihrem Gesichtsausdruck war nichts zu entnehmen.

Ich reichte Kaisa das Telefon zurück.

«Vielleicht später.»

Oder gar nicht.

Sie erhob sich.

«Kaisa», wisperte ich, um die anderen nicht zu stören.

Sie kniete sich wieder hin.

«Lass uns Sodankylä verlassen, ich möchte ein paar Tage mit dir allein sein.»

«Du willst hier weg?»

Ich nickte.

«Aber der Entscheid fällt doch jede Minute, sagen alle, das willst du doch nicht verpassen.»

«Das ist nicht so wichtig.»

«Nein?»

Sie war wichtiger. Aber ich schaffte es nicht, es ihr so offen zu sagen, vor allem hier nicht. Offenbar war ich zum Finnen geworden.

«Möchtest du nach Helsinki zurück?»

Ich schüttelte den Kopf.

«In die Schweiz?»

Ich schüttelte den Kopf.

«Wohin denn sonst?»

«Egal.»

Sie wischte über den Bildschirm ihres Mobiltelefons und reichte es mir mit einem reizenden Lächeln.

«Ich beantworte die SMS vielleicht später, habe ich doch gesagt.»

«Schau doch!»

Es war eine provisorische Flugbuchung.

«Warum ausgerechnet Kanada?», flüsterte ich, laut genug, um mir ein mahnendes «Psst» meiner Sitznachbarin einzuhandeln. Warum von einer Nacht- und Kältehölle in die nächste fliehen?

«Lies doch genauer, Tomppeli.»

Ich hatte mich verlesen. Nicht Kanada war die Destination, sondern Gran Canaria. Schon besser.

«Soll ich die Flüge buchen?»

Ich nickte.

17

Epiloogi: Erottamattomat

(finnisch: Epilog: Unzertrennlich)

Ich saß im Sand, der warme Schaum neugieriger Wellen leckte an meinen Zehen, der wolkenlose Himmel war tiefblau, die Sonne glühte. An meiner Seite lag Kaisa, sie hatte ihren Kopf auf meinen Schoß gelegt und ihr Gesicht mit einem geblümten Sommerhut bedeckt. Über uns kreischten Möwen.

Woher kamen diese Möwen wohl, fragte ich mich. Wart ihr die Möwen, die im Sommer über unserem Bootssteg kreisten, wenn wir unsere Barsche ausnahmen? Wie lange dauerte euer Flug hierher? Und nun balgt ihr euch um mürbe Sardinen und die Abfälle der Touristen? Seid ihr tatsächlich die Vögel, die in Satumaa besungen werden? Warum fliegt ihr im Frühjahr wieder zurück nach Finnland?

«Übrigens», sagte Kaisa plötzlich, «die Schweige-WM ist zu Ende.»

«Seit wann?», fragte ich.

«Gestern Abend. Jaakko hat eine SMS geschickt. In Sodankylä sei der Bär los gewesen.»

Das Finale hatte nach unserer Abreise also weitere acht Tage gedauert – ein rekordverdächtiger Showdown zwischen Tero Määttä und Erkki Karjalainen.

«Und der Weltmeister heißt …?»

«Tero Määttä.»

«Tatsächlich?»

Kaisa nickte.

Der verspannte Außenseiter und ewige Zweite hatte den Titelverteidiger niedergeschwiegen.

Kaisa streifte sich den Hut vom Gesicht und setzte sich auf.

«Eine taktische Meisterleistung Teros, schreibt Jaakko, eine Überraschung für die meisten, dem WM-Verlauf widersprechend.»

«Eine taktische Meisterleistung? Da bin ich ja mal gespannt – ich hoffe, Juhani hat die Entscheidung bereits ins Netz gestellt.»

Unsere Abreise aus Sodankylä war hektisch gewesen; sie hatte einer Flucht geglichen. Wir hatten uns von allen verabschiedet, ich nahm mir die Zeit für eine versöhnliche Aussprache mit Aamu; dann brachte uns der Bus nach Rovaniemi, wir flogen nach Helsinki, wo wir nur knapp Zeit hatten, unsere Winterkleider gegen Sommerklamotten zu tauschen und den Flieger nach Las Palmas zu besteigen; hier angekommen fuhr uns ein Minibus auf die andere Seite von Gran Canaria, zu unserem Hotel. Von der Dunkelheit ins Licht, von der Kälte in die Hitze, vom Winter in den Sommer in nur zwölf Stunden.

Wir schwiegen, wir hörten die Möwen, wir hörten die Wellen, wir hörten den Wind. Und natürlich hörten wir die anderen Strandgäste, die Kinder und Jugendlichen, die Rentner und auch die Musik, die aus diversen Poppikones rannalla (Popmaschinen für den Strand) wummerte. Wir waren schließlich nicht im Mökki, sondern auf Gran Canaria, und da sind selbst abgelegene Strände nicht einsam. Aber das störte uns nicht. Wir genossen die Sonne, das Nichtstun und vor allem uns selbst. Nur einmal hatte es mich in die Berge gezogen; die Wanderung durch karges Gelände war prächtig gewesen, aber ich zog es vor, mit Kaisa am Strand zu liegen und zu spüren, wie ich wieder auftaute. Auch Kaisa taute auf. Was zugefroren war, öffnete sich; Eingefrorenes geriet in Bewegung. Wir redeten viel. Wir redeten nicht weniger als am Anfang unserer Beziehung, und nach den stummen Wintermonaten war das eine Wohltat.

Natürlich kann man nur mit jemandem leben, mit dem man schweigen kann, da hatten die sodankylischen Jüngerinnen und Jünger des großen Schweigens recht. Aber ich musste immer wieder an Seppos Vergleich der WM-Finalisten mit einem alten Ehepaar denken. Je länger man schweigt, je mehr Ungesagtes, Verdrängtes und Missverständliches sich anstaut, je verzwickter die Mischung aus Abneigung und Abhängigkeit wird, desto mehr ist man zu weiterem Schweigen gezwungen – jedes Wort könnte der Funke sein, der die Lunte in Brand setzt, und alles im- oder explodiert. So wollte ich mit Kaisa nicht enden.

«Was Finnland fehlt», hatte ich am zweiten Abend gemutmaßt, als wir kurz nach dem für diese Breitengrade typischen, zielstrebigen Sonnenuntergang in einem Restaurant mit Meeresblick auf unsere Thunfischsteaks warteten, «ist ein real existierendes Satumaa.»

«Dann wäre es aber kein Satumaa mehr», hatte mir Kaisa lachend widersprochen. «Und stell dir bloß vor, eine Insel wie diese voller Finnen!»

Unsere zufällige Begegnung mit der finnischen Kolonie in Las Palmas hatte Kaisas Skepsis an der Verortung von Satumaa bestätigt. Auf einem Ausflug in die malerische Hauptstadt von Gran Canaria waren wir plötzlich zwischen einem von sonnenhungrigen Finnen gekaperten Hotel und einem von sonnengerösteten Finnen belegten Strand gestanden. In der näheren Umgebung gab es außerdem ein halbes

Dutzend Restaurants, die finnische Spezialitäten und Lapin-Kulta-Bier anboten.

«Wenn das Satumaa ist», flüsterte mir Kaisa zu, «überwintere ich lieber mit dir allein in einer lappländischen Wildnishütte …»

An einem Zeitungsstand machten wir aber eine erfreuliche Begegnung: Von den Titelblättern zweier finnischer Klatschmagazine strahlten uns Kimmo und Tuula an! Wir setzten uns auf den Strand und verschlangen Kimmos haarsträubende Abenteuer.

Von Außerirdischen sei er entführt worden, erzählte Kimmo, und habe mehrere Weltraumjahre in einem gigantischen Raumschiff verbracht, einer Art fliegenden Jukebox, in der die gesamte Musik des bewohnten Weltalls gespeichert war. Da habe er auf engstem Raum mit unzähligen Weltraumstars, Legenden und Genies aus den verschiedensten Sonnensystemen und Epochen gelebt, musiziert und gefeiert, mit Wolfgang Amadeus Mozart, Hank Williams, John Lennon, Amy Winehouse und anderen, auch außerirdischen Musikanten, besonders gerne aber mit Elvis Presley und Olavi Virta.

«Olavi Virta und Elvis Presley?»

Kaisa runzelte argwöhnisch die Stirn. Vermutlich erinnerte sie sich an meine Geschichte, an die damals niemand glauben wollte.

«Hölynpöly», grinste ich, «was für ein Unsinn, purer Kimmo!»

Dieses Raumschiff kreuze mit Lichtgeschwindigkeit zwischen den bewohnten Planeten hin und her, mache dann und wann auch einen Abstecher zu uns und beglücke deren Bevölkerungen mit spektakulären Konzerten, wahren musikalischen Gottesdiensten.

Kimmo war noch fetter geworden, ein wilder, mit stahlblauen Strähnen durchsetzter Vollbart fiel ihm bis auf die Brust, und er trug einen nicht eben vorteilhaften Raumanzug, vermutlich von Tuula geschneidert.

Das Raumschiff sei aber in erster Linie ein Konservatorium, in welchem die Musik bewahrt und weiterentwickelt werde, bramarbasierte Kimmo weiter, er habe neue Instrumente gelernt, unter anderem eine Weltraumkantele, und Olavi Virta, der übrigens auch jenseits von Alpha Centauri verehrt werde wie ein Gott, habe ihn im Singen unterrichtet. So sei er auf seine neue, irdische Karriere vorbereitet worden.

Warum ausgerechnet er von außerirdischen Musikliebhabern entführt worden sei, wollte die Reporterin wissen.

«Wegen meines Talents», prahlte Kimmo. «Die Außerirdischen sehen in mir eine Mischung aus Olavi Virta, Elvis Presley, Jimi Hendrix und Kurt Cobain.»

Nun sei er zurück, um zusammen mit Tuula zunächst Finnland und dann der ganzen Welt die Musik zu schenken, mit der er, längst ein kosmischer Superstar, bereits Milliarden von Außerirdischen begeistert habe: eine Fusion aus psychedelischem Finntango, experimentellem Astro-Metal, Sphären-Folklore, harmonischem Free Jazz, himmlischen Popmelodien und elektronischem Sternenstaub. Das erste Album von Kimmo and the Space Cadets erscheine in wenigen Tagen. Der Titel: *Rakkaus 'n' Roll Ulkoavaruudesta* (Rakkaus 'n' Roll From Outer Space).

Auf die Frage der Reporterin, warum er dieses musikalische Paradies verlassen habe, entgegnete Kimmo, es sei Tuulas Liebe gewesen – gegen den Ruf ihrer Liebe seien selbst die Verlockungen intergalaktischen Glamours und der schönsten Alpha-Centauri-Models machtlos.

«Kimmo und Tuula haben es geschafft», jubelte Kaisa, «sie sind Finnlands neue Titelblondinen!»

Als wir Las Palmas' kleines Finnland verließen, hob ich auf der Promenade einen Flyer auf, der für einen Finnenclub warb, der dreimal die Woche Tanzveranstaltungen und jeden Dienstag einen Karaoke-Abend ausrichtete. «Jenkka! Humppa! Tango!» prangte fett in Schnörkelschrift und von Sternchen umrahmt über einer finnischen Flagge. Um 22 Uhr war jeweils Schluss. Die Rückseite des Flyers kündigte ein Konzert von Reijo Taipale an. Tags darauf reservierte ich zwei Karten – ohne es Kaisa zu sagen.

Schließlich hatte auch Kaisa etwas verschwiegen: Sie hatte für mich keinen fixen Rückflug gebucht, sondern mehrere Optionen zur Auswahl: in Gran Canaria bleiben. Den Weiterflug in die Schweiz. Den Rückflug nach Helsinki.

«Wir können auch in der Schweiz leben», sagte sie mir, nachdem sie mir, ein paar Tage nach unserer Ankunft, die drei Optionen vorgelegt hatte. «Die meisten gemischten Paare ziehen aus Finnland weg.»

Das wusste ich. Das hatten mir seit September so gut wie alle Finnen wiederholt wie ein Mantra.

Am selben Abend noch bestätigte ich meinen Rückflug nach Helsinki. War das Trotz? Sturheit? *Sisu?* Leichtsinn? Denn der nächste Winter käme ganz bestimmt. Oder war es ganz einfach Rakkaus? Finnland ist ein Land der Extreme und der Widersprüche, und das färbt auf die Menschen und ihre Gefühle ab. Deshalb heißt die Liebe auch Rakkaus. RRRRRAKKKKAUSSS! Ein kluges Konzept, ein ehrlicher Begriff, er verspricht nichts Falsches und macht niemandem etwas vor. Rakkaus, so fühlen sich Finnland und die Liebe an, Himmel und Hölle, meistens gleichzeitig, und das eine gibt's nicht ohne das andere. Nicht zuletzt deshalb liebte ich das Land und die Menschen – und deshalb zog es mich zurück.

«Wir sollten los», sagte ich, «der Bus fährt in einer Stunde.»

Kaisa glaubte, wir würden in einem berühmten Spezialitätenrestaurant speisen. Kanarische Spezialitäten natürlich, nicht finnische.

Ich freute mich schon auf ihren Gesichtsausdruck, wenn ich sie in einen Saal voller nicht nur nostalgietrunkener Finnen lotste, die spätestens beim ersten Tango des Abends durchdrehen würden. Diese Finnen, stellte ich mir vor, waren an einem Ort, den sie gemeinhin als eine Art Satumaa betrachteten, als ein Märchenland im Winter – und doch waren sie voller Sehnsucht nach der unwirtlichen Heimat. Zweifellos würde finnisches Bier fließen und Koskenkorva in den praktischen, flachen Halbliterflaschen aus Kunststoff, die die Duty-free-Shops im Flughafen von Helsinki-Vantaa palettenweise entzugs- und durstängstlichen Finnen unterjubeln, die Runde machen. Dazu gäbe es Piroggen und Pulla, gebacken von original-finnischen Rentnerinnen, die auf Gran Canaria ihren Lebensabend verbrachten. Und natürlich pottweise sauren Filterkaffee und Lakritz nach Belieben, zum Kauen oder in Kossu aufgelöst.

Beim Intro von Satumaa würde ich Kaisa auf die Tanzfläche lotsen. So sollten wir uns unserer Liebe vergewissern oder besser, einen der großen Finntangomythen überprüfen: Beim Tangotanzen spüre man, so hatten es Antti und Pirkko im Tanzpavillon gesagt, ob man zusammen leben könne. Ein Paar, das beim Tango harmoniert, harmoniert auch im Leben. Für immer. Und wenn nicht? Unmöglich! Das war schlicht undenkbar.

Auf dem Weg zu unserem Hotel kreuzten wir den Eisverkäufer mit seinem bunten Wagen. Ein gutes Omen. Wir nannten ihn Olavo, denn er sah aus wie eine südländische Version von Olavi Virta. Die Ähnlichkeit war Kaisa aufgefallen, am Tag nach der Lektüre von Kimmos Abenteuern. Ich hatte mit den Schultern gezuckt, Gleichgültigkeit vorgebend, obschon sie recht hatte: Der eher füllige Körper, die weichen Gesichtszüge, die zurückgegelten Haare, die dunklen Augen, das schwermütige Lächeln – er sah Olavi wirklich ähnlich.

Wie immer kauften wir Eis, je zwei Kugeln, ich wählte Heidelbeere und Erdbeere, eine finnische Sommerkombination. Als ich zahlte, wisperte mir der Eismann mit einem Augenzwinkern «viel Glück» zu, *«paljon onnea»*. Tatsächlich? Auf Finnisch? Unmöglich. Bestimmt hatte ich mir das nur eingebildet!

Quellen

Die zitierten Liedtexte wurden von Outi Vanamo Gasser und Christian Gasser übersetzt und stammen aus:

Satumaa (**Komposition:** Unto Mononen/**Text:** Unto Mononen), S. 109 f., S. 234
On Elon Retki Näin (**K:** Toivo Kärki/**T:** Kerttu Mustonen), S. 173
Tuulikannel (**K:** Olavi Virta/**T:** Olavi Virta), S. 234
Täysikuu (**K:** Toivo Kärki/**T:** Orvokki Itä), S. 269
Kaukainen Ystäväni (**K:** Pentti Viherluoto/**T:** Harry Etelä), S. 242
Sä Kuulut Päivään Jokaiseen (**K:** Reino Markkula/**T:** Juhan Vainio), S. 117

Die Zitate aus dem Kalevala im Kapitel 6 auf den Seiten 114, 123, 125, 127, 129 f., 133 f. stammen aus Kalevala. Das finnische Epos, aus dem Urtext übertragen von Lore und Hans Fromm.

KINDLER

«Ein Herzensbrecher von einem Roman.» (Kirkus Reviews)

Eigentlich hat Pat nach seinem Psychiatrie-Aufenthalt nur eins im Sinn: seine Frau Nikki zurückzuerobern. Aber sosehr sie ihn auch beschäftigt, zu Gesicht bekommt er sie nicht. Und dafür gibt es gute Gründe.

Stattdessen ist da Tiffany, die Schwägerin seines besten Freundes. Sie ist verwitwet, depressiv, nymphoman und läuft ihm beim Joggen hinterher. So beginnt die skurrile Freundschaft zwischen zwei Außenseitern, die beide fest an ein Happy End im Leben glauben.

Eine anrührende, tragikomische Geschichte, die Lebensfreude versprüht und Hoffnung gibt.

ISBN 978-3-463-40081-5